가난이
선물한
행복

가난이
선물한
행복

Blessed are the poor in spirit :
for theirs is the kingdom of heaven.

다니엘 최 장편소설

행복우물

가난이 선물한 행복

초판1쇄 발행 2010년 7월 15일
초판2쇄 발행 2010년 10월 15일

지은이 다니엘 최 | **펴낸이** 최대석 | **펴낸곳** 행복우물 | **디자인** 정다인
등록번호 제307-2007-14호 | **등록일** 2006년 10월 27일 |
주소 경기도 가평군 가평읍 경반리 173 | **전화** 031-581-0491 |
팩스 031-581-0492 | **이메일** danielcds@naver.com

ISBN 978-89-93525-08-3 03810
정가 11,000원

"행복의 진실한 의미를 찾는 사람들에게…"

목차

1.
욕망의 늪

'All the leaves are brown and the sky is grey~"

캘리포니아 드리밍의 신호음이 울린다. 전화기를 들어보니 '삼촌'이라고 찍혀 있다. 김 소장이다. 오늘 저녁은 그가 준비한다고 했다. 우리 집 별채의 아래층에 세 들어 살고 있는 사람이다.

"형수님, 식사 준비 다 됐습니다. 형님 모시고 내려오세요!"

김 소장은 털털하게 생긴 얼굴에 풍채까지 좋아서 많은 사람들로부터 사랑을 받는다. 그와 알게 된지는 불과 석 달밖에 되지 않았지만 이제는 그가 하루나 이틀, 서울이나 춘천으로 출장을 가고나면 어쩐지 마음이 허전해 지곤 한다.

이런 감정은 나뿐만이 아닌 모양이다. 남편도 그가 눈에 안보이면 곧잘 '영복이는 왜 안보여?'하면서 궁금해 하는 걸 보면.

한여름의 저녁 일곱 시가 조금 지났을 뿐인데도 이곳은 벌써 어둠이 깃든다. 서울에서는 밤 여덟시는 되어야 저녁인가 하면서 살았는데 여기는 강원도 화천에서도 30분을 더 휴전선 쪽으로 붙어 있는 동네다보니 저녁도 일찍 찾아온다. 사방이 일천 미터 가까이나 되는 높은 산봉우리에 둘러싸여 있으니 저녁 해도 일찍 지는 모양이다.

나는 여관 카운터 방에 앉아서 TV를 보다가 말고 별채의 2층으로 갔다. 여관 뒷문을 지나서 주차장 겸 안마당을 돌아가야 2층으로 올라가는 계단이 나온다. 발걸음을 옮길 때마다 계단에서 나는 삐걱대는 소리가 너무 싫다. 그럴 때면 분당에서 살던 아파트가 생각난다.

지하 2층이건 3층이건 주차장에서 내려서 엘리베이터만 타면 횡~하니 25층 우리 집까지 데려다 주는 고속 엘리베이터 2대가 설치되어 있던 최고급 주상복합 아파트. 집에 찾아오는 사람들마다 모두 다 부러워했던 앞이 탁 트인 거실, 아, 왜 그곳에서 살지 못하고 이곳 강원도 첩첩산중까지 밀려 왔을까?

현관문에서도 삐걱~하는 소리가 요란하다. 거실 겸 부엌에 들어서서 작은 방 문을 열고 들여다보니 컴퓨터 앞에 앉아서 열심히 자판을 두드리고 있던 남편이 나를 반가운 눈으로 쳐다본다. 양 옆으로는 책이 산더미처럼 쌓여있다. 나는 남편의 얼굴에서 서둘러 시선을 돌렸다.

"아래층에 저녁 해 놓았대요. 내려와요."

"응, 알았어."

다 저놈 때문이야. 저 지지리도 못난 남편 때문에 내가 이렇게 화천 산골짜기까지 밀려 내려 온 거란 말이야. 남들은 백화점 커피숍에서 딸 시집보낸 이야기, 아들 장가보낼 이야기 하면서 조잘대며 수다 떨고 있을 텐데 내 꼴은 이게 뭔가. 동네 주민이라고 해 봐야 겨우 몇 백 명밖에 안 되는 산골 오지에까지 밀려 내려와서 거지 생활을 하고 있지 않나. 사방을 둘러보아도 깎아지른 산뿐이요, 사람들이라고는 오로지 군인들뿐이고, 날마다 눈만 뜨면 저 지긋지긋한 남편의 얼굴을 보면서 지내야 하니….

이런 나의 마음을 아는지 모르는지 남편은 언제나 싱글벙글 웃는 얼굴이다. 오죽하면 분당에 살 때도 엘리베이터에서 처음 만나는 사람들이 한결같이 '목사님이세요?' 하면서 물어보곤 했을까. 쫄딱 망해서 이 산골 구석으로 밀려 올 때조차도 남편은 그 잘난 얼굴에서 미소가 떠나지 않았다.

아래층으로 내려와 마당을 돌아 1층 출입문을 열고 들어갔다. 거실 겸 부엌에 들어서니 돼지불고기 볶는 냄새가 고소하다. 김 소장이 둥그런 얼굴에 웃음을 가득 담고 반갑게 맞아준다. 180 정도의 큰 키에 구리 빛으로 탄 넓적한 얼굴, 짧게 깎은 머리는 정말 50이 넘은 내가 보아도 남성다운 매력이 철철 넘치는 사람이다. 그런 그가 조리대 앞에 서서 앞치마를 두르고 나를 반갑게 맞아 준다. 마치 일류 주방장이 VIP 손님을 맞을 때와 같은 모양새다.

"형님은 왜 안 내려오세요?"

"금방 올 거야."

형님, 형님, 그 놈의 형님은 잘도 불러대네. 속으로 치미는 화를 참으며 그래도 수고한다는 말을 하지 않을 수 없어 한마디 했다.

"삼촌, 정말 멋지다. 이런 사람을 버리고 왜 도망갔을까? 나 같으면 업어 줄 텐데…"

"형수님, 저 업어 주세요."

김 소장이 남편이 내려오는 기미가 보이지 않자 잽싸게 던지는 농담이다. 그 농담 속엔 진한 추파가 들어 있다. 잠시 후 2층 계단의 삐걱대는 소리와 마당에서 신발 끄는 소리가 들리더니 남편이 거실 문을 열고 들어온다. 머리는 반백이요, 축 처진 어깨는 영락없는 시골 노인이다. 옛날에 직장에서 중역으로 있을 때의 패기는 어디 갔을까?

"형님, 오늘 저녁은 제가 돼지 불고기에 상추쌈, 그리고 시금치국으로 준비했습니다. 자, 그리고 여기, 짠~ 소주도 두 병 있습니다."

"고맙군. 김 소장이 있으니 여기 시골 생활도 그리 적적하진 않네그려."

"웬 돼지불고기?"

내가 남편의 말을 가로채며 김 소장에게 물어 보았다. 남편은 머쓱한 표정을 지으며 식탁에 앉았다.

"아, 제가 아까 은미 화천에 학원 데려다주고 오면서 슈퍼 들려서 양념불고기가 맛있어 보여서 좀 샀지요."

"All the leaves are brown~"

다시 전화벨이 울린다.

"숙박하실 건가요? 아, 네. 그럼 카운터 문에 있는 키를 1.0.3으로 맞추세요. 문 열고 안으로 들어가면 열쇠 반납하는 함에 구멍 보이지요? 거기다가 3만원 넣고 그 위에 걸려 있는 207호실 열쇠 가지고 2층으로 올라가세요. 아, 네. 카드로 한다고요. 잠시만 기다리세요."

자리에서 일어나는 나를 남편이 미안한 표정으로 올려다본다.

"기껏 설명했더니 카드로 내야겠대. 나 잠깐 갔다 올 테니까 먼저 먹고 있어요."

다녀오고 나니까 이미 남편과 김 소장은 소주를 두세 잔씩 한 모양이다. 소주 한 병이 어느 사이에 비워 있었다. 내가 새 술병을 들고는 일부러 모르는 체 하고 김 소장의 옆자리에 앉았다.

"자, 삼촌, 오늘 저녁 준비하느라고 수고 했으니까 내가 술 한 잔 따라 줄게."

"아, 형수님, 왜 이러세요. 그래도 형님을 먼저 드려야지요."

김 소장이 얼른 남편에게 술을 받으라는 눈짓을 한다. 남편이 마지못해 술잔을 내밀었다. 눈은 벽에 붙어 있는 달력을 쳐다보면서…. 나도 건성으로 술을 따랐다. 술이 조금 넘친 모양이다. 김 소장이 민망해 하는 남편을 위로한답시고 얼른 둘러대면서 하는 말이다.

"아, 형수님, 술잔이 넘치네요. 두 분 오늘 밤 사이좋게 주무시겠어요. 술잔이 찰찰 넘치는 것을 보니, 하하하!"

벽에 걸린 달력은 벌써 여러 장을 떼어내서 7월이 되었다. 오늘이 며칠인가? 7월 4일? 여기 이사 온지도 벌써 석 달이 되었네. 두 달 후면 결혼기념일일세. 올해가 30주년 아닌가. 아, 그 날을 또 어찌 보내야 할지 눈앞이 캄캄하군. 달력에 있는 7월의 그림은 고구려인들의 수렵도인가? 참 세월도 빠르군. 내년이면 내가 환갑이라니….

요즘 들어서 아내의 구박이 날로 점점 더 심해진다. 아내는 이곳 화천까지 밀려 내려와서 살게 된 화풀이로 날이면 날마다 톡톡 쏘아대기 일쑤다. 함께 잠자리를 한 것도 벌써 일년이 넘었다. 쌀쌀맞은 태도는 그런대로 견딜만하다. 정작 어려운 건, 남들이 있건 없건 눈을 허옇게 뜨고 흘기는 그녀의 눈초리다.

하긴 친구들은 모두 서울에서 편히 잘 살고 있는데 출판사업 한답시고 있는 돈 없는 돈 다 까먹고 빈 털털이가 되어서 여기까지 왔으니 어찌 분하지 않겠는가. 춘천 처형 말마따나 이제 여기서는 더 이상 밀려 내려 갈 곳도 없다. 있다면 철책선이 바로 저 앞이니 북한으로 월북하는 길 뿐이겠지.

분당의 65평 아파트는 어디로 갔을까? 천육백 평 땅은 또 어디로 갔을까? 15억도 넘던 재산이 불과 몇 년 사이에 다 날아가다니. 내가 생각해도 꿈을 꾸는 것만 같다. 그것도 아주 악몽을….

"형님, 제 술 한 잔 받으세요."

그 소리에 정신이 퍼뜩 돌아왔다. 김 소장과 잔을 부딪치고서 소주를 단숨에 들이켰다. 목구멍을 타고 넘어가는 기운이 짜르르하다.

사실 나는 술도 별로 하지 않는다. 그저 재주가 있다면 교회 다니는 것 하고 책 읽는 것, 그리고 글 쓰는 재주뿐이다. 그것도 남들로부터 인정받은 재주도 아니다. 어쨌든 그 놈의 알량한 글 쓰는 재주 때문에 전 재산을 다 털어먹긴 했지만, 언젠가는 베스트셀러의 작가가 된다는 꿈만은 결코 포기하지 않고 간직하고 있다.

　"형수님, 저는 형수님이 형님에게 좀 더 잘해 주셨으면 해요."

　충청도 천안이 고향이라는 김 소장은 큰 덩치 값을 하느라고 그러는지 성격이 매우 털털하다. 그런 그의 눈에도 아내의 태도가 조금은 거북한 모양이다. 지금도 아내는 마치 보란 듯이 김 소장 옆에 가서 앉았다. 내 옆에 나란히 퍼 놓은 밥그릇과 국그릇도 일부러 그쪽으로 돌려놓고 먹는다. 마치 모르는 사람이 볼라치면 두 사람이 부부고 내가 손님인 모양새다.

　"카드 손님이야?"

　"서울에서 면회 왔대요."

　"몇 개 남았어?"

　"이제 방 두 개 찼어요. 아직 네 개 더 남았어요. 오늘은 시간 손님도 별로 없네."

　서울여관, 영어로는 Holiday Inn Seoul이라고 써 놓았다.

서울에서라면 상표권이 어떻고 해서 문제가 되겠지만 여기는 화천에서도 30분을 더 들어가는 찰방거리라고도 하고 산영리라고도 하는 인구 불과 600명의 아주 작은 산골 동네이다. 그것도 윗말, 아랫말, 건너말, 소나무골 등 여기저기 흩어져있고, 우리가 살고 있는 동네가 그 중 가장 크고 번화한 곳으로 100여 가구가 모여 산다.

산영리라는 이름은 아마도 행정상 최근에 붙여 놓은 이름인 것 같고, 여기 동네 사람들이 부르는 찰방거리라는 이름은 옛날부터 내려오던 이름 같다.

말이 좋아 여관이지 2층 건물에 방이 모두 열여섯 개, 그 중 열 개는 여기 김 소장의 회사 인부들이 30만원씩 월세를 주고 장기투숙을 하고, 여관으로 돌리는 방은 여섯 개 뿐이다. 김 소장은 군부대 내에서 하는 이런 저런 시설개보수 작업을 하는 회사의 현장소장으로 그가 데리고 있는 인원이 모두 60명이나 된다. 그래서 찰방거리의 다른 여관들에서는 그를 모셔가지 못해 안달이 나 있는 형편이다. 다행히도 그가 우리 집 아래층에 세 들어 살면서 일꾼들 20명을 우리 여관방 열 개에 나누어 묵게 해주고 있는 것이다.

"김 소장, 왜 마누라 달아날 때 좀 잡지 그랬어."

내가 건성으로 벽으로 눈을 돌리며 하는 말이다. 우리는 여관 뒤편에 프리패브로 지은 20평 정도의 건물에서 살고 있다. 2층에서는 우리 부부가, 그리고 아래층에서는 김 소장과 열두 살 먹은 딸 은미가 산다.

아래층의 거실 겸 식당에는 식탁 하나에 의자가 네 개, 초록색 비닐로 된 싸구려 한일자 소파가 하나, 서가에 아이의 참고서와 수십여 권의 책이 있을 뿐이다. 아, 제일 중요한 것이 빠졌다. 김 소장이 재산목록 제1호라고 떠들어대는 60인치 소니 프로젝션 TV다. 산 지 10년도 훨씬 넘었을 것 같은데 시커먼 괴물 같은 물체가 비좁은 응접실을 점령하고 있다. 색 바랜 도배지로 얼룩진 벽에는 어디서 구해다 걸었는지 싸구려 복제품인 밀레의 '이삭줍는 여인들'이 하나 걸려 있고, 은미의 학원시간표가 붙어 있다. 은미가 사인펜으로 직접 만들었단다.

"사업 실패한 남자가 집 나간다고 하는 여자 잡을 재간이 있나요? 처음 일 년 동안은 잘 버티었지요. 그런데 있는 집도 은행에 넘어가고 집안에 있던 세간까지 다 차압 붙여서 트럭에 싣고 가니까 까무러치더라고요. 그래도 친구가 도와줘서 사글세 천이백 만 원짜리 얻어 주었어요. 거기서 1년 살다가 보증금 다 까먹고 나니까 정말 마누라도 이젠 더 이상 안 되겠다 싶었는지 뒤도 안 돌아보고 떠나대요. 여자들이 자식 생각에 쉽게 떠나지 못한다고 하던데 그것도 TV 연속극이나 소설에서만 그런가 봐요. 마누라는 한 번 떠나고

18

나더니 집 근처는 얼씬도 안해요.”

“그래도 은미가 보고 싶을 텐데…”

내가 말꼬리를 흐리자 잽싸게 아내가 내 말을 가로챈다. 마치 ‘네가 나설 주제나 되느냐.’ 하는 태도다.

“몇 년이나 됐는데?”

“제가 지금 마흔 셋이니까 6년 됐네요. 은미가 여섯 살 때였지요.”

허공을 멍하니 바라보는 그의 눈가에 눈물이 맺혔다. 내가 술잔에 술을 채워줬다. 다시 한잔을 쭉 마신 후 말을 계속해 나간다.

“처음 몇 달 동안은 엄마를 찾아대면서 얼마나 울던지 정말 제 자신이 미치겠더군요. 그래도 세월이 약이란 말이 맞긴 맞는가 봐요. 은미가 자꾸 커가면서 친구들과 어울리다 보니 점차 엄마를 찾는 횟수가 줄어들고 조금씩 마음의 안정을 찾아가더라고요. 그렇지만 아직도 혼자서 있을 때는 엄마 생각을 많이 하는 눈치에요.”

아내가 김 소장의 술잔에 다시 술을 따라주며 김 소장의 곁으로 더 바짝 다가앉았다. 김 소장이 내 눈치를 보면서 옆으로 조금 몸을 빼낸다.

나는 안다. 아내가 바람기가 있어서, 또는 음심이 생겨서 그러는 것이 아님을. 아내는 일부러 나에게 상처를 주기 위해서 다른 남자에게 더 친절한 척 하는 것이다. 늘 하는 아내의 입버릇처럼 '너 같은 놈은 꼴도 보기 싫다.'는 마음을 겉으로 표현하는 것이리라.

상추쌈에 돼지 불고기, 거기다가 시금치국까지. 오늘 저녁은 정말 훌륭했다. 그뿐인가. 소주도 한 병 가까이 하다 보니 모처럼만에 포식을 한 것 같다.

돼지 불고기 몇 점을 싸 들고 밖으로 나왔다. 여관과 살림집 사이에 있는 주차장 겸 마당에서 꼬맹이가 꼬리를 흔들면서 나에게 달려든다. 가평에서부터 함께 온 유일한 식구이다. 애완견만큼이나 덩치가 작아서 아내가 붙여 준 이름이다.

아내가 아무리 나를 구박하고 눈치를 주더라도 이놈만은 언제나 내게 달려들면서 나를 반겨주었지. 밥그릇에 고기를 던져주자 불과 2~3초 만에 다 먹어 치운다. 그래, 꼬맹아. 이 아빠 죽지 않는다. 이대로 쓰러질 수 없다. 언젠가는 네게 맛있는 개 껌도 사다주고 고급사료도 먹여 줄 날이 올 거다.

나는 쭈그리고 앉아서 꼬맹이의 머리를 쓰다듬어 주었다. 아마도 푸들과 똥개의 잡종인 모양이다. 벌써 우리와 함께 산지도 2년이 다 되어온다. 석 달 전 가평에서 이사 올 때 통곡을 하며 옆자리에 앉아있던 아내의 무릎에서 눈만 껌벅이며 겁에 질려 있던 놈이다.

아내와 김 소장을 그대로 두고 2층 내 방으로 올라왔다. 양 옆에 산더미처럼 쌓여 있는 책들을 비집고 겨우 의자에 앉았다. 가평에서 이사 올 때 읽지 않는 책들을 많이 버렸지만 아직도 천권도 넘는다. 그 중에는 아내가 대학시절 보았던 원서들도 꽤 많은 공간을 차지하고 있다. 세익스피어, 샬롯 브론테, 펄벅, 톨스토이, 에밀졸라, 헤밍웨이….

누렇게 변색되어 버린 산더미 같은 책들이 아내와 나, 그리고 아들의 졸업앨범들과 우리의 결혼 앨범들을 짓누르고 있는것만 같다. 책들은 마치 나와 아내에게 자신들을 뒤척이며 옛날의 화려했던 시절을 회상해 달라고 몸부림치는 것은 아닌지, 아니면 이 숨 막히는 짓눌림에서 구해달라고 소리치고 있는 지도 모를 일이다.

내가 자주 보는 책들은 겨우 서가 두 개에 꽂았지만 나머지 책들은 양 옆에 되는 대로 쌓아 두었다. 책상과 의자, 게다가 쓰지도 않는 소파까지, 가히 내 방은 잡동사니의 천국이다. 제대로 몸을 누일 공간조차도 없다. 사방이 키 높이의 서가, 책 더미, 옷장, 3단으로 쌓아 놓은 소파…. 빛이 들어올 수 있는 유일한 공간은 책상 앞에 뚫린 창문뿐이다.

컴퓨터 앞에 앉자 그래도 마음이 안정된다. 그래, 죽건 살건 내가 할 일은 글을 쓰는 것이고 책을 내는 것이고 출판사업을 계속하는 것이야. 언젠가는 좋은 날이 있겠지.

벌써 12년도 더 지났나? 1997년 12월, IMF 사태의 초기부터 시작된 새벽기도. 회사가 어려워지기 시작할 때부터 시작된 새벽기도는 끝없이 계속되고, 회사의 어려움도 또한 끝없이 계속되고, 결국 내가 몸담고 있던 사업부는 문을 닫고, 나는 퇴직 위로금 조차도 한 푼 받지 못하고 그냥 쫓겨 나오다시피 퇴사했지. 3년 연속 적자를 보는 사업부를 어떻게든 살려보려고 마지막 1년은 내 봉급도 다 반납하고 다닌 회사였는데…. 나중에 퇴사한 다른 계열회사의 중역들은 2년분의 봉급을 위로금으로 받고 나왔다는데. 지금 생각해보니, 회사가 내게 너무 했다는 생각도 들고 내가 참 바보스러웠다는 생각도 든다. 다 끝난 이야기지만.

"삼촌, 나도 술 한 잔 줘."

실상은 우리와 형제도 아니고 친척도 아니지만 그가 나를 형수님이라고 부르면서 편하게 대하니 나도 그냥 삼촌이라고 불러주며 지낸다.

"아니, 형수님이 웬일이세요?"

김 소장이 눈을 동그랗게 뜨면서 물어보는 말이다. 술이라곤 입에 대본 적도 없는 내가 여기 산골로 와서는 많이 변했다. 즐기는 것은 아니지만 가끔씩 술도 입에 댄다. 김 소장이 소주잔을 하나 가지고 오더니 가득 따라주고는 건배를 외친다.

"자, 형수님. 원 샷 하는 겁니다."

"자, 부라보우!"

"형수님의 건강을 위하여!"

"삼촌의 건강을 위하여!"

"형님의 건강을 위하여도 한번 하셔야죠."

그가 잔을 입에 가져가려다 말고 내게로 눈을 돌리면서 하는 말이다. 그래도 나는 남편을 위해서 건배는 하지 않았다. 어디선가 모기 한 마리가 왱~ 소리를 내면서 내 귓가를 스쳐 지나갔다. 내가 왼손으로 모기를 쫓는 시늉을 하자 그가 얼른 잔을 비우더니 모기향을 꺼내 와서 식탁 위에 피워 놓았다. 에어컨 바람에 모기향 연기가 날아간다.

"나 담배 있으면 하나만 줘."

"아니 형수님, 언제 담배도 배우셨어요? 이거 우리 형수님 다시 봐야 하겠네…"

여기 이사 와서부터 담배도 가끔씩 뻐끔거리며 피웠다. 요즘은 제법 익숙해져서 아침에 일어나면 제일 먼저 담배 갑과 라이터부터 찾는다. 김 소장이 자기 입으로 담배를 쭉 빨아 들여서 불을 붙이더니 그것을 내게 건네준다.

'서비스 정신이 투철한 거야.'

나는 속으로 그렇게 생각했다. 요즘 그가 하는 행동은 어떤 짓이라도 좋아 보이고 멋있어 보인다. 반면에 남편이 하는 행동은 모두가 한심하고 바보스럽게만 보일뿐이다.

김 소장이 더욱 내 곁으로 밀착해서 앉았다. 아까 남편이 앞에 있을 때는 일부러 멀리 앉는 척하더니 단 둘이만 있으니까 이제는 두려운 게 없는 모양이다. 그래도 그의 행동이 싫지 않았다. 술잔에 술을 따라주더니 내가 술잔을 집으려 하자 내 손을 꼭 잡는다.

"형수님, 우리 러브 샷 해요. 이렇게 서로 팔 걸어서…"

그가 하자는 대로 했다. 소주를 두 잔째 먹으니 정신이 몽롱하다. 벽에 걸려있는 시계를 보니 벌써 여덟시가 다 되었다. 갑자기 무릎 위가 뜨뜻해졌다. 그가 손을 내 무릎 위로 올려놓은 것이다. 나는 그의 손을 조용히 잡고 테이블 위로 끌어올렸다.

"삼촌, 이러지 마. 나 아직 그렇게 망가지지 않았어. 단지 요즘 내 생활이 너무 한심해서 우울했을 뿐이야."

옆으로 나란히 앉아 있으니 그의 얼굴 표정을 볼 수가 없다. 아마도 조금은 민망해 하겠지. 나는 밀레의 그림을 멀거니 바라보았다. 어렸을 땐 평화스러운 풍경이라고 배웠지만 지금 보니 참 가난한 사람들이라는 생각이 든다. 오죽하면 이삭줍기를 하고 있을까.

"형수님, 정 그러시다면 우리 언제 속초 바닷가에 가서 바람이나 쏘이다 올까요?"

바닷가? 동해안 바닷가에 간 것이 언제던가? 2년 전? 가평에 살 때 남편과 간 적이 있었지. 대포 항에서 회 먹고 밤에는 우리 콘도에서 잤었지. 부동산 있던 것 모두 팔았지만 콘도 하나는 아직도 가지고 있지. 내 이름으로 된 유일한 재산이야. 지금 팔아봤자 천만 원도 받지 못하겠지만….

"그거 좋지. 그런데 남편이 허락할까?"

"형님은 사람이 좋으셔서 반대는 하지 않으실 것 같은데요? 그리고 낮에 갔다 낮에 오는 건데 뭐 특별히 반대할 일이야 있겠습니까? 저도 부탁하고 형수님도 이야기 하시면…"

그는 '낮'이라는 단어를 유난히 강조했다. 나도 낮에 다녀온다니까 안심이 되었다.

"허락을 받을 것은 또 뭐야. 내가 가고 싶으면 가는 거지."

"그럼요. 형수님이 가시겠다는데 누가 막겠습니까."

내 호기에 맞장구라도 치듯 그가 식탁에 잔을 딱! 소리가 나게 내려놓으면서 하는 말이다. 그가 냉장고 문을 열더니 소주를 또 한 병 꺼내왔다.

네 번째 소주병을 절반쯤 비웠을 때 다시 전화벨이 울렸다.

"언니야? 나 아래층 노래방 미라야."

"오, 그래. 미라구나. 웬일이니?"

"손님이 있어서 잠깐 방 좀 쓸려고…"

"응, 그러면 카운터 문 열고 들어가서 아무거나 열쇠 들고 올라가. 2만원 열쇠 함에 넣는 것 잊지 말고."

"알았어, 언니. 고마워."

"지금 시간에 벌써 노래 다 끝내고 올라가는 놈도 있군요."

"오후 다섯 시 쯤 오는 손님도 있는데, 뭐. 그건 그렇고. 바닷가 언제가 좋을까?"

"다음 주 화요일 어때요? 오늘이 화요일이니까 꼭 일주일 후네요."

"그래. 그럼 우리 다음 주 화요일에 속초 바닷가 구경하고 오는 거다. 알았지?"

"형수님, 제 걱정 말고 형님에게 허락이나 받아 놓으세요."

"걱정 마. 남편은 내 말이라면 꼼짝 못한다니까."

호기 있게 말하고 일어서려는데 다리가 휘청하고 풀린다. 그가 얼른 나를 옆에서 부축해 주었다. 그의 어깨에서 땀 냄새가 물씬 풍겨왔다. 남편으로부터는 맡아보지 못한 진한 남자 냄새였다.

2층으로 올라가기 전에 여관으로 가서 카운터에 들렀다. 열쇠 함에서 2만원을 꺼내서 지갑 속에 넣고 카운터 앞에

안내문을 돌려놓았다. 〈방 필요하신 분 011-418-5074 연락
주세요〉.

이제부터는 남편의 전화가 울리면 손님을 받건 방 청소를
하건 모두 남편이 알아서 할 일이다. 그 반대편에는 내 번호
가 적혀 있다. 여관 근무는 원래 내가 오후 4시부터 10시까
지 하기로 되어 있었다. 그렇지만 지난 몇 달 동안도 내가 제
대로 시간을 지킨 날은 며칠 없었다. 더군다나 오늘은 술도
한잔 하고 보니 더 이상 앉아 있을 기분이 아니었다. 나는 휘
청거리는 발걸음을 2층으로 옮겼다.

비는 쏟아지지 않고 무척이나 더운 여름밤이었다. 2층 우
리 방에는 에어컨도 없다. 창문을 열어 놓으면 항상 시원한
바람이 불어와서 별 어려움 없이 지내왔는데 오늘은 잔뜩
찌푸려 있는 날씨 탓에 창문을 열어 놓았어도 별로 시원하
지가 않다.

나는 방바닥에 누워서 책을 읽고 있었다. 하루 종일 이리
저리 뛰며 일하고 또 컴퓨터 앞에 앉아서 글도 조금 썼더니
몸이 천근만근이다. 그래도 책을 조금 더 읽다가 자야 하겠
다고 생각하고 펼쳐든 것이다. 옆에서는 모기향에서 모락모
락 연기가 올라가고 있었다. 쑥 냄새가 제법 매캐하다.

"여보, 나 삼촌하고 속초 갔다 오면 안 될까?"

전에 없이 아내가 옆에 눕더니 하는 말이었다. 아까 옆에 누울 때부터 이상한 낌새를 차렸었다. 지난 일 년 동안 아내는 내가 옆에라도 가기만 하면 마치 벌레가 이불 속으로 기어 든 것 마냥 질색을 하면서 옆방으로 달아나곤 했다. 옛날에 서울서 살 때나 분당에서 살 때는 항상 한 침대에 누워서 손을 꼭 잡고 잤던 사이였다.

아내가 그렇게 쌀쌀하게 할 때면 내 가슴은 미어지듯 아팠다. 이렇게 어려울 때 일수록 더욱 더 힘을 합쳐야 하는 건데…. 이럴 때에 아내가 힘이 돼 주어야 하는 건데…. 그러나 그것은 언제나 나의 공허한 바람일 뿐이었다.

가끔씩 멀지 않은 거리에서 대포소리가 들려온다. 오늘 밤에도 포사격 훈련이 있는 모양이다. 그럴 때마다 불도 번쩍이곤 한다. 열시쯤 됐을까?

나는 책을 옆으로 밀어놓고 멀거니 아내를 바라보았다. 어떻게 대답을 해 주어야 할까? 내가 망설인다고 해 보았자 별다른 뾰족한 방법이 있는 것은 아니다. 안 된다고 하면 아내는 필경 밴댕이처럼 속이 좁은 놈이라느니, 제 마누라를 못 믿어서 의심을 하는 놈이라느니, 하면서 온갖 욕을 다 할 것이었다. 단지 대답을 몇 분 늦게 한다는 것뿐이다. 그렇게 생각하니 또 다시 기가 막힌다. 생전 욕이라고는 모르고 살아 온 아내가 이렇게 변했다는 것이 또한 신기하다.

"영복이가 당신하고 함께 가자고 해?"

"응, 속초 쪽에 누구 만날 사람이 있다면서 날보고 바닷가에 가서 바람이나 쏘이고 오면 어떻겠느냐고 해서 그냥 간다고 그랬는데…. 못 간다고 할 걸 그랬나?"

속초에 무슨 만날 사람이 있을라고? 그냥 함께 가자고 둘러댄 얘기겠지. 속으로 그렇게 생각하면서도 어서 빨리 대답을 해 주어야 한다는 강박감이 나를 짓눌렀다.

"아이, 여보오~."

아내의 채근이 이어졌다. 더 이상 시간 끌어보았댔자 내가 해 줄 수 있는 대답은 뻔했다. 고개를 돌려 아내를 돌아보았다. 아내의 트레이드마크인 커다란 눈이 나를 빤히 쳐다보고 있었다. 요즘 부쩍 수척해진 아내의 모습을 보자 갑자기 꼭 끌어안고 싶은 충동이 일었다. 나는 책으로 눈을 돌리면서 마지못해 승낙해 주었다.

"당신 좋을 대로 해."

"응, 그러면 간다고 그럴게."

아내가 약간은 코맹맹이 소리를 내면서 하는 말이었다. 아, 얼마 만에 들어보는 아내의 애교어린 목소리던가. 아내는 손을 뻗어서 내 러닝셔츠 속으로 손을 집어넣었다. 내 젖꼭지를 만지작거리는 손을 살며시 걷어냈다.

"왜? 싫어?"

마음 같아서는 아내를 품고 싶었지만 벌써 근 일 년 동안 아내와 잠자리를 같이 하지 않았다는 사실을 떠 올리자 나도 모르게 강한 거부감이 일었다. 그 동안 여러 번 아내로부터 거절당한 경험에 대한 반발 심리도 있었다. 그럴 때마다 남편으로서의 자존심에 심한 상처를 입었었다. 불현듯 나도 거절할 수 있다는 증거를 보여주고 싶었다.

"아니야, 오늘은 하루 종일 일하고 글도 좀 썼더니 몸이 아주 피곤하네. 또 이따 밤에라도 여관에서 전화 오면 내려가 봐야 하고. 당신이나 먼저 자지."

나는 아내의 손을 살며시 내려놓고 홋 이불을 빠져 나왔다. 옆방으로 가서 불을 켜고 컴퓨터 앞에 앉았으나 글을 쓰고 싶은 마음이 들지는 않았다. 다녀오라고는 했지만 과연 아내를 보내도 되는 걸까? 별 탈은 없으려나? 선량해 보이기는 하지만 그래도 40대의 홀아비가 아닌가. 비록 아내가 50이 넘었다고는 하지만 아직도 젊고 예쁜데….

그런 생각을 하면서도 정말 순수한 마음에서 바람이나 쏘이고 오겠다고 하는 사람들을 내가 공연히 의심하는 것은 아닌가 하는 죄책감도 들었다. 그러나 아무리 고민을 해 보아도 이 상황에서 내가 할 수 있는 일이라고는 아무 것도 없었다. 아내도 그걸 잘 알고 그냥 형식적으로 내게 얘기를 한 것뿐이리라. 그래도 내가 남편이니까. 생각하면 할수록 머리만 터져나갈 듯 아플 뿐이었다.

잠시 후에 옆방에서는 아내의 코고는 소리가 요란하게 들려오기 시작했다. 아내의 코고는 소리에 화답이라도 하려는 듯 여기저기서 모기들이 웽웽거린다. 나는 책상 위에 놓여있던 에프킬러를 집어 들었다.

찰방거리라고도 하고 산영리라고도 부르는 이 동네의 아침은 언제나 상쾌하다. 가평의 공기도 좋았지만 여기는 가평과 비교할 수가 없다. 깊고 높은 산속의 원시림에서 뿜어대는 산소는 진하다 못해 끈적끈적 하기까지 하다. 마치 깊은 산속에 삼림욕을 하러 온 것 같은 느낌이다.

아침 여덟시가 좀 넘어서 눈을 떴다. 일어나 보니 벌써 남편은 여관 안과 밖 여기저기를 다니면서 청소를 하고 있었다. 사실은 남편에게 조금 미안하기도 하다.

여기에 와 보니 할 일이 이만저만이 아니었다. 여관 앞마당과 뒤 주차장 빗자루 질, 방마다 다니면서 이불과 요 커버 벗겨내기, 세탁기 돌리기, 그 사이에 방과 복도 걸레질, 쓰레기 모아서 태우기, 빨래가 끝나면 세탁물 옥상 빨랫줄에 널기, 다시 마른 홋 이불 가지고 와서 이불과 요에 씌우기 등등….

최소한 두 명은 해야 할 일을 남편은 힘들다는 내색도 하지 않고 묵묵히 잘도 해 낸다. 게다가 밤 두시건 세시건 손님에게서 전화가 오면 내려가는 것은 언제나 남편이었다. 옛날에 머슴이 있었다면 저렇게 열심히 일했을까? 거기에 비하면 나는 별로 하는 게 없다.

흥! 난 몰라. 제가 좋아서 이 산골짜기까지 기어들어 왔으니 고생하는 것이 당연하지. 다른 남편들은 회사 다니면서 월급도 꼬박꼬박 받아오고 자식들 다 시집장가 번듯하게 보내고 노후걱정 없이 사는데 이게 무슨 꼴이람.

서울 사는 친구들에게도 여기로 이사 왔다는 이야기는 아예 하지도 않았다. 전화번호는 휴대폰만 알고 있으니 어쩌다 그들로부터 전화가 오면 그냥 잘 있다고만 했다. 몇 번이나 교회 여 집사들이 가평에 놀러가도 되냐고 물어 왔었다. 고등학교 동창들도 오겠다고 했다. 그때마다 지금은 바빠서 안 된다고 적당히 둘러대고 말았다. 그러니 그들은 우리가 지금도 가평에 살고 있는 줄만 알고 있을 것이다.

그럭저럭 지금까지 석 달을 숨겨왔다. 그러나 그것도 잠시 동안만 가능하겠지. 아무리 비밀로 하고 싶다고 해서 그게 어디 지켜질 일인가. 이제 머지않아 내가 여기 철책선 근처까지 망해서 쫓겨 왔다는 소문이 나겠지. 친구들이나 교회 사람들이 여기까지 찾아오는 날이면 난 그날로 칵! 목을 매고 죽어버릴 거야. 더 이상 살아서 뭘 해. 내 비참한 꼴만 보일뿐이지. 이런 저런 생각을 하면서 일어나 대충 씻었다. 화장대 앞에 앉아서 얼굴을 매만지고 있는데 부엌에서 남편의 목소리가 들렸다.

"여보, 아침 먹어."

어느 사이에 남편이 아침을 한 모양이다. 콩나물 국 냄새가 나는가 싶더니 벌써 아침이 다 됐단다. 가건물 비슷하게 패널로 지은 부엌에는 어울리지 않게도 대리석 식탁에 가죽을 씌운 의자들. 분당에 살 때 200만원도 넘게 주고 산 고급 식탁이다. 이런 최전방 산동네에는 도저히 어울리지 않는 부엌가구다. 식탁에 앉으면서 또다시 짜증이 났다. 벽과 천정에는 파리똥이 여기저기 붙어있다. 여기 이사 오면서 도배도 하지 않았다. 될 대로 되라는 식으로 달랑 몸만 따라 온 것이다. 더 이상 살고 싶은 의욕도 없다.

식탁 위에는 콩나물국과 햄, 참치, 그리고 며칠 전에 남편이 화천 장에 가서 사 왔다는 열무김치가 놓여있다. 열무김치에서 시큼한 냄새가 풍긴다. 나는 몇 번 뜨는 둥 마는 둥 하고 숟가락을 놓았다. 콩나물국물만 조금 먹었을 뿐이다.

"왜? 좀 더 먹지. 먼 곳까지 갈려면 시장할 텐데…"

너나 처먹어, 이 병신아! 이 소리가 목구멍까지 나왔다. 그래도 그래서는 안 될 것 같아 참았다. 남편을 가만히 들여다 보았다. 옛날에 그 고왔던 피부는 어디로 갔는지 이제는 허연 머리에 늙은이처럼 초라한 얼굴만이 있을 뿐이다. 요즘 들어 더욱 바짝 마른 것 같다.

직장에서 중역으로 있으면서 교회생활 열심히 할 때는 정말 십년도 더 젊어 보이던 남편이다. 남편은 항상 하루에 사과를 세 개 이상씩 먹는다. 벌써 몇 십 년째 계속된 습관이다. 그래서 그런지 피부가 웬만한 여자들 피부보다도 더 고왔다. 교회에서도 여자 집사들이 남편을 보면 어쩌면 그렇게도 피부가 곱냐고, 그 비결이 뭐냐고 부러워하곤 하던 사람이다. 지난 3년 사이에 사업한답시고 돈 다 까먹고 하는 과정에서 정말 남편은 폭삭 늙었다. 한편으론 측은한 마음도 일었다.

나는 아무 말도 하지 않고 자리에서 일어났다. 남편의 겁먹은 눈망울도 나를 따라 온다. 방안으로 들어오면서 흘끗 뒤돌아보았다. 남편이 머리를 숙이면서 밥을 떠 넣는 모습이 들어왔다. 다 네가 저지른 잘못에 대한 벌을 받는 거야. 마누라하고 자식하나 제대로 돌보지 못하는 지지리도 못난 주제에….

왜 김 소장은 아직까지도 연락이 없을까? 혹시 오늘 못 간다고 하는 것은 아닐까? 시계를 보니 아홉시가 조금 넘었다. 그 시계를 보자 또다시 짜증이 났다. 남편이 옛날에 회사에서 영국으로 출장 갔을 때 옥스퍼드 대학 기념품점에서 사

왔다는, 테두리를 가죽으로 씌운 아주 고풍스런 분위기가
나는 탁상시계다. 누렇게 바랜 벽지와는 도저히 어울리지 않
는.

"All the leaves are⋯"

전화가 왔다. 김 소장이겠지.

"형수님, 준비 다 되셨어요? 일찍 떠나야지 일찍 돌아올
수 있죠. 어서 내려오세요."

"응, 알았어, 삼촌. 금방 내려가니까 10분만 기다려."

십분 씩 기다리라고 할 것도 없다. 그냥 몸만 내려가면 될
일이다. 그런데도 왠지 그래야만 체면이 설 것 같았다.

2.
함정에 빠지다

　그의 산타페 차를 타고 떠난 시간은 아침 열시가 다 되어
서였다. 남편은 잘 다녀오라는 말만을 하고는 이내 여관으
로 들어가 버렸다. 나오면서 보니 세탁실에서 세탁기 돌아가
는 소리가 요란하게 들려오고 있었다. 아직도 할 일이 많을
것이다. 세탁물 꺼내서 방에다 널어놓아야 하고 그것 다 마
르면 또 이불과 요에 갈아 끼워야 하고….

　찰방거리라고도 하고 산영리라고도 하는 동네에 온 지 석
달이 지났지만 이 동네를 벗어나기는 오늘이 다섯 번째다.
화천에 장보러 간 것 한 번, 춘천 언니네 집에 간 것 한 번.
그리고 서울에 있는 아들 만나러 간 것 세 번. 다 망해서 이
곳 산골까지 쫓겨났다고 생각하니 만사가 귀찮아졌다. 그냥

죽지 못해 살 뿐이다.

집을 나오면서 동네를 돌아보았다. 황제 룸싸롱, 질러 노래방, 영남장, 클릭 PC방, VIP 단란주점, 전우식당, 만남노래방, 광주장, 화천식당, 이기자 군복수선, 칠성 당구장…. 눈에 보이는 간판이라고는 모두 술집과 여관, 아니면 노래방이나 당구장뿐이었다. 간판 몇 개를 읽다보니 동네가 끝나버렸다. 이제 보이는 것은 산과 벌판뿐이다.

친구들 중에서 내가 제일 초라할 거야…. 이런 생각을 하면서도 한편으로는 가슴이 후련했다. 지긋지긋한 감옥을 탈출했을 때의 기분이 이럴까? 무엇인가 나를 꼼짝달싹 못하게 옭아매고 있던 밧줄에서 풀려난 느낌이다.

이사 온지 석 달이 지났지만 난 창피해서 집밖에도 나가지 않았다. 옆집에 누가 사는지, 어디에 뭐가 있는지도 모른다. 마치 남들이 '서울서 살다가 망해서 왔대.' 이런 이야기를 하면서 손가락질을 해 댈 것만 같았다. 시장도 지금껏 남편이 보아왔다. 오늘 다시 동네를 보니 정말 손바닥만 하고 술집과 여관 빼면 아무 것도 없다. 세탁소도, 미장원도, 목욕탕도, 극장도…. 물론 오페라나 미술전람회도 이제는 더 이상 못 가겠지.

그러나 그런 해방감도 잠시. 곧바로 불안한 마음이 나를 엄습했다. 남편이 아닌 외간남자와 이렇게 여행을 가도 되는 걸까? 오늘 무사히 다녀 올 수는 있으려나? 그런 생각을 하자 오금이 저려왔다. 지금이라도 차를 돌려달라고 할까? 그가 들어 줄까?

내 나름대로는 신경 쓴다고 일부러 옷도 수수한 것으로 골라 입었다. 산지 10년도 훨씬 넘은 은회색바탕에 검정색 땡땡 무늬가 들어있는 투피스를 입었다. 화장도 기초화장만 했고 립스틱도 아주 연한 색으로 발랐다. 되도록 김 소장을 자극하지 않으려는 계산에서였다.

내가 불안해서 어쩔 줄 몰라 하고 있을 바로 그때, 차분한 음악이 흘러 나왔다.

"내 님의 사아랑은 철 따라 흘러어 간다…"

응? 이건 남편이 즐겨 듣던 음악인데? 양희은이 아니라 누군가 젊은 남자들 두 명이서 부르는 리메이크 곡이다. 남편이 그 곡을 틀을 때마다 나는 처량한 노래 때려치우라고 남편을 윽박지르곤 했었다. 지금 생각하니 그것도 미안했다. 내가 어리둥절한 표정을 짓자 김 소장이 웃으면서 설명해 주었다.

"이건 '따로 또 같이'라는 젊은 보컬이 부른 곡이에요. 곡명은 형수님도 잘 아시죠?"

"응."

"사랑이 깊으면 외로움도 깊어라~"

길게 여운을 남기고 노래가 끝났다. 잠시 사이를 두고 또 노래가 흘러나온다.

"그댄 봄비를 무척 좋아하나요. 나는요 비가 오면 추억 속에 잠겨요."

아, 이건 내가 좋아하는 배따라기 노랜데….

"그댄 바람소리 무척 좋아하나요. 나는요 바람 불며어언 솔밭 길을 걸어요."

노래 때문에 나의 불안하던 마음이 많이 가라앉고 경계하던 마음도 봄눈 녹듯이 사라져 버렸다.

김 소장은 나와의 데이트가 기분이 좋은지 연신 콧노래를 부른다. 붉은 색 스트라이프 와이셔츠에 깔끔하게 면도를 한 그의 옆모습이 멋있어 보였다. 짙은 향수 냄새도 난다. 일부러 뿌린 것인지 보통 때는 잘 맡아보지 못하던 냄새였다. 난 무심히 창밖만을 바라보고 있을 뿐이다. 하늘은 잔뜩 흐려있다. 차가 막 화천을 빠져 나왔을 때였다.

"윤은영, 윤은영."

"응? 그게 무슨 소리야?"

"뭐긴요, 형수님 이름이지요."

"그런데 갑자기 왜 내 이름을 불러?"

그가 나를 쳐다보며 싱글거린다. 가지런한 치아가 아름다웠다. 이목구비가 뚜렷한 게 꽤 잘 생긴 호남형의 얼굴이다.

옛날에 오빠부대를 끌고 다닐 때의 남진같다고나 할까?

"마치 내 동생 같다는 생각이 들어서요. 형수님은 누가 보더라도 40대 초반으로 밖에 안 보여요. 정말 아부 같아서 말씀드리기 쑥스럽지만, 요즘 탤런트들 중에서도 형수님처럼 예쁜 여자 드물어요. 내가 장담한다니까요."

"호호호, 삼촌, 정말 재미있는 사람이다. 그런 방법으로 지금까지 나이 먹은 사람들 몇 명이나 놀려 먹었어?"

"형수님, 나는 거짓말하면 얼굴이 빨개지는 사람이에요. 어디 보세요. 제 얼굴이 빨개져 있는지."

나는 그가 하는 말을 들으면서 갑자기 겁이 덜컥 났다. 혹시 남편이 메이퀸이 어쩌고저쩌고 하면서 주절주절 다 털어놓은 것은 아닐까? 그러나 한편으로는 그의 말이 싫지 않았다. 분명 나를 띄워주려고 한 말이겠지만 그래도 못 생겼다고 하는 것 보다야 낫지 않은가. 메이퀸은 무슨 얼어 죽을 메이퀸이야, 벌써 30년도 넘은 이야기인데. 누가 50이 넘은 나를 넘보겠어, 이런 생각을 하면서 속으로 터져 나오려는 웃음을 겨우겨우 참아냈다.

옆으로 고개를 돌려 보았다. 앉은키가 나보다 머리 하나는 더 큰 그의 넓은 얼굴에서 선한 모습이 풍겨 나왔다. 그가 내 쪽으로 몸을 기울이면서 내 손을 살며시 잡았다. 잔뜩 긴장해서 집을 떠날 때부터 무릎 위에만 가지런히 놓아 두었던 손이다. 나는 살며시 그의 손을 밀어냈다. 그렇지만 그의 농담에 마음이 풀어져서 이제는 그를 경계하는 마음도 거의 다 없어졌다.

깜빡 졸았던 모양이다. 잠에서 깨어보니 오른 쪽으로 푸른 강물이 보인다.

"여기가 어디야?"

"양구 거의 다 왔어요."

"그러면 속초까지는 아직도 멀었나?"

"한 시간 정도 더 가야지요."

어느 사이에 그가 내 손을 만지작거리고 있었다. 다시 뿌리치기가 무엇해서 그냥 그대로 내버려 두었다. 어쨌든 그의 감정을 상하게 해서는 안 된다. 그가 데리고 있는 인부들이 우리 여관의 방 열 개를 월세 내어 쓰고 있는 형편이다. 한 달에 그가 올려주는 수입이 우리 여관 전체 수입의 절반이나 된다. 요즘 들어 여기저기서 그의 장기투숙 손님들을 끌어가려고 하는 눈치가 보인다.

그도 그럴 것이. 동네라고 해 보았댔자 걸어서 10분 정도만 가면 끝나는 작은 시골 동네에 다닥다닥 여관이 일곱 개씩이나 되니 왜 안 그렇겠는가. 서울이라면 술손님이 주류이겠지만, 술손님도 별로 없이 오로지 외박 나온 군인들을 받아야 하는 산골 동네에서는 이렇게 장기 투숙하는 손님들은 그야말로 노다지나 다름없는 것이다. 거기다가 우리 여관은 방이 열여섯 개 밖에 되지 않는 작은 여관이다. 그 중 방 열 개를 김 소장네 식구들이 해결해 주고 있는 형편인 것이다.

미시령 터널을 지났다. 조금 더 가자 왼쪽으로 현대 아이파크 콘도의 둥그런 타워가 보인다. 내가 갖고 있는 유일한 부동산, 콘도에서 내다보면 설악산의 흔들바위가 바로 정면으로 바라보이는 1703호. 우리가 오면 항상 머물던 곳이다. 재작년에도 남편과 함께 와서 즐겁게 지내고 갔었지. 갑자기 눈물이 핑 돌았다. 지금은 잘 알지도 못하는 외간 남자와 한 차를 타고 속초를 간다. 그것도 그에게 손이 잡힌 채로.

"형수님, 왜 오늘 기분이 좋지 않으세요?"

"응? 아냐. 좋아."

"기분 푸세요. 모처럼 형수님 기분 전환해 드리려고 제가 힘들게 시간 내서 나온 건데…"

그래. 나도 그의 기분을 좋게 해 주려고 모처럼 작정하고 나온 건데 마음을 추슬러야지. 내가 웃으면서 얼굴 표정을 바꿨다. 억지로 옛날에 남편과 연애하던 시절의 즐거웠던 추억을 떠 올리면서.

"그래요. 그렇게 밝게 웃으시니까 저도 기분이 좋네요. 자, 그럼 속초에 왔으니 이젠 어디로 가지요?"

"벌써 열두시 넘었잖아? 점심 먹어야지."

"뭐로 하죠?"

마침 순두부 촌 앞을 지나고 있었다. 옛날에 남편과 자주 가던 김영애 할머니 순두부집을 가자고 하고 싶었다. 그러나 그는 바닷가에 가서 회를 먹고 싶어 할 것이다.

"삼촌은 어디 가고 싶어?"

"팔딱거리는 회로 영양 보충 좀 하시죠?"

그렇겠지. 김 소장은 분명 회를 먹으면서 소주를 마실 것이고 그러면 술 취한 상태로는 운전을 할 수 없을 것이다. 술이 깰 동안 여관에서 한 숨 자라고 하고 나는 그 사이에 속초 중앙시장을 가서 미역과 멸치도 사고 젓갈도 좀 사야겠다. 시장 이곳저곳 둘러보다 보면 두 세 시간은 금방 지나가겠지.

나는 집을 떠나기 전부터 대략 이런 정도의 계획을 세워 두었다. 다시 그 생각을 떠 올리자, 기름이 동동 뜬 미역국에 밥을 말아 먹는 남편의 모습이 보였다. 김이 모락모락 나는 하얀 쌀밥에 오징어젓을 얹어 먹는 아들의 모습도 눈에 아른 거렸다.

"대포 항 말고 강릉 쪽으로 계속 내려가면서 좋은 데 있으면 거기서 먹지요 뭐."

그가 가자고 한 것이고 나는 따라 온 입장이다. 게다가 그의 차에 동승해서 가는 형편이니 고집을 부릴 처지도 못 되었다.

"그래. 삼촌 좋을 대로 해."

김 소장은 자기의 계획대로 된 것이 무척이나 기분 좋은 모양이다. 연신 콧노래를 부른다. 내 손을 잡은 손에 땀이 흥건해서 내가 티슈로 그의 손에 배어있는 땀을 닦아 주었다. 그러자 내 손을 더욱 꼭 움켜쥔다.

대포 항을 지나자 드디어 푸른 바다가 나타났다. 흐린 날씨 속에서도 하얗게 부서지는 파도가 아름답다. 간간히 비가 뿌리기 시작한다. 와이퍼의 돌아가는 속도가 점점 빨라지고 있었다. 대포 항을 지나서 한 20분쯤 되었나? 갑자기 차의 속도가 줄어드는가 싶더니 왼쪽으로 방향을 바꾸어서 7번 국도에서 벗어났다.

"어디로 가는 거야?"

"저 앞에 보이는 모텔 밑에 횟집 간판 보이잖아요? 바로 바닷가와는 지척이고 너무 아름다운데요."

눈을 들어 보니 완만한 언덕 밑에 '청호 모텔'이라는 5층짜리 건물이 보이고 건물 1층에는 '청호횟집'이라는 간판이 붙어 있다. 푸른 바다 앞에 붉은 색 지붕에 흰색 칠을 한 모텔 건물은 멀리서도 정말 사람들의 시선을 끌만했다. 주차장에는 검정색 구형 그랜저가 한 대 서 있었다. 옛날에 남편이 타던 차도 저거였는데…. 나는 그런 생각을 하면서 그를 따라서 횟집으로 향했다.

바다를 지척에서 보자 갑자기 가슴이 확 트이는 기분이 들었다. 모텔 건물은 물결치는 파도와는 불과 20여 미터나 떨어져 있을까? 모텔의 바로 뒤에서 산더미처럼 큰 파도가 하얀 물보라를 일으키며 부서지고 있었다. 찝찔한 바닷물이 내 입가에 까지 튀었다.

횟집 안으로 들어가니 대머리가 훌떡 벗겨진 남자와 30대 후반이나 40대 초반쯤 되어 보이는 여자가 식탁을 사이에 두고 앉아 있었다. 남자는 50대 중반쯤으로 보였다. 어쩌면 번쩍이는 대머리 때문에 나이가 더 들어 보이는지도 모를 일이다. 서로의 얼굴을 어쩌나 가까이 맞대고 있는지 코가 거의 닿을 지경이었다. 그들이 우리를 슬쩍 쳐다보았다. 한 눈에 보아도 부부는 아닌 듯 했다. 우리처럼.

식탁이라고 해야 불과 여섯 개 밖에 되지 않는 식당 안은 너무나도 조용했다. 분명 무언가 재미있게 속삭이다가 우리가 들어오니까 갑자기 말문을 닫아버린 것 같았다. 벽에는 젊은 모델의 육감적인 소주 광고 포스터가 걸려 있었다. 흔들어라, 어쩌고… 하면서. 그 앞의 대형 수족관에는 싱싱한 물고기들이 날개를 퍼덕이며 날아다니고 있었다.

김 소장은 한껏 기분이 들떠 있었다. 수족관 앞으로 가더니 능숙한 솜씨로 고기를 고르기 시작했다.

"이것 얼마나 해요?"

큰 도미를 가리키면서 하는 말이었다. 나도 생선은 좀 볼 줄 안다. 남편이 회를 좋아해서 남편과 여러 번 생선을 고른 경험이 있기 때문이었다.

"그건 15만원은 주셔야 하는데요."

30대 후반으로 보이는 젊은 주방장이 손을 앞치마에 닦으면서 하는 말이다. 그의 코 옆에 붙어있는 검은 사마귀가 자꾸 내 눈길을 끌었다.

"형수님, 어떤 걸로 하죠?"

나를 돌아보며 마치 다른 사람들에게는 우리가 진짜 형수와 시동생이라도 되는 양 큰 소리로 외쳐댔다.

"그건 너무 크지 않을까?"

나도 그의 기분에 맞추어서 어색하지 않게 행동하려고 노력했다.

"오징어도 해야죠?"

"응, 오징어가 싱싱해 보이네."

그래서 결국은 작은 도미 한 마리, 우럭 한 마리, 그리고 오징어를 골랐고 거기에 멍게, 해삼 그리고 몇 마리의 잡고기를 서비스로 주기로 했다.

나는 바닷가 쪽의 유리창 옆에 앉아서 연신 파도치는 바다를 바라보고 있었다. 온돌 바닥이 따뜻했다. 비가 제법 요란하게 오고 있었다. 파도도 아까 도로에서 보던 것보다 훨씬 더 커졌다. 철썩이는 소리가 여기 식당 안에까지 요란하게 들려온다. 우리는 아무 말도 하지 않고 있었다.

"자기 나 삼백만 보내 줘."

"아, 글쎄 알았다니까. 내가 약속하고 언제 안 해준 적 있어?"

건너편의 테이블에 앉아 있는 남녀가 하는 말이 귀에 들어온다. 아까 하다가 중단되었던 이야기를 다시 시작하는 모양이다.

"그래도 뭐 방콕 여행시켜 주겠다고 하는 건 맨 날 공수표더라."

"아 그것도 계속 눈치를 보고 있는 거야. 마누라 몰래 비밀로 추진하려니까 쉽지가 않더란 말이지."

"난 해외여행은 아예 포기했어. 그러니까 간간히 이렇게 가까운 데나 다니자고. 자 한 잔 하고 이것 먹어 봐."

살짝 눈을 들어서 쳐다보니 여자가 회를 쌈에 싸서 남자의 입에 넣어주고 있었다. 흰색 티에 붉은 색 스카프로 멋을 냈다. 입술도 새빨갛게 칠했다. 짧게 커트를 친 머리에 그래도 그만하면 꽤 미인이었다. 남자가 호감을 가질 만도 하다.

우리 테이블에도 기본안주로 꽁치구이 두 마리와 따끈한 미역국이 나왔다. 그가 소주병을 들더니 마개를 비틀어 따고 내 잔에 먼저 가득 부어준다. 그리고는 순식간에 자기의 잔에도 술을 가득 따랐다. 그는 한잔을 단숨에 비우고 컥! 소리도 요란하게 잔을 내려놓았다. 이번에는 내가 그의 잔에 두 손으로 술을 따라주었다. 왠지 한 손으로 하기가 좀 미안했다. 그런 내 모습을 보고 있는 그의 입가에 잔잔한 미소가 번졌다. 내가 마치 부인이라도 되는 양 매우 흡족한 모습이었다.

그러나 나의 머릿속은 여간 복잡한 게 아니었다. 어떻게 해야 하나? 분명히 술이 취했으니 모텔에서 한잠 자고 가야겠다고 할 터인데 나는 어디를 가서 있다 와야 하나….

집을 떠나오기 전에 세워 두었던 작전에 차질이 생긴 것이다. 이 빗속을 뚫고 속초를 가겠다고 하면 그가 가라고 할까? 그렇다고 버스를 타고 먼저 화천으로 돌아간다고 할 수는 더더욱 없는 노릇이다. 시골이니 버스가 언제 올지도 모르고 그걸 타고 먼저 돌아간다는 것은 말이 되지도 않는다. 게다가 여기서 화천 하고도 산영리가 어디인가. 애시 당초 따라오지를 말았어야지…. 아무리 궁리해 보아도 별다른 뾰족한 방법이 떠오르지 않았다. 내 가슴만 계속 방망이질 치고 있었다.

"자, 마음껏 드십시오."

그 말에 정신이 번쩍 들어서 눈을 들어보니 주방장이 큰 접시에 가득 담긴 회를 내려놓고 있었다. 테이블이 순식간에 가득 찬 느낌이다. 아주 푸짐했다. 실내에서 흐르던 노래가 또 바뀌었다.

"님이 오시나 보다. 봄비 내리는 소리, 니임 발자국소리…."

"자, 형수님, 회가 왔으니 우리도 이제부터 본격적으로 한잔 하지요."

회를 한 입 먹었다. 쫄깃쫄깃 했다. 아, 남편이 있었다면 얼마나 맛있게 먹을까. 그러나 남편 생각은 하지 않기로 했다. 오늘은 김 소장의 기분만 맞추어 주고 싶었다. 또 덕분에 내기분이 풀어진다면 그것으로 만족하리라 마음먹었다. 권 커니 자 커니 하면서 얼마나 마셨는지 모른다. 아마 나도 대여섯 잔은 족히 마신 것 같았다.

집을 떠나 올 때 이런 상황을 예견하지 못한 것은 아니었다. 그래도 대포 항 같은데서 술을 먹게 될 줄로 알았다. 여긴 집도 없고 다방도 없는 외딴 동네이다. 그러니 어디 가서나 혼자 있다 올 곳도 없다. 완전히 허를 찔린 느낌이다. 에이, 될 대로 되라지. 나 같은 늙은이를 설마…. 그렇게 마음을 편히 먹기로 했다. 그러자 정말 마음이 편안해 졌다. 그가 내 기분을 맞추어 주려는 듯 일부러 듣기 좋은 소리를 했다.

"형수님은 참 피부도 곱고 흰머리도 하나 없어요. 그러니 누가 형수님을 쉰셋이라고 하겠어요. 분명 주민등록이 잘 못

되었다니까요."

아까도 그런 말을 했다. 분명 일부러 듣기 좋으라고 하는 말이겠지만 신기하게도 그런 말을 하는 그에게 점점 더 호감이 갔다. 나는 기분이 더 좋아졌다. 어쩌면 불안감보다는 해방감이 더 큰 자리를 차지하고 있었는지도 모르겠다.

"호호호! 내가 삼촌과 동갑이라면 얼마나 좋겠어. 그래도 나 같은 늙은이를 그렇게까지 보아주니 오늘 술값은 내가 내야 되겠네."

"늙은이라뇨. 그 말씀 취소하지 않으면 나 자리에서 일어날 겁니다."

그는 정말로 자리에서 일어날 듯이 엉거주춤한 자세를 취했다. 건너편의 테이블에 있던 손님들이 우리들의 이런 수작을 유심히 지켜보고 있었다. 내가 얼른 팔을 뻗어서 그의 손을 잡았다. 왼 손에 그의 굵은 반지가 만져졌다. 약혼반지? 아니면 결혼반지?

"아이, 삼촌. 농담을 가지고 그러면 어떻게 해. 빨리 앉아. 내가 쌈 싸줄게. 자, 아~"

그가 술을 입 속에 털어 넣더니 입을 크게 벌렸다. 내가 그의 입에 쌈을 가득 넣어 주었다. 마침 옆 테이블의 손님들이 주섬주섬 일어나더니 계산대로 간다.

"우리 얼마에요?"

"네, 12만 3천원 나왔습니다."

"열쇠는 여기서 받아가나요?"

"여기 있습니다. 502호실입니다. 전망이 최고죠. 5만원입니다."

오만 원? 나는 속으로 되뇌어 보았다. 우린 밤새 빌려줘도 3만원 밖에 못 받는데, 여긴 잠시만 빌려줘도 오만원이나 받는다니….

"형님이 왜 마음에 들지 않는지 물어봐도 돼요?"

갑자기 김 소장이 물어왔지만 그건 바로 내가 제일 싫어하는 질문이다.

"아이, 나 그 애기하기 싫어. 그것보다도 왜 은미 엄마 떠나보냈는지 들려 줘."

김 소장은 앞에 있던 소주잔을 집어서 벌컥 마시더니 잠시 바닷가를 쳐다보고 나서 입을 열었다. 그의 눈이 기억을 더듬고 있었다.

"부천에서 자동차 부속품 공장을 했죠. 플라스틱 사출이라고 큰 부속공장의 하청업체였어요. 그러니까 대기업의 하청에 재하청인 셈이죠. 사기꾼들에게 걸려서 제품은 생산도 해 보지 못하고 모두 12억을 날렸어요. 제가 갖고 있던 재산 5억하고 큰 형님 살던 집, 그리고 작은 형님에게서 빌린 돈 2억, 이렇게요."

내가 다시 그의 잔에 술을 따라주었다.

"사기 친 놈들 다 잡아 넣었더니 하, 참 기가 막히더군요. 사기꾼들이 다 그렇겠지만 그 놈들 자기 이름으로 재산 갖고 있는 게 하나도 없어요. 형사재판 해 보니 1억이면 1년형이더라고요. 2억 떼어 먹은 놈은 2년, 3억 떼어 먹은 놈은 3년 받았죠. 그렇지만 나는 돈 한 푼 건지지 못하고 그 놈들 감옥에만 처넣었죠. 게다가 재판비용으로 또 1억 날렸어요. 그게 다냐고요? 아니에요. 우리가 줄 데 못 주니까 우리 집 차압되고, 마지막엔 길거리로 내 몰리고…. 어휴! 지금 생각해도 가슴이 막 뛴다니까요."

가슴을 탕탕! 치는 그의 눈가에 이슬이 맺혔다. 그래도 우리는 김 소장 보다는 나은 것 아닌가? 우리는 망했다고는 하지만 그렇게 사기를 당하고 다 날린 것은 아니니까. 단지 돈만을 잃었을 뿐이지. 어쨌든 지금 산골에서나마 여관을 해서 먹고 사는 데는 지장이 없지 않은가. 내가 남편을 그렇게 미워하고 무시하는 게 과연 올바른 태도일까? 그래도 남편은 어떻게든 살아 보려고 하는데….

그가 담배를 피워 물었다. 내게도 권했다. 담배를 빨아들이면서 그가 더욱 측은하게 느껴졌다. 매운탕이 나왔다. 벌써 술을 많이 마셨다. 소주 세 병이 다 비워졌다. 나도 한 병 가까이를 먹은 것 같았다. 이렇게 많이 마셔보기는 난생 처음이었다. 화천에 오기 전까지는 입에 술을 한 방울도 대지 않던 나였다. 어쨌든 내가 한 병 가까이를 먹었다고 치면 그가 벌써 두병을 넘게 마신 셈이다. 도저히 이대로 운전을 할 수는 없을 것이다. 그가 큰 소리로 한 병을 더 시켰다.

"아이, 삼촌. 그만 해. 너무 취했어."

"왜 이러세요. 아직 회도 많이 남았잖아요. 자, 형수님도 한 두어 잔 더 하세요."

"아니야. 난 더 이상 못해. 대신 내가 삼촌 따라줄게."

그래도 그는 강제로 내 잔에 술을 채웠다. 나도 하는 수 없이 그와 함께 잔을 부딪치면서 한 잔을 또 마셨다.

조금 더 지나자 매운탕이 나왔다. 우럭 맛이 고소했다. 쑥갓의 향기도 상큼했다. 남편은 우럭 매운탕을 참 좋아했다. 매운탕 중에서는 우럭이 최고라면서….

"형수님, 우리 올라가서 좀 쉬었다 가요."

밥을 먹기가 무섭게 그가 자리에서 일어나 카운터 쪽으로 걸어가면서 던지는 말이었다. 드디어 올 것이 오고야 말았구나. 또다시 가슴이 콩닥콩닥 거린다. 혹시라도 그가 내 심장의 박동소리를 들을 것만 같아 나는 가슴에 손바닥을 갖다 댔다.

밖에는 폭풍우가 몰아치는지 횟집의 유리창에 연신 굵은 빗방울이 부딪치는 소리가 요란하다. 아, 집에서 남편은 얼마나 나의 걱정을 하고 있을까. 어떻게 해야 이 난관을 무사히 넘기나. 그는 벌써 카운터에서 계산을 하고 있었다. 어쩔수 없지 운명에 맡기는 수밖에….

"회 13만원에 소주가 네 병 1만2천원, 공기 밥이 두 그릇 2천원, 모두 14만 4천원입니다."

하, 잠시 사이에 여기서만 26만원이나 수입을 올리네. 거기다가 방 두 개면 10만원, 그러면 36만원 아닌가? 순간적으로 화천에서의 우리 여관 수입이 너무나도 초라하게 느껴졌다.

"방은?"

"네, 401호실이 최고급 특실입니다. 바닷가가 한 눈에 내려다보이죠."

김 소장은 뒤도 돌아보지 않고 횟집 옆에 있는 객실로 향하는 쪽문을 나섰다. 내가 그 뒤에서 엉거주춤한 상태로 서 있자 주방장이 내게로 와서 허리를 90도로 굽히면서 비릿한 웃음을 짓는다.

"사모님, 객실로 향하는 문은 이쪽에 있습니다."

"아? 아, 네, 네."

떠밀리다시피 하여 객실로 향하는 문을 나서는데 주방에서 일하는 아줌마가 나를 물끄러미 쳐다보고 있었다. 내 나이쯤 되었을까? 내가 문을 나서면 한심한 여자라며 나에게 손가락질을 해 댈 것만 같았다.

그를 따라 들어가 보니 방은 무척 따뜻하고 아늑했다. 비가 와서 난방을 해 둔 모양이었다. 가구는 그다지 호사롭지 않았다. 30인치 정도 되는 LCD TV에 더블 침대가 하나, 원목탁자 하나와 청색 비로도로 씌운 의자 두 개가 전부였다. 밖은 잘 보이지 않았다. 유리창에 안개가 뿌옇게 끼어 있어서 그걸 닦으면 곧바로 또 다시 김이 서리곤 했다. 그래도 나는 선채로 유리창을 닦으며 생각할 시간을 벌어 보려고 했다.

그런 나의 심정에 관계없이 김 소장은 방에 들어서기가 무섭게 거침없이 옷을 벗었다. 그의 행동은 완전한 승리자의 몸짓, 바로 그것이었다.

"형수님, 샤워하지 않으실래요?"

어느 사이에 알몸이 된 김 소장이 화장실로 향하면서 하는 말이었다. 그런데 위는 러닝셔츠를 입은 채로였다. 왜 아랫도리만 벗었을까? 순간적으로 그런 의구심이 들었지만 그것보다는 이 위기를 어떻게 벗어날까, 하는 급한 마음이 나를 짓눌렀다. 그런데 욕탕으로 가는 그를 보다가 나는 그만 소리를 지를 뻔 했다. 그의 손에는 어느 사이에 내 핸드백이 들려 있었던 것이다!

이제 와서 곰곰이 생각해보니 그가 나를 꼬셔내기 위해서 이미 철저한 계획을 세웠다는 생각이 들었다. 여기 외진 동네로 온 것 하며, 또 내 핸드백을 잽싸게 들고 들어가는 행동은 미리 생각해 놓지 않았으면 불가능한 일이었을 것이다.

도망을 해야 하나? 사정을 해 볼까? 여러 가지 상황을 머릿속에 떠 올려보았다. 함정에 빠지긴 분명 빠졌는데 어떻게 해야 이 위기에서 탈출 할 수 있으려나.

욕탕에서는 물소리가 요란하다. 기회는 지금 밖에 없다. 샤워를 하고 있으니 물기를 닦고 옷을 입고 나오는데 아무리 못 걸려도 1 ~ 2분은 걸릴 것이다. 그 시간이면 난 충분히 아래층까지 뛰어 내려갈 수가 있다. 큰길가로 가서 무조건 차를 얻어 타고 속초 쪽으로 가는 거야. 파출소를 가도 되고 아니면 화천의 남편에게 전화를 해도 되고. 설마 전화기 좀 빌려 쓰자는데 안 빌려줄 사람이 있을까….

살며시 고개를 돌려 방문을 쳐다보았다. 방문 손잡이는 돌리면 되고 그 위에 걸쳐 놓은 잠금장치는 앞으로 제키기만 하면 될 것이다. 그리고는 엘리베이터를 타고…. 그래, 기회는 지금이야. 이때 그가 나를 재촉한다.

"형수, 뭐 해요. 빨리 들어오지 않고."

"먼저 하고 있어. 나도 금방 들어갈게. 나 담배 있으면 하나만 주고 들어 가."

나는 일부러 큰 소리로 그를 불러 담배를 하나 달라고 했다. 정말 옷을 벗고 있나 확인해 봐야지. 그가 물을 뚝뚝 흘리면서 나왔다. 손의 물기를 닦고 벽에 걸려 있는 바지주머니에서 담배를 꺼내어 불을 붙여 주고는 내 뺨을 가볍게 두들기고 돌아선다. 마치 귀여운 인형을 가지고 노는 모양새다. 시커먼 그의 남성은 이미 성이 날대로 나서 위를 향해 힘차게 뻗어 있었다. 욕탕 문은 그대로 열어 놓은 상태로 그는 목욕을 하면서 계속 콧노래를 불러댔다. 그가 다시 독촉한다.

"빨리 들어오시라니까요."

"알았어."

담배를 피운다고는 했지만 한 모금도 빨아보지 못하고 손만 부들부들 떨렸다. 지금이다. 지금이야. 이 순간을 놓치면 다시는 기회가 없을 것이다.

나는 벌떡 일어나서 왼 손으로는 신발을 집어 들고 오른손으로는 문의 손잡이를 잡았다. 그런데 두 가지 동작을 동시에 한다는 게 생각만큼 쉽지가 않았다. 아마도 소주를 한 병 가까이 마셔서 그런지도 몰랐다. 몸이 비틀거리면서 중심을 잃고 문 옆에 쓰러졌다. 가까스로 문을 열고 나와 보니 바로 코앞에 엘리베이터가 있다. 내려가는 버튼을 눌렀다. 불이 들어오더니 엘리베이터가 움직인다. 그걸 기다릴 시간이 없다. 옆을 보니 비상구가 있다. 비상구 문을 열고 밑으로 뛰었다. 잡히면 죽을지도 모른다는 공포감이 나를 엄습했다.

"쾅!"

갑자기 문이 닫히는 소리가 마치 천둥소리보다도 더 크게 울렸다. 뒤이어 그의 목소리가 내 귀청을 때린다. 밀폐된 공간이라 그런지 엄청나게 크게 들렸다.

"야, 이년아. 거기 서지 못해? 너 잡히면 죽어!"

순간 나는 얼어붙은 듯 그 자리에 꼼짝 못하고 서 버렸다. 갑자기 다리에 힘이 쭉 풀렸다. 계단에 앉아서 뒤를 돌아보았다. 아차! 내 계산이 또 틀렸다. 그는 벌거벗은 채로 서 있는 것이었다. 그의 몸에서 떨어져 내린 물이 나 있는 쪽으로 흘러 내려오고 있었다. 나는 고개를 숙이고 밑바닥만 바라보았다. 그때 갑자기 머리통을 큰 해머로 내리치는 것과도 같은 엄청난 충격이 가해졌다.

"따라 와!"

그의 거친 손이 내 머리채를 잡아끌고 있었다. 나는 머리카락이 뽑히지 않으려고 결사적으로 그의 손을 움켜쥐었다. 그렇게 질질 방으로 끌려 왔다. 구두는 계단에 그대로 내버려 둔 채로. 그가 난폭하게 나를 방바닥에 내동댕이쳤다. 침대 모서리 매트리스에 내 얼굴이 부딪쳤는지 얼굴이 얼얼했다. 내게로 점점 다가오는 그의 발에 시커먼 털이 수북하다. 그가 내 앞에까지 오더니 한쪽 무릎을 꿇고는 내 턱을 치켜 올렸다.

"벗어!"

나는 엉거주춤한 상태로 일어나서 옷을 벗기 시작했다. 상의를 벗고 치마도 벗고, 브래지어를 풀었다. 그리고 잠시 망설였다. 다시 그가 나직한 목소리로 명령한다.

"그것도 벗어."

노란 팬티도 마저 벗었다. 마지막 한 번만 더 사정을 해 보자. 혹시 그가 들어 줄지도 모르지 않는가. 나는 무릎을 꿇었다. 그의 코가 바로 내 눈앞에 있었다. 실낱같은 희망을 걸고 그에게 애원조로 매달렸다.

"삼촌, 우리 아래윗집에서 날마다 얼굴 보며 살아야 하잖아? 나 같은 늙은 사람 욕보여서 이로울 게 뭐야. 삼촌, 그러니까…"

그는 내 눈을 빤히 쳐다보더니 씩! 웃으면서 일어나 다시 욕실로 향했다. 마치 자기 할 일을 다 했다는 태도였다. 그런데 사라져가는 그를 보고 있던 나의 입에서 저절로 탄성이 나왔다. 아! 그의 등 뒤에서는 시퍼런 용 한 마리가 어깨를 타고 하늘로 올라가고 있었다. 갑자기 오줌이 마려웠다.

"형수님~, 좋은 말로 할 때 빨리 들어오시와요, 잉~."

그가 장난 섞인 말로 나를 조롱하고 있었다. 이제는 더 이상 머뭇거릴 수가 없다. 그가 이번에는 또 어떻게 나올까, 하는 생각을 하자 다리가 후들거렸다.

"아, 알았어요, 사, 삼촌…"

이젠 어쩔 수 없다. 운명에 맡기자. 덜덜 떨면서 욕실로 들어갔다. 그는 막 비누칠을 하고 있었다. 과연 그의 몸매는 무척 우람하고 가슴께에는 시커멓게 털도 나 있었다. 나는 목욕 타월에 비누를 칠해서 그의 가슴께를 닦아 주었다. 손이 자꾸 부들부들 떨렸다. 다시 비누칠을 해서 그의 아랫도리도 닦아 주었다.

이번에는 그가 목욕타월을 내게서 받아 들더니 비누칠을 해서 내 몸 구석구석을 닦아주기 시작한다. 갑자기 다리에 힘이 쭉 빠졌다. 난생 처음 남편이 아닌 외간남자의 손에 내 몸이 내 맡겨져 있는 것이다. 그의 손이 내 사타구니에 닿았다. 내가 몸을 비틀어대자 그의 얼굴에 묘한 웃음이 스쳐 지나간다. 그는 서둘러 샤워 꼭지를 잠그더니 나를 데리고 밖으로 나왔다. 수건으로 내 몸의 물기를 닦아 주었다.

나를 번쩍 들어 안고는 침대로 가서 눕혔다. 눈을 감으니 몸이 마치 허공에 붕 떴다가 높은 건물 꼭대기에서 떨어지는 느낌이다. 만감이 교차했다. 그 옛날 남편과 어머니와 함께 부곡 하와이라는 온천에 놀러간 적이 있었다. 거기에 있는 놀이공원에서 바이킹을 탈 때 위에서 떨어져 내리는 느낌과 흡사하다는 생각이 들었다. 그때 아들 준영이의 나이가 세 살이었던가?

갑자기 그가 내 입술을 덮쳤다. 코앞에서 그의 뜨거운 입김이 뿜어져 나오고 있었다. 나도 모르게 고개를 옆으로 제켰다. 그가 내 얼굴을 강제로 돌려 세웠다. 내가 더 세차게 고개를 제켰다. 그리고는 벌떡 일어나 앉았다. 그가 두 손으로 내 얼굴을 힘껏 끌어안더니 입술을 부딪쳐 왔다. 나도 있는 힘껏 고개를 돌리며 저항했다. 입술이 세게 부딪친 것 같았다. 그의 성난 목소리가 들렸다.

"이년이 사람 놀리나!"

철썩! 소리와 함께 눈에서 불이 번쩍! 튀었다. 입술에서 찝찔한 것이 흘러 내렸다. 손을 들어 만져보니 입술에서 피가 흘러내리고 있었다. 나는 침대에서 벌떡 일어나 밑으로 내려왔다. 그리고 그를 노려보며 악을 써댔다.

"삼촌, 내게 감히 손찌검을 해? 어떻게 이럴 수가 있어?"

그는 잡아먹을 듯한 눈초리로 나를 노려보면서 소리쳤다. 순간 온 몸에 소름이 쫙 돋았다.

"흥, 삼촌 좋아하네. 이년아, 여긴 왜 따라왔어. 너 날 놀리는 거야? 따라 올 땐 언제고 도망을 쳐? 어서 냉큼 이 위로 올라오지 못해?"

그의 눈과 정면으로 마주치자 오금이 저리면서 다리에 힘이 풀렸다. 잘못하면 여기서 그의 손에 맞아 죽을지도 모르겠다는 공포감이 들었다. 나는 겁에 질려서 엉거주춤한 자세로 침대에 걸터앉았다. 그가 손을 내밀어 나를 끌어당기면서 아까보다는 한결 달래는 표정이 되어 나를 침대 가운데로 인도한다.

"자, 형수, 이리 와. 잘 알면서 왜 그래."

마지못해 침대에 누워서도 그가 다리를 벌리지 못하도록 두 다리를 힘껏 꼬았다. 이때 갑자기 다리뼈가 부서지는 듯한 통증이 느껴졌다.

"이년 정말 보자보자 하니까 날 졸로 보네!"

그가 주먹으로 내 허벅지를 내리 친 것이었다. 비명소리를 질렀는지 어떤지 잘 기억도 나지 않았다. 분명 다리가 부러졌을 것만 같았다.

아!, 왜 나와 남편은 그를 좋은 사람으로만 생각했을까. 60명이나 되는 막노동꾼들을 그렇게 손발 부리듯이 지휘할 때 벌써 알아보았어야 하는 건데. 그러나 후회해도 이미 엎질러진 물이다.

그의 주먹 한 방에 내 다리는 맥없이 벌어지고 말았다. 그 사이를 비집고 그의 물건이 들어오고 있었다. 씩씩 거리는 소리와 함께 그가 피스톤 운동을 하기 시작했다. 20여 차례나 했을까? 불과 2~3분의 짧은 순간이었다. 잠시 후 마치 고목나무가 무너지듯이 그가 벌렁 옆으로 누웠다. 한 손으로는 팔베개를 해서 나의 목을 받쳐 주고 다른 손으로는 젖꼭지를 장난삼아 비비 틀고 있었다. 그러기를 불과 몇 분, 잠시 후 그가 코를 드릉드릉 골면서 잠을 자는 것이 아닌가.

벽에 있는 에어컨에서는 하얀 김이 아래로 빠져 나오고 있었다. 마치 독가스가 새어 나오는 것 같다는 느낌이 들었다. 나는 몸을 일으켜 베개를 끌어안고 침대 구석에 가서 쪼그리고 앉았다. 눈물이 줄줄 흘러 내렸다. 지금껏 남편 외에는 어느 누구에게도 허락하지 않은 몸이었다. 분명 이건 강간이었지만 내가 자진해서 따라온 것이니 강간이랄 수도 없다. 한마디로 내가 좋아 저지른 불륜일 뿐이었다.

지난 주 화요일 밤에 이미 내 마음은 무슨 일이 있어도 여기를 오겠다고 작정하지 않았던가. 남편에게 물어 본 것은 그냥 체면치레에 지나지 않았었다. 지금 내가 그 대가를 치르고 있는 것이다. 평소 남편을 업신여긴데 대한 혹독한 대가를. 왼쪽 다리에서는 심한 통증이 있었지만 다행히도 다리뼈가 부러진 것 같지는 않았다. 움직이는 데는 지장이 없었다.

아들 생각이 났다. 곱게 자라고 카이스트에서 대학원을 졸업하고 지금은 외국계 증권회사에서 근무하는 아들 준영이. 남들은 다 수재라고 하는 아들이 만약에 엄마의 이 초라한 꼴을 보았다면 어떨까. 아마도 기절을 할 것이다. 엄마를 엄마로 취급도 하지 않을 것이다. 아들의 화난 얼굴이 스쳐 지나가면서 그 자리에 남편의 부드러운 얼굴이 나타났다. 남편은 화난 얼굴이 아니었다. 그 얼굴을 보자 더욱 내가 비참한 생각이 들었다.

밑에서 뜨듯한 액체가 흘러내리는 느낌이 들었다. 나는 목욕탕으로 가서 샤워를 가장 세게 틀었다. 다리를 벌리고 사타구니 속을 닦아 냈다. 몸속에 들어 있는 그의 흔적을 한 방울도 남기지 않고 모두 씻어내고 싶었다.

그래도 꽤 신경을 써서 운영하는 모텔 같았다. 벽에는 순면으로 된 하얀 목욕 가운이 두벌 걸려 있었다. 그 중 작은 것을 골라 입고 나니 몸이 한 결 따뜻해온다. 사이드 테이블 위에 놓인 휴지박스가 눈에 띄었다. '오빠 나 불러 줘. 5분 내로 달려올게. – 청자다방' 장미꽃 그림이 요란한 티슈 박스 아래쪽에는 큼직한 글씨로 전화번호가 적혀있다. 말로만 듣던 티켓다방이라는 데서 갖다 놓은 선전용 화장지인 모양이다.

창밖을 내다보았다. 굵은 빗방울이 사정없이 유리창을 때리고 지나간다. 아, 남편과 함께 왔더라면 얼마나 좋았을까. 우리 부부는 비 오는 날을 너무 좋아하는데. 지금쯤 남편은 나의 이런 모습을 상상이나 하고 있을까? 갑자기 말로는 표현할 수 없는 서러운 감정이 가슴 속 깊은 곳에서부터 솟구쳐 올라왔다. 엉엉 소리 내어 울었다. 한 30분가량을 운 것 같았다. 눈물과 콧물이 범벅이 되었다.

그를 죽이고 나도 죽고 싶다는 생각이 들었다. 테이블 위를 보니 유리로 된 재떨이가 보인다. 그것을 들고 드릉드릉 코를 골면서 자는 그의 곁으로 갔다. 차를 타고 올 때만 해도 그렇게 선해 보이던 얼굴이 갑자기 악마처럼 보였다. 이걸로 내리치면 맞고 죽을까? 내가 정말 사람을 죽일 수 있을까? 다리가 후들거리며 금방이라도 오줌이 나올 것만 같았다. 그를 내려다보고 있을 때 그가 눈을 번쩍 떴다. 기겁을 하고 눈을 돌려 벽의 시계를 보니 벌써 오후 세 시가 되어 있었다.

"응? 왜 울어, 형수. 울지 말고 나 물 한잔 줘."

나는 얼른 뒤돌아서서 그에게 물을 갖다 주었다. 두 손으로 물 컵을 바치는 내가 마치 잘 길들여진 하녀 같다는 생각이 들었다. 그가 침대에서 일어나 물을 벌컥벌컥 마시더니 내 가운 속으로 손을 뻗어 유방을 꼭 움켜쥐었다. 나도 모르게 비명이 터져 나왔다.

"아, 아파!"

그가 침대 밑으로 내려왔다. 담배를 빼어 물고는 장난치듯이 내 얼굴에 담배 연기를 훅 뿜어댔다. 내게도 담배를 권한다. 곧 우리 둘이 피우는 담배연기가 방안 가득 자욱했다. 담배연기와 에어컨에서 나오는 하얀 김으로 해서 방안은 마치 뿌옇게 안개가 낀 것 같았다.

그가 다시 침대 위에 가서 벌렁 누웠다. 내게로 고개를 돌리더니 옆으로 오라는 표시로 손가락을 까딱거렸다. 마치 호랑이가 토끼를 앞에 놓고 장난질 하는 것 같았다. 비웃음이 그의 입가에 스쳐 지나갔다.

나는 말없이 그의 옆으로 가서 누웠다. 다시 거절했다가는 이번에는 아까보다 더 심한 폭력을 당할 것만 같았다. 그가 오른 손으로는 내게 팔베개를 해주고 왼손으로는 내 얼굴을 쓰다듬어 주었다. 조금 전의 싫던 감정은 어디로 갔는지 이상하게도 아까보다 훨씬 더 편안한 마음이 들었다.

그가 상체를 일으키더니 이제는 내 젖가슴을 빨기 시작했다. 남편이 빨아주던 때와는 그 느낌이 사뭇 달랐다. 그의 왼 손은 어느 사이에 나의 사타구니를 더듬고 있었다. 나도 모르게 다리가 벌어지고 몸이 활처럼 휘어져 올라갔다. 내 입에서도 뜨거운 입김이 뿜어져 나왔다.

그가 다시 내 위로 올라갔다. 이제는 내가 더욱 적극적이 되어서 그의 몸을 받아들이고 있었다. 아까보다는 훨씬 더 오랫동안 상하운동을 했다. 이윽고 그가 끙~ 소리를 내면서 나의 아랫도리를 짓눌렀다. 나도 힘껏 그의 엉덩이를 끌어안았다. 아랫도리로부터 올라온 뜨거운 기운이 온 몸을 돌아나갔다. 그가 내려가려고 한다.

"조금만 더 있어."

모든 게 신기하기만 했다. 나보다 열 살이나 아래인 외간 남자와 이렇게 몸을 섞었다는 게 믿어지지 않았다. 남녀 간의 관계가 이렇게 황홀한 것인지도 처음 알았다. 불과 두 시간 전만 해도 나에게 손찌검을 하고 욕설을 퍼붓던 사람에게 이렇게 몸도 마음도 열리다니. 어떻게 내가 그의 몸을 이렇게도 적극적으로 받아들이고 있을까, 그것도 단 두 차례의 육체관계에…. 그러나 그런 생각도 오래가지 않았다. 갑자기 온 몸이 나른해지며 잠이 쏟아졌다. 그의 팔을 베고 잠이 들었다.

그가 흔들어 깨어보니 저녁 여섯시가 넘어 있었다. 오랜만에 너무나도 편안한 잠을 잤다. 그는 옷을 다 입고 단정히 의자에 앉아 있었다. 아까 내게 따귀를 때리고 주먹질을 할 때는 악마 같아 보이던 그의 얼굴이 한없이 믿음직스러운 모습으로 새로 보였다. 그가 내게로 다가와서 뺨에 입술을 가져다 댔다.

"지금 떠나야 해요. 그래야 아홉시쯤에나 화천에 당도할 거예요."

"10분만 더 있다가 가."

내가 애걸하자 그가 만족스러운 웃음을 지으면서 옷을 입은 채로 내 옆에 와서 누웠다. 다시 팔을 내 머리 밑으로 집어넣더니 나를 꼭 끌어안아 주었다. 나도 그의 팔에 머리를 묻었다. 나도 모르게 그를 끌어안았다. 아, 이래서 여자는 한 번 몸을 주고 나면 그 남자의 소유가 된다고 하는 것인가 보다.

주차장에 나가서 기다리니 그가 횟집에 들어가서 비닐 봉투에 담긴 것을 들고 나왔다.

"삼촌, 그게 뭐야?"

"형님 드리려고 포장한 회예요. 형님 우리 기다리시느라고 얼마나 적적 하시겠어요."

"......"

한 시간 가량을 아무 말도 하지 않았다. 내가 이렇게 허물어져도 되는 것인지 내 몸이 원망스럽기까지 했다. 이제 돌아가서 남편을 어떻게 대해야 할지 자신이 없었다. 아무런 일도 없었다고 말한들 남편이 믿어 줄까? 설령 믿어준다고 해도 하나님은 아실 텐데…. 30년이 넘게 그렇게도 열심히 교회에 다녔었는데 남편이 사업에 실패하고 나서부터는 하나님이고 뭐고 다 귀찮아졌다. 안개구름이 가득하게 낀 설악산의 풍경도 지금은 눈에 들어오지 않는다.

"삼촌, 어디쯤 왔어?"

"신남이라고 하는 동네인데요."

신남? 그렇다면 그 옛날에 남편과 함께 배를 타고 가던 곳이 아닌가? 나는 눈을 번쩍 떴다. 조금 더 가니까 정말 옛날에 남편과 배를 타러 선착장으로 내려가던 길이 보인다. 여기서 쾌룡호라는 고속 유람선을 타고 춘천 소양 댐까지 간적이 있었지. 그때 준영이가 다섯 살이었던가? 남편이 현대건설 사우디 현장에서 휴가 나왔을 때 설악산 구경하고 택시로 여기까지 온 기억이 났다. 가족사진 찍으면서 얼마나 즐거워했던가. 택시 운전사가 사진 다 찍어 주었었는데. 그래, 그때가 우리들의 전성기였어. 나도 모르는 사이에 연신 눈물이 흘러 내렸다. 김 소장이 티슈 뭉치를 건네주었다.

이제는 비는 오지 않고 잔뜩 흐려 있기만 했다. 그렇게 울면서 또 30분은 온 것 같았다. 내가 우는 모습이 처량했을까? 그가 조용히 손을 뻗어서 내 손을 잡아 주었다. 한 손으로는 핸들을 잡고 다른 손으로는 내 손을 만지작거리면서 또 한참을 달렸다.

내 몸이 다시 뜨거워진다는 느낌이 들었다. 이제 밖은 완전히 어두워져 있었다. 그의 손에 잡힌 내 손바닥에 땀이 흥건하게 고였다. 숨이 가빠서 앉아 있기가 불편했다. 그가 나를 슬쩍 곁눈질해 보더니 차를 길옆으로 세웠다. '화천 20km'라는 표지판을 막 스쳐 지나와서 도로에서 한참을 들어와 후미진 곳이었다.

"왜 섰어?"

"형수님. 중이 고기 맛을 알면 절에 빈대가 남지 않는다더니, 형수님 정말 굉장한 여자네요. 여태껏 어떻게 참고 지내셨어요? 숨이 가빠서 안 되겠어요. 얼굴도 빨갛게 상기되고…."

나는 내 속 마음을 다 들킨 것 같아 너무 부끄러워서 고개를 들 수가 없었다. 그가 하는 대로 그냥 내 맡길 수밖에. 그가 운전석에서 내리더니 내 자리로 왔다. 날보고 내리라고 하고는 자기가 조수석에 앉았다. 차 밖으로 나오니 더운 열기가 훅! 몰아쳤다. 그는 의자를 뒤로 쭉 빼서 공간을 넓히고 등받이도 최대한 눕혔다. 시트에 눕더니 거침없이 바지를 내린다. 아마도 이런 일을 여러 번 해 본 것 같았다. 나는 놀라서 멍하니 그의 행동을 지켜볼 뿐이었다. 이미 사방은 깜깜해서 아무 것도 보이지 않는다.

"여기로 올라오세요."

실내 등에 비친 그의 성기는 위를 향해 불뚝 서 있었다.

"여기서 어떻게…"

내가 망설이자 그가 손을 잡아서 나를 끌어 올려줬다.

"한 발을 여기 시트에 걸치고 다른 발은 이쪽 팔걸이에 올려놓아 보세요."

"이렇게?"

그가 시키는 대로 했다. 머리가 천장에 닿았다. 허리를 구부린 채로 그의 위에 걸터앉았다. 팬티는 벌써 핸드백 속에 집어넣었다. 그가 성기를 내 몸 속에 집어넣으려는데 자꾸만 치마가 걸렸다. 집 나올 때 일부러 짧은 치마 대신 긴 치마를 입고 왔더니 그게 자꾸 거추장스럽게 걸리는 것이었다.

나는 한 손으로는 머리 옆에 있는 손잡이를 잡고 다른 한 손으로는 치마를 움켜쥐었다. 쪼그린 자세로 정조준 한다는 게 보통 어려운 일이 아니었다. 그도 아래에서 궁둥이를 이리저리로 옮기면서 포인트를 맞추어 보려고 애쓰고 있었다. 마침내 그의 물건이 내 가랑이 사이로 들어왔을 때 나는 그만 숨이 턱! 막혀서 나도 모르게 소리를 질렀다.

"어, 어억!"

"형수, 왜 그래요?"

"너무 깊이 들어갔어."

그의 몸을 깔고 앉으니 신기하게도 가장 깊숙한 삽입 자세가 되었다. 몸을 심하게 움직일 필요조차도 없었다. 그냥 궁둥이를 조금씩만 돌려주면 되는 일이었다. 나도 모르게 입이 벌어지고 탄성이 흘러 나왔다. 그의 머리를 세차게 끌어안았다. 그도 나의 허리를 꼭 끌어안아 주었다. 그가 블라우스 속으로 손을 집어넣더니 난폭하게 브래지어를 벗겨 내렸다. 그는 미친 듯이 유방을 빨아대기 시작했다. 내 몸이 다시 공중으로 붕 뜨는 기분이 들었다. 차의 시동도 꺼 놓은 상태인지라 우리 둘은 땀으로 목욕을 한 꼴이 되고 말았다.

간간히 차들이 저 멀리로 지나갔지만 길에서는 우리 차가 잘 보이지도 않을 것이었다. 갑자기 그가 더욱 세차게 내 몸을 끌어당겼다. 동시에 뜨거운 액체가 몸 속 깊은 곳으로 밀려 들어왔다. 한 번, 두 번, 세 번…. 이내 그의 몸이 축 늘어졌다. 차 안에서는 이상야릇한 냄새가 진동했다.

나는 그의 머리를 부서져라 하고 끌어안았다. 지금 이 순간 만큼은 아무 근심걱정이 없었다. 그냥 이대로 죽었으면 좋겠다는 생각이 들 뿐이었다. 서울에서 살다가 쫄딱 망해서 철책선 부근 마을까지 밀려 왔다는 수치심도, 아들 장가보낼 때 몇 천만 원짜리 월세 보증금조차 줄 수 없다는 사실도, 그리고 하나님과 남편에게 죄를 짓고 있다는 죄책감조차도.

그런 일들은 지금 나와는 상관없는 일처럼 느껴졌다. 단지 온 몸이 꽉 찬 느낌과 희열만이 있을 뿐이었다. 이상하게도 남자를 타고 앉아 있으니 두려운 마음도 사라져 버렸다. 마치 내가 이 세상의 정복자라도 된 느낌이었다.

그가 밑에서 몸을 빼내려고 한다. 안 돼. 조금만 더 있어. 나 지금 아주 좋단 말이야.

화천을 지나서 20분쯤 왔다. 이제 10분만 더 가면 우리 동네다. 갑자기 김 소장이 내 손을 으스러지도록 꼭 잡았다. 내가 비명을 질렀다. 그가 눈은 계속 전방을 주시하면서 아주 엄숙한 말투로 내게 명령했다.

"형수, 내 말 잘 들어. 앞으로 내가 부를 때면 낮이건 밤이건 언제든지 나한테 와야 해. 알았지? 그렇지 않고 핑계를 대고 미적거리면 내가 애들 풀어서 온 동네에 소문 내 버릴 거야. 무슨 말인지 알지?"

3.
끝없는 추락

아내가 집에 도착한 시간은 밤 10시가 다 되어서였다. 걱정이 되어서 전화라도 하고 싶었지만 아내의 쌀쌀맞은 대답이 듣기 싫어서 전화도 하지 않았다. 차 소리가 들리더니 이내 시동 꺼지는 소리가 났다. 차문이 닫히고 잠시 후 계단소리가 났다. 삐걱대는 소리와 함께 2층으로 들어온 아내의 얼굴을 보는 순간 나는 모든 사태를 직감했다. 아내의 입술 근처는 통통 부어 있었다. 퍼렇게 멍 자국도 보인다. 얼마나 울었는지 눈두덩이 통통 부어 있었다. 그래도 아내의 표정은 밝기만 하다.

"여보, 이게 거기서 떠온 회예요."

"얼굴은 왜 그래?"

"응, 이거? 넘어져서 그렇게 됐어."

순간 온 몸의 피가 머리 꼭대기로 몰려드는 충동을 느꼈다. 퉁퉁 부은 아내의 입술. 시퍼런 멍 자국이 무엇을 말하는가? 저건 넘어져서 난 상처가 아니다. 더 이상 물어보지 않아도 다 짐작할 만 했다. 갑자기 옛날에 독일에서 사온 식칼이 생각났다. 내가 재빨리 몸을 돌려서 주방 밑에 꽂혀있는 독일제 칼을 빼어들자 아내가 기겁을 하고 내 무릎에 매달렸다.

"내 그 자식을 믿고 당신과 함께 보냈는데 감히 이 지경을 만들어서 돌려보내?"

"아니야, 여보. 그건 오해야. 정말 아무 일도 없었어. 내가 이렇게 맹세할게."

아내는 결사적이었다. 내 허벅지에 매달리면서 울며불며 통사정을 한다. 아내의 머리와 몸에서 땀 냄새가 진동을 했다. 역겨운 남자냄새도 났다.

"저리 안 비켜? 너부터 찔러 죽일까?"

"아니야, 여보. 제발 이러지 마. 아무 일도 없었다니까. 당신 나 그렇게도 못 믿어?"

내 허벅지에 매달린 채로 아내는 엉엉 통곡을 해 댔다. 울고 있는 아내의 모습을 보자 나의 마음이 갑자기 약해졌다. 아내는 지금껏 살면서도 남자나 육체관계 같은 것은 전혀 관심이 없이 지내 온 사람이었다. 그저 좋아하는 일이 있다면 교회에 다니면서 예배드리고 교회 청년들과 어울려 지내는 것뿐이었다.

지난 5년 동안 교회에서 내가 청년부장을 하면서 150여 명의 청년들의 정신적인 리더역할을 했다. 나도 열심히 했지만 아내 또한 나 못지않게 열심히 했다. 그들을 위해서 기도해 주고 성경 가르쳐 주고, 간간히 함께 차 마시고. 그런 아내를 교회 청년들과 자매들은 집사님, 어머니, 하면서 따랐다.

교회 청년들과 함께 수련회로, 또는 이런 저런 모임으로 얼마를 다녔는지 모른다. 강화도로, 이천으로, 파주로, 가평으로, 양평으로, 춘천으로, 저 멀리는 남쪽 지방 거제도의 애광원으로, 여수의 애양병원으로. 또 군 선교를 한다고 청년부 찬양대원들을 이끌고 전방지역도 여러 군데를 다녔다.

한마디로 교회 청년들이 가는 곳이라면 언제나 우리 부부도 함께 따라갔다. 그런 아내를 의심하다니, 내가 하나님으로부터 벌을 받을 것만 같았다.

나는 칼을 집어 던졌다. 주방의 모노륨 바닥에 칼이 둔탁한 소리를 내면서 나뒹굴었다.

"여보, 속초 떠나기 바로 전에 떠온 회야. 아주 싱싱해. 삼촌이 자기 생각하고 여기 소주도 한 병 사 주었어."

내가 조금 물러서는 기미가 보이자 아내가 재빨리 비닐 포
장을 풀어서 식탁 위에 올려놓았다. 어쨌든 아내의 눈치만
살피면서 살아오다가 갑자기 아내가 통사정을 하면서 매달
리자 나도 모르게 기분이 풀어졌다. 내가 다시 남편의 위치
로 되돌아 왔다는 우월감도 생겨났다. 나는 아내의 얼굴을
들여다보며 한결 부드러운 어조로 말했다.

"당신 얼굴에 약도 안 발랐잖아? 이리 와. 내가 약 발라줄
게."

아내가 순순히 의자에 앉았다. 내가 방에서 약통을 꺼내
어 와서 얼굴에 발라주자 아내는 얼굴을 잔뜩 찡그렸다. 마
데카솔로 상처를 소독하고 연고도 발라 주었다. 입술이 터
졌고 얼굴도 퍼렇게 멍이 들었다. 손을 보니 손등도 무엇인
가에 긁힌 자국이 보였다. 거기도 발라 주었다. 누가 보더라
도 폭행당한 흔적이었다. 분노로 내 손이 덜덜 떨렸다.

"자, 한 잔 받아요. 내가 따라 줄게."

아내가 전에 없이 상냥하게 내 앞에 앉아서 술잔에 술을
따라주었다. 내가 술을 받아 마시자 곧바로 회를 초간장에
듬뿍 찍어서 내 입에 넣어 주었다. 와사비를 너무 풀었는지
코가 찡했다. 아내는 내 기분이 풀어진 것을 확인하고는 너
무 피곤하다며 곧바로 방으로 들어갔다. 불과 몇 분도 지나
지 않아서 아내의 코고는 소리가 요란하게 들렸다.

혼자서 술을 마셨다. 비가 쏟아지는지 지붕위에 비 떨어지는 소리가 요란하다. 그렇게 한 시간 가까이를 마신 것 같았다. 소주 한 병을 다 비웠다. 전화기를 꺼내어 시계를 보니 어느 덧 열한시가 넘어 있었다. 아, 분명 그 놈에게 폭행을 당한 거야. 폭행만 당했을까? 다른 일은 없었을까? 애당초 보내지 말았어야 할 일이었다.

아내는 아직도 젊고 싱싱했다. 헛 셋이라고는 하지만 그래도 E대 메이퀸 출신이 아닌가. 현대그룹에 있을 때에는 그룹 모델로도 활동하던 사람이었다. 옛날에는 사람들이 아내를 보고 영화배우 남정임을 닮았다고 했다. 요즘은 수애를 닮았다고도 한다. 수애가 어리니까 수애가 아내를 닮은 것이겠지만. 그러나 내 눈에 비친 아내는 그들보다도 훨씬 더 예쁘고 매력적이었다.

무엇보다도 아내에게는 명문대학의 명문학과를 나온 사람에게서만 풍겨 나오는 자신감이 있었다. 자신감에서 풍겨 나오는 당당한 아름다움이랄까? 게다가 최근 몇 년 사이에 마음고생이 심하다보니 몸도 많이 야위었다. 그렇지 않아도 가녀린 몸매에 더욱 수척해진 그녀의 모습은 남자들로 하여금 보호본능을 유발시키기에 충분했을 것이다. 그것을 다른 말로 하면 욕정이라고 이름 붙일 수도 있겠지만.

그런 아내를 홀아비와 함께 딸려서 바닷가로 여행을 보냈으니 이건 차라리 '내 마누라 여기 있소.'하고 상납한 꼴이 아닌가 말이다. 내가 '낮'이라는 말에 너무 방심한 것이 실수라면 실수였다. 지천에 널린 게 여관이고 모텔이라는 생각을 왜 하지 못했을까.

생각이 꼬리에 꼬리를 물고 머릿속을 맴돌았다. 결국 아내가 이렇게 된 것도 따지고 보면 내가 사업에 실패해서 돈 다 까먹고 여기까지 밀려 온 때문이었다.

아내는 가평 생활을 너무 좋아했다. 분당의 65평 아파트에 살 때보다도 훨씬 더 좋다고 했다. 집값으로 치면 서울의 30평짜리 아파트 값 밖에 되지 않았지만 가평의 전원주택은 우리들이 7년 동안 돌아다니면서 발견한 딱 한 채, 마음에 드는 집이었다. 대지 300평에 정원수도 많이 있었고 마당은 온통 잔디밭이었다. 마당 저 끝으로는 작은 연못도 하나 있었다. 아래 위층 합쳐서 40평짜리 통나무 목조주택으로 겨울이면 벽난로 때는 재미 또한 일품이었다. 아내와 내가 또 많은 화초들을 구해다 심었다. 봄비를 맞으며 채송화, 백일홍, 나팔꽃, 팬지꽃을 심었고 여름에는 둘이서 땀을 뻘뻘 흘리며 잔디를 깎았다.

그러나 사업에서 계속 적자가 나서 그 집에서도 살 형편이 되지 못했다. 그 집에도 무려 1억5천만 원의 은행 융자가 들어 있었다. 한 달에 이자만도 70만원이나 나간다. 아내는 출판 사업을 접으라고 날마다 성화였다. 그러나 지난 3년간 온 정성을 다해서 책을 발간하고 출판에 너무나도 애착이 많았던지라 포기하기가 쉽지 않았다. 책은 모두 열 두 종을 냈다.

아직은 흑자가 나지 않지만 적자도 별로 나지 않으니 조금만 더 꾸려가 보자고 했다. 대신 내가 어디 가서 무슨 짓을 해서라도 돈을 벌어 살림에 보탬이 되도록 해 보겠다고 했다. 그래서 여기 저기 수소문 한 끝에 어느 연구소에 경비직으로 취직했다. 가평에 그런 연구소가 있는지도 몰랐다. 집에서 차로 가면 15분 거리였다. 하루 24시간을 하고 그 다음 날 아침 7시에 교대하는 고된 일이었다. 그러나 그것도 해보니 할만 했다.

그래도 집안의 어려운 문제는 해결되지 않았다. 이자와 생활비 합쳐서 아무리 없어도 300만원은 있어야 하는데 버는 것은 경비직에서 나오는 월급 밖에 없었다. 그것도 이런 저런 것들을 공제하니 실제로 손에 들어오는 것은 90만 원 뿐이었다.

아들이 증권회사에서 받는 봉급은 저 생활비 하고 남는 것 부지런히 저축하라고 했다. 우리가 결혼자금 도와 줄 형편이 못된다고도 설명해 주었다. 아들도 집안 형편이 어려운 것을 알고 씀씀이를 줄이면서 부지런히 저축하겠노라고 약속했다.

어떻게 해야 하나, 고민을 많이 했다. 이대로 가면 계속 빚만 늘어날 것 같아 결국 가평 집을 처분하고 때마침 생활정보지에 실린 화천 산영리 지금의 여관으로 옮겨오게 된 것이다. 가평에서 끝까지 살겠다고 버티는 아내의 청을 결국은 들어주지 않은 것이었다.

내가 경비라도 하면서 출판사업 계속하고 싶었듯이, 아내도 그 집에서만 계속 살 수 있다면 무슨 일이라도 하겠다고 백방으로 뛰었다. 그래서 아내가 찾아 낸 직장이 강촌에 있는 콘도에서 사우나 수납과 청소를 하는 일이었다. 나는 일년 가까이 경비직을 했고 아내도 여섯 달이 넘게 그 힘든 청소 일을 했다. 결혼해서부터 지금까지 오로지 가정과 교회밖에 모르던 아내가 첫날 다녀와서는 얼마나 서글피 울었는지 모른다.

그때 아내의 소원을 들어 주었어야 했다. 아내와 내가 100만원씩 벌면 결국 매월 모자라는 100만원만 빚으로 얻어 쓰면 될 일이었다. 1년 반만 참으면 연금 100만원이 나온다. 그러면 그럭저럭 살 수 있을 것이다. 그러나 출판에 또 돈이 들어가야만 했다. 결국은 내가 사업자금으로 2천만 원 정도를 더 쓰고 싶어서 여기 화천 행을 고집한 셈이었다.

가평의 전원주택에서 사는 것은 아내의 마지막 자존심이었다. 자기는 이제 서울에 있는 10억 20억짜리 아파트에는 관심도 없노라고 했다. 여기서 나무 가꾸고 꽃 가꾸면서 살다 죽었으면 좋겠다고 했다. 동네 사람들도 많이 사귀었다. 교회도 가평의 작은 교회로 옮겼다.

그런 아내의 마지막 자존심을 내가 뭉개버린 것이다. 끈질긴 내 고집에 더 이상 버티지 못한 아내는 결국 굴복하기는 했지만 그게 가슴에 한이 되었던 것 같다. 여기 와서부터는 나를 아예 사람취급도 하지 않았다. 나에 대한 반감이 결국은 김 소장과 동해안을 갔다 오게 된 직접적인 원인이 된 셈이다. 홧김에 서방질한다는 말이 어쩌면 이렇게도 꼭 맞아떨어질 수가 있을까.

그런데 어쩌면 내 생각이 옳았을지도 모른다. 여기와서부터는 한 달에 200만원씩 저축도 할 수 있게 되었다. 출판에서는 여전히 수익이 나지 않는데도 말이다. 김 소장네 식구들이 300만원, 방 여섯 개에서 200만원, 그리고 아래 층 김 소장의 셋집에서 50만원, 여관 지하 노래방에서 60만원, 모두 600만원이 넘게 나온다.

이자, 난방비, 전기료 모두 합쳐 보았자 200만원이면 된다. 거기에 생활비 200만원을 써도 200만원이 남는다. 벌써 석 달 동안 700만원도 넘게 저축했다. 월세로 주는 방들 두, 세 개를 내 보낸 후 좀 더 깨끗하게 수리하고 여관방으로 돌리면 추가적인 수입이 날 것도 같았다. 가평에서 계속 있었다면 벌써 또 몇 백은 빚을 더 졌을 것이었다.

아내가 싫어하긴 해도 결국은 내 선택이 옳았다고 혼자서 자위했다. 그래, 이번에 쓰는 책만 잘되면 출판에서도 흑자가 날 수 있을 것이다. 그러면 한 달에 오백만원뿐만이 아니라 천만 원도 저축할 수 있다. 좀 더 힘을 내자. 희망을 갖자. 갑자기 용기가 불끈 솟았다. 책을 더 읽다가 자야겠다는 생각이 들었다. 밤을 새워서라도 책을 읽고 글을 써야만 할 것 같았다. 옆방으로 가서 토지 제8권을 찾아보았다. 옛날에 읽던 것을 요즘 다시 읽는다. 보이지 않았다. 안방에 두었나?

안방으로 건너가 불을 켜자 팔다리를 활짝 벌리고 드릉드릉 코를 골며 자는 아내가 눈에 들어왔다. 그런데 허벅지에 무슨 검정 물감이 묻은 것 같았다. 가까이 가서 보니 시퍼런 멍 자국이었다. 불길한 생각이 들어 치마를 살짝 걷어 올려보았다. 아, 역시나! 바로 옆을 보니 아내의 핸드백이 놓여있다. 두근거리는 가슴을 누르며 지퍼를 열었다. 아, 이럴 수가! 아내의 노란색 팬티는 거기에 아무렇게나 꾸겨져 있었다. 순간 온 몸의 피가 역류했다. 머릿속이 하얗게 채워졌다. 엉금엉금 기어서 나왔다. 방을 나오면서 아내의 발을 건드린 모양이었다. 아내가 잠꼬대를 한다.

"응…. 삼촌, 줄 게, 준다니까…. 응, 응…"

어떻게 문을 열고 나왔는지 정신이 하나도 없었다. 계단을 뛰어 내려가서 여관 문을 열고 2층 옥상으로 향했다. 비가 억수같이 쏟아지고 있었다. 7월 중순, 본격적인 장마가 시작되는 모양이었다.

나는 비를 흠뻑 맞으며 옥상 난간을 붙잡고 서 있었다. 이제 차도 더 이상 다니지 않는다. 길 건너편의 황제 룸살롱 간판과 만남 노래방 간판만이 휘황찬란하다. 그 건너편으로는 교회의 붉은 십자가가 공중에 붕 떠있는 것처럼 보인다.

하나님이 원망스러워졌다. 지난 12년 동안을 그렇게 열심히 새벽마다 하나님께 매달렸는데 이게 무슨 꼴인가. 어제까지는 재물과 아내의 마음만을 잃었었다. 그러나 오늘은 아내의 몸까지도 잃은 것이다. 외간 남자와 동해안을 다녀와서 얼굴과 몸에 시퍼런 멍 자국이 무엇을 말해 주는가. 팬티도 걸치지 않은 채로 그 남자와 한 차를 타고 왔다면 더 말해 무엇 하겠는가. 이제 내가 무슨 희망을 갖고 살 것인가.

"오, 하나님, 제게 이러실 수가 없습니다. 이게 평생을 열심히 교회 다니면서 봉사한 사람에 대한 축복인가요?"

나는 십자가를 보면서 울부짖었다.

"주님, 어찌하여 제게 이런 시련을 주십니까? 저에게 더 이상 무엇을 원하십니까?"

아래층으로 뛰어 내려가서 그 놈부터 죽이고 아내도 죽이고 나도 죽고 싶었다. 소리 내어 엉엉 통곡을 했다. 빗물이 뼈 속까지 스며들어 왔다.

갑자기 엄마가 보고 싶어졌다. 벌써 50년도 전에 내가 아홉 살 때 돌아가신 엄마. 제대로 약도 못 써보고 가난 때문에 비참하게 돌아가신 엄마. 지금은 그 얼굴조차도 기억이 잘 나질 않는다. 옆에 엄마가 있다면 그 품에 안겨서 엉엉 통곡하며 울고 싶었다. 빗물과 눈물이 범벅이 되어서 통곡하는데 가슴 깊은 곳에서부터 이상한 음성이 들려왔다.

"용서해라. 용서해라."

순간 나는 그 말을 하나님의 음성이라고 생각했다. 그러나 다시 생각해보니 아까부터 이미 내 마음속에는 아내를 용서하고 싶은 마음이 자리 잡고 있었다는 것을 알 수 있었다. 아내가 이렇게 된 것이 결국은 내 잘못이라는 자책감과 함께. 어쩌면 그것을 내가 다시 생각해 낸 것인지도 모른다. 그래, 용서하자. 아내도 실수할 수가 있겠지.

아침에 아내가 부르는 소리에 잠이 깼다. 시계를 보니 벌써 10시가 다 되어 있었다. 새벽기도 시간도 놓쳐 버렸다. 아직도 온 몸이 으스스 했다. 감기 몸살인가 보다.

"여보, 식사 차려 놓았어요."

아내는 어느 사이 말끔하게 목욕하고 화장까지 한 얼굴이었다. 뺨에는 멍 자국이 아직도 선명하지만 퉁퉁 부었던 입술은 많이 가라앉아 있었다. 아내는 생글생글 웃고 있었다.

나는 화장실에 가서 샤워를 하면서도 머리가 어질어질 했다. 내가 밥을 먹는 사이에도 아내는 방 청소를 하면서 연신 콧노래를 불렀다.

무언가가 달라졌다. 어제 동해안을 다녀오고 나서부터 아내의 달라진 모습이 많이 눈에 띄었다. 원래 아내에게는 오후 4시부터 밤 10시까지만 여관을 지켜 달라고 했다. 그 사이에 내가 잠을 좀 자고 나머지 시간은 전부 나 혼자서 해결하겠노라고 했다. 그런데 지금까지 아내는 나의 이런 제안을 들은 척도 하지 않았다. 지난 석 달 동안 그 시간에 앉아서 자리를 지킨 날이 며칠도 되지 않았다. 그냥 하루 종일 방에서 잠을 자던가 아니면 여관 옥상에 올라가서 멍하니 먼 산만 바라보면서 지냈던 것이다. 그랬던 아내가 오늘은 아침부터 여관을 지키며 청소를 한다, 세탁기를 돌린다, 하면서 설치고 다니는 게 아닌가.

달라진 것은 또 있었다. 김 소장이 일찍 집에 퇴근하는 것이었다. 항상 저녁 여덟시나 돼야 들어 왔었는데 오늘은 네시가 조금 넘자 들어왔다. 그러자 아내도 집에 들어간다면서 총총히 사라졌다. 다음 날, 목요일에는 다섯 시가 좀 안돼서 들어왔다. 아내의 행동거지를 유심히 살펴보았다. 아내는 청소를 하는 척 하면서도 연신 내 눈치를 살피고 있었다. 계속 전화벨이 울려댔다. 내가 잠시 집에 가서 샤워를 하고 오는 사이 아내가 또 사라져 버렸다.

그뿐만이 아니었다. 그날 이후로부터 아내가 게걸스럽게 먹어대기 시작했다. 마치 옛날에 준영이를 임신했을 때 하도 먹어서 둥글둥글 굴러다닐 정도까지 된 적이 있었는데, 지금도 그때처럼 먹어대는 것이었다. 그러나 나는 그것도 다행이라고 생각했다. 요즘 아내의 몸은 말이 아니다. 서울에서는 항상 58kg 정도 나가던 몸이 가평에 와서는 50kg 으로 줄어들었다. 그러더니 여기 와서는 다시 더 많이 빠졌다. 아마도 45kg도 되지 않을 것이었다. 그래, 잘 먹으면 좋지. 내가 챙겨주지도 못하고 영양제도 사주지 못하는데.

아침에 눈을 떠 보니 8시가 넘어 있었다. 어젯밤에 10시쯤 집에 돌아오자마자 남편이 꼭지가 돌아서 칼을 들고 설치던 생각이 났다. 순간적으로 나는 남편의 눈에서 광기를 보았다. 눈에서 파란 빛이 쏟아지는, 그것은 미친 사람의 눈이었다. 내가 결사적으로 매달렸기에 망정이지 그렇지 않았으면 아마 무슨 일이 났어도 크게 났을 것이었다.

일어나 보니 어제 속초를 다녀 올 때의 옷차림새 그대로였다. 창밖을 보았다. 하늘은 맑게 개어 있었다. 새들의 노래하는 소리가 요란했다. 정말 오랜만에 깊은 잠을 잔 것 같았다. 온 몸이 날아갈 듯이 가벼웠다. 여기 찰방거리로 이사 와서 처음으로 맞이하는 상쾌한 아침이었다. 단지 왼쪽 허벅지에 통증이 심해서 걸을 때 좀 절뚝거려야 하는 것과 사타구니와 골반 뼈가 뻐근한 것을 제외하고는.

옆방을 열어 보았다. 남편이 비좁은 방에서 웅크린 채로 잠들어 있었다. 나는 안방 화장실로 건너와서 목욕을 시작했다. 몸에 물을 뿌리면서 어제의 일을 곰곰이 생각해 보았다. 그런 세계가 있다는 사실을 처음 알았다. 아, 그 우람한 육체로 꾹꾹 눌러줄 때의 그 기분이라니…. 남녀 간의 관계가 그렇게도 황홀한 것인지 난생 처음 알았다.

왠지 아침부터 이런 생각을 하는 내가 너무 음탕하다는 생각이 들었다. 그리고 나 자신에게도 어느 구석엔가 그런 음녀의 기질이 진즉부터 있었는지도 모르겠다는 생각도 해보았다. 4시쯤 들어온다고 한 삼촌의 전화가 벌써부터 기다려진다. 화장실을 나와서 시계를 보니 겨우 여덟시 반이 되었을 뿐이었다.

배가 고팠다. 냉장고를 열어보니 콩나물과 소시지가 있었다. 서둘러 밥을 하고 국을 끓였다. 여관 카운터에도 가 보았다. 열쇠 함을 보니 열쇠가 두 개, 손님이 두 방만 들었나? 그래도 평일에 그 정도면 괜찮은 수입이지. 무엇을 먼저 할까 일의 우선순위를 생각해 보았다. 먼저 화장을 대충 하고 밥을 먹고 집안 청소부터 해야겠다고 작정했다. 다시 열심히 살아야 하겠다는 결심이 불끈 솟아오른다.

여기 와서는 모든 게 다 귀찮고 죽고 싶기만 했었는데, 그래도 가끔씩 내가 살아야지 하는 결심을 할 때는 아들 준영이가 생각 날 때뿐이었다. 그것도 의무감으로 마지못해 한 생각이고 결심이었는데 이제는 그게 아니었다. 나 자신을 위해서, 그리고 그이를 위해서였다. 그이? 내가 그이라고 했나? 또다시 피식 웃음이 나왔다. 은미에게도 친딸 이상으로 잘 해 주어야 하겠다는 각오도 생겨났다.

집으로 올라와 보니 콩나물국도 끓고 있고 전기밥솥에서도 수증기가 나오고 있었다. 콩나물국에 밥을 말아서 김치와 함께 배불리 먹었다. 계란 후라이와 소시지도 한 개씩을 먹었다. 남편은 좀 더 자게 내버려 두어야 하겠다. 이제부터 여관을 청소해야지. 여관으로 향하면서 주차장을 돌아보니 벌써 그이의 차는 떠났는지 보이지 않는다.

여관 주변에서 새들이 정신없이 노래하고 있었다. 언제 비가 왔었나싶게 쾌청한 날씨였다. 꼬맹이도 나를 보면서 반가워서 어쩔 줄 몰라 한다. 그래. 너를 잊고 있었구나, 꼬맹아. 엄마 이제부터 다시 살기로 했단다. 오늘 아침에는 아주 기분이 좋단다. 응? 너도 좋다고? 나는 꼬맹이에게 사료를 한 주먹 주고는 여관으로 들어갔다.

방 청소를 하면서도, 복도 걸레질을 하면서도 연신 시계를 들여다보았다. 겨우 열시 밖에 되지 않았다. 오후 4시까지는 아직도 여섯 시간이나 더 기다려야 한다. 왔다갔다 하다보니까 왼쪽 다리도 그런 대로 걸을 만 했다. 아무렴. 설마 내 다리를 부러지라고 때리기야 했을까. 또 다시 피식 웃음이 나왔다.

남편을 깨워서 아침밥을 먹게 했다. 남편이 어리둥절한 표정이다. 명랑한 얼굴을 보더니 어제의 그 의심하던 표정이 많이 사라진 모습이었다. 남편이 밥숟가락을 뜰 때마다 내가 김도 얹어 주었다. 남편은 이 여자가 갑자기 왜 이러나? 하는 표정이었지만 그래도 싫지는 않은 눈치였다. 더 이상 어제의 일에 대해서는 물어 보지도 않는다.

집안 청소를 하고 밀린 빨래를 하면서도 오후에 그가 오면 무어라고 부를까, 무슨 말을 할까, 어떻게 쳐다볼까, 온통 그런 생각뿐이었다. 삼촌? 그건 너무 거리가 있어 보였다. 여보? 안 돼. 그건 우리 남편에 대한 호칭이야. 그러면… 자기? 그건 너무 어린 애들이 부르는 호칭 같아서 또 마음에 들지 않았다. 그래. 그래도 삼촌이 제일 무난하지. 당분간은 그렇게 불러야지.

꼭 옛날에 남편과 연애하던 시절로 되돌아 온 느낌이었다. 그때 밤을 새워가며 이런 것들로 고민했었지. 어쩌다 남편이 손이라도 잡아 줄 때면 얼마나 황홀했던지…. 점심식사 후

세종문화회관 광장에서 함께 아이스크림을 먹었었는데. 브라보콘이었지, 아마? 가끔씩은 뒷골목의 경양식 집에 가서 커피도 마셨지. 현대그룹에 있을 때였어.

한편으로는 남편이 있는 몸이 다른 남자에게 이렇게 몸과 마음을 빼앗기는 게 과연 잘하는 짓인지 의문이 들었다. 그래도 남편에게 끝까지 일부종사해야 하는 게 아닐까, 하는 두려운 마음도 들었다. 그러나 이런 저런 생각들이 곧 나를 합리화시키고 있었다. 아무려면 무슨 상관이야? 지금은 내가 살아남는 게 중요하지. 내가 비쩍 말라서 죽어버리면 남편에게도 득이 될 게 없잖아? 그래도 내가 이렇게 삶의 의욕을 되찾았으면 된 거지.

청소기를 돌리면서 또 시계를 보았다. 열한시가 조금 넘었다. 이런 저런 즐거운 상상을 하면서 그동안 밀려 있던 집안 빨래와 청소를 다 했다.

세 시쯤 되어서는 다시 화장대 앞에 앉았다. 속옷을 어떤 것으로 입을까? 한참을 궁리 끝에 옛날에 남편이 영국 출장 갔을 때 사온 팬티를 꺼냈다. 벌써 20년도 훨씬 전에 란제리 집에 들러서 사 왔던 것인데 그 동안 처음 사왔을 때만 딱 한 번 입어 보았을 뿐이었다. 그 당시에 국내에는 여성 속옷만을 파는 전문매장이라는 게 없었다. 남편도 호기심에 들어가서 둘러보다가 얼떨결에 사 왔다는데, 막상 집에 와서 보니 너무 야해서 다음부터는 입지 말라고 했었다. 그래도 버리기는 아깝고 해서 그 동안 장롱 한 구석에 처박아 두었던 물건이다. 팬티라기보다는 그냥 조그마한 천 조각이라고 부르는 게 오히려 더 어울릴 것 같은, 일종의 기념품인 셈이었다.

색깔도 빨강, 파랑, 노랑의 진한 원색으로 한가운데는 장미가 수놓아져 있었다. 그 중 내가 골라 입은 것은 빨강색이었다. 쑥스럽긴 했지만 걸쳐보니 뭔가 새로운 기분이 들었다. 가리는 부분보다는 보이는 부분이 오히려 더 많았다. 양 옆으로 털이 수북하게 삐져나와 보인다. 상의는 민소매의 흰색을 입었고 하의는 발끝까지 내려오는 하늘 색 순면 꼬리치마를 입었다.

화장도 다시 했다. 립스틱도 아주 진한 색으로 발랐다. 옛날에 남편이 사온 선물 중에서 너무 진하고 야한 색이라 한 번 밖에 바르지 않았던 것을 다시 꺼내 발랐다. 입술이 새빨갛게 장미색으로 변했다. 화장을 뽀얗게 하고 다시 거울을 보니 정말 신기하게도 40대 초반의 여자가 나를 보고 미소 짓고 있었다. 됐어. 이 정도면 그이도 만족해 할 거야. 겨드랑이에 샤넬 향수도 뿌렸다.

드디어 기다리고 기다리던 오후 네 시가 되었다. 여관 뒤 주차장에 차 소리가 났다. 왔나 보다. 그러나 아무리 귀를 세우고 기다려 봐도 아래 층 문이 열리는 소리는 들리지 않는다. 주차장에 내려가 보고 싶었다. 그러다가 혹시라도 남편을 만나게 되면? 이렇게 진한 화장을 하고 남편을 보기는 왠지 쑥스러울 것 같았다. 그래도 양심은 있나보다. 또 다시 피식 웃음이 나온다. 남편에게 전화를 했다. 남편이 한참 만에 전화를 받았다.

"왜 이렇게 늦게 받아요?"

"응, 손님하고 이야기 하느라고. 왜?"

"지금 온 차, 손님이 타고 온 거예요?"

"응, 서울에서부터 면회 왔대."

갑자기 맥이 빠지는 기분이었다. 정작 삼촌의 차가 도착한 것은 다섯 시가 훨씬 넘어서였다. 차가 도착하자마자 아래 층 문이 열리는 소리가 들린다. 왔다. 그래도 기다려야지. 내가 먼저 전화를 할 수야 없지. 10분 정도가 지나자 드디어 전화벨이 울렸다.

"All the leaves are brown, and the sky is grey, I have been for a walk on a winter's day. I'd be safe and warm if I was in LA. California dreaming…"

캘리포니아 드리밍의 음악 1절이 다 끝날 때까지 일부러 기다리다가 받았다.

"여보세요?"

"응, 형수, 왜 전화를 이렇게 한참 만에 받아? 나 왔어. 빨리 내려 와."

화가 난 음성은 아니었다. 나도 상냥하게 대답했다.

"응, 뭐 좀 하느라고. 그래. 알았어. 곧 갈게."

그는 벌써 샤워를 다 끝내고 바닥에 매트리스를 깔고 그 위에 비스듬히 앉아있었다. 물론 우람한 물건을 하늘 높이 세운 채로. 그의 방엔 침대가 없다. 매트리스뿐이다. 에어컨을 최대로 틀어 놓은 것 같았다. 벌써 방이 시원해지고 있었다. 모기약도 뿌려 놓은 모양이다. 모기약 냄새가 에어컨 바람을 타고 방안을 빙빙 돌아다녔다. 진작 올걸. 괜히 더운 데 이층에서 신경전으로 시간만 낭비했네. 후회가 들었다. 나는 그의 바로 코앞에 가서 우뚝 섰다

"야! 이거 정말 멋진데. 형수 오늘 준비 단단히 했네."

그가 내 치마를 들쳐보면서 내 뱉는 탄성이었다. 그는 서둘러 내 옷을 벗겼다. 내 얼굴에서부터 유방으로 배꼽으로 그리고 그 밑으로 뜨거운 입김을 뿜으며 온 몸 구석구석을 핥아주고 있었다. 여전히 팬티는 입혀 놓은 채로였다. 저절로 다리가 벌어졌다. 한참을 그렇게 입으로만 애무하더니 이제는 나를 뒤로 돌아 엎드리게 했다. 처음 해보는 자세라 너무 부끄러웠다. 내가 동물과도 같은 자세를 취하자 그는 사정없이 뒤에서부터 육중한 물건을 집어넣기 시작했다.

"아~ 아~."

그의 피스톤 운동이 시작됐다. 그럴 때마다 나의 유방도 앞뒤로 출렁거렸다. 처음 해보는 자세였다. 다 좋은데 소리가 너무 요란한 게 흠이었다. 그리고 계속 그런 자세로 있기가 너무 힘들었다. 내가 돌아눕겠다고 하자 그가 내 몸을 눕혀 주었다. 그래, 이 자세가 나는 제일 편해. 다리를 잔뜩 벌리고 그를 힘껏 끌어안았다. 이윽고 그가 신음 소리를 내면서 내 골반이 부서져라 하고 짓누르기 시작했다. 그의 액체가 기분 좋게 흘러 들어오고 있었다.

그를 끌어안고 한 삼, 사분을 그렇게 있었나 보다. 너무 좋았다. 발가락도 간질간질하다. 아침부터 기다린 보람이 있는 것 같았다. 갑자기 담배가 피우고 싶어졌다.

"나 담배…"

그가 불을 붙인 담배를 내 입에 대 주었다. 나는 누운 채로 한 모금을 길게 빨았다. 기침이 나온다. 역시 누워서는 안 되겠다. 일어나 앉아서 그를 쳐다보니 그도 매우 흡족한 눈치다. 네 팔과 다리를 쫙 벌리고 벌렁 누워 있는 모습이.

"은미는 몇 시에 와?"

"일곱 시 조금 지나서. 우리 아직 시간 많아."

나는 내 속마음을 들킨 것 같아 얼굴이 화끈거렸다.

"형수 오늘 내 생각 많이 한 모양이네?"

"응. 자기 오기 전에 화장도 하고 또 옷도 좀 골랐지."

"너무 멋있는데…. 어디서 났어?"

역시 내 팬티에 만족해서 하는 말이었다. 나는 차마 남편이 사다 준 것이라는 애기는 할 수 없었다.

"응, 누가 선물했어."

"형님이?"

"아이, 몰라. 자기 좋았어?"

그의 눈치를 가만히 살폈다. 자기라는 호칭에 어떤 반응을 보일지. 그는 빙그레 웃을 뿐이었다. 한 삼십분을 그렇게 누워 있다가 또 한 차례 전쟁을 치렀다. 온 몸이 땀으로 범벅이 됐다.

더 있고 싶었으나 은미가 곧 올 시간이라고 해서 할 수 없이 여섯시 반이 조금 넘어 집에 올라왔다. 계단의 삐걱대는 소리를 들으면서 남편이 혹시라도 어디 갔었느냐고 물어보면 뭐라 대답할까 생각해 보았다. 길 건너 어디 갔다고 할까? 여긴 아는 사람도 없는데….

다행히도 집에는 아무도 없었다. 조금 전의 그 기분을 좀 더 간직하고 싶었다. 침대에 가서 벌렁 누웠다. 더운 열기를 받아 침대 바닥이 뜨거웠다. 분당에서 산 300만 원짜리 침대. 그러나 이건 내게 아무런 값어치도 없다. 오히려 아래층의 맨 바닥 매트리스만도 못한 퇴물 장식품일 뿐이었다.

불현듯 대학 다닐 때 읽은 〈채털리부인의 사랑〉이 생각났다. 주인공 클리포드가 그랬던 것처럼 남편 역시도 성기라는 것을 그저 하나의 퇴화된 신체기관으로 밖에 생각하지 않는 사람이었다. 섹스로 인한 즐거움이란 천박한 사람들이나 추구하는 수준 낮은 유희라고 하면서, 성행위도 종족번식을 위한 수단 정도로 밖에 치부하지 않았다. 지금껏 30년을 넘게 남편과 살아왔지만 단 한 번도 만족한 섹스를 한 적이 없었다.

남편은 분위기니 전희니 하는 것도 몰랐다. 그저 반듯하게 눕히고 나서 예비동작도 없이 삽입하고 나면 2 ~ 3분 후에 사정하는, 그게 전부 다였다. 처음 시작할 때는 밑이 찢어지는 통증이 있었고 좀 기분이 좋아 질라치면 벌써 끝이었다. 그나마 그것도 두 달에 한 번 정도가 고작이었다. 그래서 나는 언제나 부부관계, 또는 남녀관계 하면 고통이나 불쾌감 같은 기분 나쁜 단어들을 떠올렸다.

거기에 비한다면 삼촌은 남편보다 열일곱 살이나 어린데도 잠자리의 기교만 해도 모르는 것이 없질 않은가. 불과 하루 이틀의 짧은 체험이었지만 벌써 얼마나 많은 체위를 경험해 보았던가. 언제나 반듯하게 뉘어 놓고 하는 단 한 가지 방법 밖에 모르는 남편과 비교하면 그건 정말 하늘과 땅 차이였다.

남편이 앞에 있다면 물어보고 싶었다. 교회 열심히 나가서 무슨 소득이 있었는데? 책 많이 읽으면 누가 밥 먹여주나? 글 써 보았자 돈만 까먹지. 그런 생각을 하면서 가만히 눈을 들어보니 방안 분위기가 좀 이상했다. 아까 내가 내려 갈 때는 팬티나 옷가지를 어지럽게 널어놓고 간 기억이 났는데? 그 동안 남편이 다녀갔나? 옷가지가 가지런히 정리돼 있었다. 에이, 모르겠다. 왔다 갔으면 갔지.

일곱 시가 되었다. 침대에서 벌떡 일어나 서둘러 저녁을 하기 시작했다. 냉장고를 보니 아무 것도 없었다. 갑자기 아구찜이 먹고 싶어졌다. 내일은 화천 시장에라도 다녀와야지. 이제부터는 먹는 것에 신경을 써야 할 것 같았다. 잘 먹어야 얼굴에 화장도 잘 받을 게 아닌가.

그냥 있는 대로 묵은 김치와 멸치를 넣고 김치찌개를 끓였다. 남편에게 저녁 먹으라고 전화를 해 놓고는 여관 쪽으로 발걸음을 옮겼다. 공연히 남편과 마주 앉아 있어 보았자 득될 것이 없다는 계산에서였다. 여관 문을 막 열고 들어가다가 남편과 마주쳤다. 남편은 잔뜩 화난 얼굴이 되어서 나의 팔을 끌고 집으로 향하는 것이었다. 갑자기 겁이 덜컥 났다. 이 사람이 나를 어쩌려고….

남편은 나를 침대에 앉게 하고는 얼굴에 핏대를 세우고 따져대기 시작했다.

"아까 다섯 시 반부터 어디 가서 무얼 했어?"

"무얼 하긴…"

"얼굴에 그 화장은 또 뭐고. 당신 창녀야?"

그 말에 일부러 발끈하는 척 했다. 강하게 나가야 한다.

"그게 무슨 소리야? 왜 내가 창녀라도 됐으면 좋겠어? 하도 덥고 답답해서 삼촌 방에 내려가서 에어컨 좀 쏘이다 온 걸 가지고 뭘 그래."

남편도 지지 않았다. 나를 노려보는 눈에는 적의가 가득했다.

"흥! 에어컨을 그렇게 끙끙거려가면서 쐬나? 이거 동네 창피해서 또 이사 가야 하겠군."

'이사'라는 소리에 마침내 나의 분통이 터지고 말았다. 나는 남편이 숨 돌릴 사이도 없이 그냥 쏘아댔다.

"그래, 이사 가라. 이 새끼야. 아예 북한으로 가 버려. 너만 가. 난 안가. 그래 내가 아래층에서 있다 온 게 그렇게도 못마땅하냐? 삼촌하고 이런 저런 이야기 좀 했다. 그럼 나를 이 산골짜기에 가두어 놓고 어쩌라고 그러는 거야. 내가 미쳐 돌기라도 했으면 네 속이 후련하냐? 여기 뭐가 있어. 미장원이 있어, 목욕탕이 있어. 백화점이 있어, 레스토랑이 있어. 날보고 죽으라고 하는 거나 마찬가지지. 극장을 갈 수 있어, 연극을 볼 수 있어. 네가 나한테 뭘 잘 했다고 남편 구실

하려는 거야. 이 나쁜 놈아. 잘 들어. 난 너랑 당장이라도 이혼하고 여기 떠나고 싶어. 그래도 내가 너와 살아주는 것은 아들 준영이 장가갈 때 까지 만이라도 있어야 하겠다는 생각 때문이야. 아들한테 죄를 짓고 싶지 않아서 그냥 마지못해 사는 것뿐이라고."

남편의 얼굴이 새하얗게 변했다. 그도 결사적이었다.

"그래, 이년아. 자식 생각한다면서 외간 남자와 붙어서 그 지랄이냐? 그 놈에게 대 줄려고 이 팬티 저 팬티 골라서 차려 입고 나간거야? 내가 다 들었다. 너 끙끙대는 소리. 이 개만도 못한 년이…"

남편의 입에서 지금껏 이렇게 험한 말이 나온 적은 없었다. 남편은 욕도 할 줄 모르는 그저 착하고 순하기만 한 사람이었다. 내가 어이없는 표정으로 고개를 들고 올려다보자 그는 더욱 모질게 퍼부어 댔다.

"오늘 아침까지만 해도 내가 모두 용서하려 했어. 그런데 오늘 또 다시 그 놈과 붙어서 그 짓을 해? 그것도 몇 시간 씩이나? 이건 날보고 차라리 죽으라고 하는 거나 마찬가지지…"

남편은 말을 잇지 못했다. 나는 엉엉 소리 내어 울었다. 남편은 이미 나와 그이의 관계를 속속들이 알고 있는 듯 했다. 이런 상황에서는 우는 것 밖에는 방법이 없을 것 같았다. 울

면서 살짝 고개를 들어보니 남편이 멍하니 나를 쳐다보고
있었다. 완전히 넋이 나간 사람의 표정이었다.

4.
귀부인들의 방문

금요일이 되었다. 속초를 다녀 온 후 지난 이틀 동안 아내는 줄 곳 그 놈과의 육체놀음에만 미쳐서 거의 제정신이 아니었다. 어제는 오후에 한 차례 다녀오더니 한 밤중에도 그 짓을 하는지 숨넘어가는 소리가 창밖에까지 들렸다.

11시쯤이었나? 너무 더워서 샤워를 하고 옷도 갈아입으려고 집으로 향했다. 아내는 집에 없었다. 아래층에 불이 켜져 있던데 그렇다면 지금도? 나는 그런 생각을 하면서도 샤워를 마친 후 이를 악물고 라면을 끓여 먹었다.

어떻게든 내가 참아서 이 가정의 위기를 극복해 내고 싶었다. 사과도 하나 깎아 먹었다. 식탁에 앉아서 사과껍질을 까는데 자꾸만 눈앞이 흐려졌다. 눈물이 무릎에 떨어져 내렸다. 내가 이런 수모를 겪으면서도 과연 살아야 하나?

오디오를 틀고 침대에 누웠다. 15년 전쯤 되었나? 한참 잘 나갈 때 용산 전자시장에 가서 구형 켄우드에 웃돈을 얹어 주고 새로 장만한 마란츠였다. 베토벤의 월광 제1악장이 은은히 울려 나왔다. 기분만 더 우울할 뿐이었다. 오디오를 끄고 여관으로 향했다.

아래층을 지나면서 보니 그 놈의 방에 불이 환하게 켜져 있다. 창문 쪽으로 바짝 귀를 대 보니 안에서 아내의 숨넘어 가는 소리가 들린다. 가건물이나 마찬가지니 방음이 제대로 될 리가 없다. 잠시 후에 남자의 웅얼웅얼 하는 소리도 따라서 들렸다.

분명 계단에서 삐걱대는 소리가 요란하게 울렸을 터인데도 계속 그 짓을 하는 것을 보면 아마도 황홀경에 빠졌거나, 아니면 누가 듣건 말건 아무 상관도 없다는 심산이리라. 하긴 여기는 집의 뒤꼍이니 우리 말고는 지나다니는 사람도 없긴 하지. 옆집과 우리 집은 30미터쯤 떨어져 있다. 두 집 사이에는 담도 없고, 단지 시멘트 포장도로가 있을 뿐이다. 그게 두 집 사이를 구분하는 경계인 셈이다. 그것도 우리 집에서 끝난다. 옆집은 다 잠들었는지 모두 불이 꺼져있었다.

집 뒤쪽으로 비틀대며 걸어갔다. 집에서 조금 올라가면 무덤이 하나 있다. 그 무덤 뒤부터는 야산이 시작된다. 나는 무덤가에 앉아서 엉엉 소리 내어 울었다. 누군지도 모르지만 여기 무덤 속에 누워있는 사람이 너무나도 부러웠다. 모기들이 윙윙 소리를 내면서 달라붙어 피를 빨아먹었지만 그런 것은 아무래도 좋았다. 이 순간의 나란 인간이 너무나도 비참할 뿐이었다. 이 세상의 그 어느 누가 나보다 더 한심할까. 아래 층 젊은 놈과 배가 맞아 미쳐 날뛰는 아내를 어쩌지도 못하고 데리고 살아야만 한다니….

내려오면서 그 놈의 집 창문을 보니 불도 꺼져있고 더 이상 아무 소리도 들리지 않았다.

밤새 한잠도 자기 못하고 뜬눈으로 밤을 새우다가 아침에야 겨우 눈을 붙였다. 차 소리에 눈을 떠 보니 아홉시가 넘어 있었다. 아내는 여관 이곳저곳을 청소하고 있었다. 이제는 그 놈과 아내의 얼굴을 보기가 겁난다. 마치 불륜을 저지른 사람이 그 연놈들이 아니라 나라는 착각이 드는 것이다.

옥상으로 올라가보니 이슬비가 내리고 있었다. 한참을 있다가 집으로 돌아오니 아내가 끓여 놓은 미역국이 있었다. 밥이고 뭐고 먹고 싶은 마음이 없다. 미역국에 밥을 말아서 먹는 둥 마는 둥 하고 침대에 벌렁 누웠다. 이제는 여관이고 출판이고 다 귀찮아졌다. 도대체 내가 왜 돈을 벌어야하고 왜 이를 앙다물고 재기한다고 기를 써야하는지, 그 목표조차도 사라져버린 것이다.

잠에서 깨어 시계를 보았다. 오후 한시가 되어 있었다. 대충 씻고 화천서림에 가려고 밖으로 나왔다. 우리 집에서 세 집 건너에 있는 작은 책방이다. 이런 산골 동네에 서점이 있다는 게 너무 신기해서 서점주인과 인사를 트고 지낸지 꽤 되었다.

비가 부슬부슬 내린다. 다시 여관으로 들어가서 중국제 카우보이모자를 쓰고 나왔다. 작년에 며느리 될 아이가 가평 집에 오면서 사다 준 선물이다. 나는 그 모자가 너무 편해서 잔디를 깎을 때도, 가평 읍내를 나갈 때도 계속 그것만을 쓰고 다녔다. 이렇게 비가 부슬부슬 내릴 때는 비도 막아주고 멋도 낼 수 있으니 제격이 아닌가.

정 사장이라고 하는 책방 주인은 부인과 함께 춘천에서 교사로 정년퇴직을 한 후 5년 전 여기에 들어와서 서점을 차렸다고 한다. 부부가 모두 70 전후의 나이로, 남자는 170 정도의 키에 비쩍 마른 체격이고 여자는 중키에 무척이나 뚱뚱한 편이다. 그런데도 그들 부부를 보면 묘하게도 잘 어울린다는 생각이 든다. 큰 것과 작은 것의 조화, 풍성함과 빈약함의 조화 같은 것 말이다.

그들은 여기 이 산속 동네의 생활에 대만족하면서 산다고 말했다. 아들과 딸을 하나씩 두었는데 벌써 시집장가도 모두 보내서 그런 걱정도 없고 또 연금도 충분히 나와서 노후

걱정도 없다는 것이다. 게다가 여기 서점도 그냥 책을 좋아해서 취미로 하는 건데 그럭저럭 수입이 꽤 있다고 한다. 대다수 군 장병들이 대학을 다니다 온 청년들이기 때문에 그들이 주 고객이란다.

그들 부부는 일 년에 꼭 두 번씩 해외여행을 다녀온다고 했다. 정말 그들은 여기 산속에서의 생활을 즐기는 것 같았다. 나는 그들 부부가 너무나도 부러웠다. 아, 우리도 마음만 맞으면 이렇게 행복하게 살 수 있는데….

부인이 늦은 점심을 차려 주었다. 콩나물, 열무김치, 가지, 호박을 넣고 고추장과 참기름으로 맛을 낸 비빔밥을 정말 배불리 먹었다. 요즘 밥을 먹어도 먹는 게 아니었는데 모처럼 이런 저런 이야기도 하면서 먹다보니 나도 모르는 사이에 한 그릇을 다 비웠던 것이다. 커피까지도 원두를 갈아서 제대로 된 원두커피를 타 주었다. 저 골동품 같은 커피기계는 어디서 구했을까?

그는 교사생활 할 때의 경험담을 이야기해 주었다. 나는 그쪽은 전혀 문외한이라서 그의 이야기를 듣고만 있었다. 내가 계속 맞장구를 쳐주자 그는 몹시 기분이 좋은 모양이었다. 주로 요즘 학생들이 교사를 알기를 우습게 안다는 이야기와, 학생들에게 체벌을 가할 수가 없어서 학생들 통솔에 어려움이 많다는 하소연이었다. 또 전교조로 인해 교무실

내에서의 회의도 제대로 할 수가 없다고 했다. 그러면서 자기가 교사로 막 발령 받았을 때부터 15년 정도가 황금시기였다고 토로했다. 나는 그가 1970년대를 무척 그리워한다는 사실을 알 수 있었다.

그의 열변의 클라이맥스는 도덕교육의 부재라는 대목에서였다.

"박 사장, 박 사장도 젊었을 때 운동했나?"

"네, 뭐 운동이랄 것도 없지만 군대 가기 전까지 태권도를 한 7, 8년 했지요."

"그럼 유단자겠네?"

"네, 2단…"

"그래, 실은 나도 지금은 이렇게 늙어 버렸지만 여러 가지 운동이란 운동은 한 해 본 게 없는 사람이야. 태권도, 합기도, 유도, 검도, 심지어는 십팔기도 했다고. 그렇지만 어느 것 하나도 1년을 넘겨서 해 본 적이 없지. 그냥 맛만 보다가 그만 두고 또 그만 두고 했던 거지. 그래도 우리 때는 운동을 인격함양의 한 가지 수단으로 생각하고 했더랬지. 무술 수련을 절대로 힘을 과시하기 위한 수단으로 쓰지 않는다거나, 약자 앞에 군림하지 않는다거나, 뭐 그런 정신교육을 받으면서 운동을 했잖아. 운동하기 전에 국기에 대한 경례는 기본이었고.

그렇지만, 박 사장. 요즘 태권도 도장을 우리 때의 그런 체육관으로 생각하면 큰 오산이에요. 도덕교육? 정신교육? 흥! 그런 것 요즘 태권도장에는 없어. 오히려 도장에 있는 시간의 절반 이상은 오락이야. 심지어는 태권도장에서 영어도 가르친다고. 왜냐고? 우선 아이들을 즐겁게 해 주어야 하거든. 영어학원이나 수학학원이라고 다른 줄 알아? 거기도 마찬가지야. 아이들에게 인기가 없으면 아이들이 다 떠나요. 아이들이 집에 가서 엄마한테 뭐라고 하는 줄 알아? 그 학원 선생님 실력 없다고 하는 거야. 그러면 학원으로서는 고객을 하나 잃어버리는 셈이지. 그러니 아이들에게 온갖 정성을 다 해서 비위를 맞출 수밖에. 우리 때처럼 사범에게 매 맞고 학교 선생님에게 회초리 맞아 가면서 배우던 때 생각하면 큰 코 다쳐요.

그러니까 내 이야기의 핵심은 무엇인가 하니, 요즘 우리나라 학생들에게 인성교육이나 도덕교육을 시키는 곳이 없다는 이야기야. 가정에서는 엄마 아빠가 바쁘니까 아이들이 '태권도장 다녀오겠습니다.' 아니면 '학원 다녀왔습니다.' 하면 그걸로 끝이란 말이야. 남들 다 다니는 도장이나 학원 안 보내면 자기 자식만 뒤처지는 것 같고, 피아노 레슨 안 보내면 자기네가 너무 없어 보이는 것 같고, 그러니까 엄마의 입장에서는 아이가 하루하루 잘 갔다오기만 하면 되는 거야.

우선 부모들부터가 도덕교육이나 인성교육 같은 거는 관심
도 없지만 그것조차도 학교나 학원에 다 맡겨 버리는 거야.

사실 나는 교장을 하지 않은 것을 오히려 다행이라고 생
각해요. 왜냐고? 흥! 요즘 교장을 무엇으로 평가하는 줄 아
나? 바로 대학에 몇 명 들여보냈느냐 하는 게 그 교장이 학
생들을 잘 교육시켰느냐 못 교육시켰느냐에 대한 잣대야. 그
러니 선생들 중 누구 하나도 학생들이 버릇이 있고 없고는
아예 관심도 없다고. 또 관심이 있어 보았자 어떻게 해 볼 수
도 없고. 우리 때는 선생님이 때리면 그런가보다 하고 맞았
지 누가 선생님에게 감히 대 들었어. 허, 요즘 학생들에게 체
벌 한 번만 해 봐. 당장 그날로 밥줄 끊긴다고, 밥줄 끊겨."

이때 군인들 두 명이 서점에 들어왔다. 견장의 별 일곱 개
를 보니 인근의 27사단 장병들이다. 그들은 서점 안의 시원
한 에어컨 바람에 목덜미의 땀을 닦으며 평대의 책들을 뒤
척였다. 자연히 나와 정 사장과의 대화가 끊겼다. 그러나 군
인들도 오래 있지 않았다. 한 1 ~ 2분을 서성이다 결국은 베
스트셀러 매대로 가더니 그 중에서 각자 한 권씩을 골라서
정 사장 앞으로 오는 것이었다.

내가 보니 상병 하나는 신경숙의 〈엄마를 부탁해〉를 골랐
고 또 다른 상병은 〈해커스 토플 리스닝〉을 들고 왔다. 계산
을 하고 나가면서 고개를 꾸뻑하고 인사하고 나가는 것도

좀 이상했다. 군인들이면 거수경례를 해야 하는 것 아닌가? 어째 되었건 군인들이 들어 와서 있다 간 시간은 불과 3분 정도였다.

그러자 또 다시 정 사장의 열변이 계속됐다. 나는 이제 그만 가 보아야 하겠다는 뜻으로 연신 전화기를 꺼내어서 시간을 확인하는 시늉을 했다. 아내가 무엇을 하고 있는지 사실 궁금하기도 했다. 정 사장은 모처럼 좋은 상대를 만났다고 생각했는지 연신 속사포를 쏘아대는 것이었다. 내가 일어설 틈을 주지 않았다.

"자, 봐요. 저 군인 아이들 여기 들어와서 책 사가지고 나가는 것만 보더라도 두 가지 특징이 나타나잖아. 첫째, 자기 주관이 없어요. 그러니 요즘 유행하는 책만 사 가지고 가는 거야. 신경숙이 책은 소설 1위이고 해커스는 영어교재 1위야. 둘째, 진득하게 오래 있지를 못해. 우리 때는 책방에 가서 한 시간이고 두 시간이고 주인이 쫓아내기 전까지는 어떻게든 진드기 붙어서 버티었었는데, 요즘 아이들은 무엇이 그렇게도 급한지 단 일분, 이분 만에 모든 걸 다 해 치워야만 하는 거야. 한 마디로 차분한 맛이 없단 말이지."

정 사장은 목이 타는지 냉온수기 통에서 찬물을 한 컵 따라 마신 후 다시 열변을 토하기 시작했다. 등받이도 없는 동그라미 의자에 어쩌면 그렇게 오랜 시간동안 꼿꼿하게 앉아 있을 수 있는지 나는 그가 신기하게만 보였다. 마치 인도의 요가 선생님을 앞에 두고 있는 수련생이라는 착각이 들 정도였다. 머리는 반백인데 오히려 눈썹은 새하얗게 세어 있어서, 더더욱 그런 생각이 들었다.

"아, 아까 하던 이야기를 계속 해야 하겠군. 그러니까 선생들도 학생들도 오로지 국영수에만 매달리는 거야. 윤리나 도덕과목은 아예 발도 못 붙인다는 이야기야. 그러면 학원이나 태권도장에서 아이들 버릇을 가르치나? 허허, 거기는 그야말로 학생은 왕인데? 그런 아이들이 SKY 대학을 가고, 그런 아이들이 거기를 졸업해서 이 사회의 지도층이 되는 거라고. 역사교육도 마찬가지예요. 그러니 6.25전쟁이 몇 년도에 일어났는지도 모른다는 이야기가 나오게 되는 거지."

어찌나 열을 올리며 이야기를 하는지 마주 앉은 나에게까지 침이 튈 것 같아 나는 의자를 조금 뒤로 물렸다. 나는 허리가 아파서도 더 이상 앉아 있기가 거북했다. 그의 열변은 거기서 끝나지 않았다. 이제는 이야기가 대학 입시제도로 비화되었다. 그는 지금의 입시제도가 아주 잘못되었다며 입에 게거품을 물었다. 1970년대의 예비고사제도와 본고사제도가 제일 훌륭했다는 주장이었다.

그의 주장인 즉, 예비고사로 대학 본고사를 치를 수 있는 자격을 부여하고 거기에 합격한 학생들에 한하여 본고사를 치르게 해야 한다는 것이었다. 요즘 입시제도는 너무나도 복잡해서 일선에서 학생들을 가르치는 자신들조차도 학부모들과의 상담을 제대로 할 수 없다는 것이었다.

나는 거기에 반론을 폈다. 이제 세상이 다양화되고 했는데 어떻게 단 한 번의 시험으로 그 학생의 대학진학 자격 자체를 박탈할 수 있느냐며, 아마도 그 제도가 지금까지 있었다면 헌법에 위배된다며 누가 소원을 내도 벌써 냈을 것이라고 주장했다.

우리는 또 요즘 유행하는 베스트셀러에 대해서도 이야기했고 유명작가들에 대해서도 이야기했다. 알고 보니 그는 시인으로도 활동하고 있었다. '소양'이라는 춘천 문인들의 모임에 정기적으로 기고도 하고 모임에도 나간다는 것이었다. 호리호리한 체격에서 어쩌면 그렇게도 거침없이 말이 쏟아져 나오는지, 새삼 그의 교사생활 35년이 공짜로 한 것이 아니라는 사실을 절감했다.

근 한 시간 가까이를 서로 열변을 토하다 보니, 사실은 그가 거의 주도했지만, 나의 우울했던 기분도 싹 사라져 버렸다. 그가 더 이야기하다 가라고 하는 것을 나는 아내가 걱정되어 여관으로 돌아왔다. 여전히 비는 아침과 거의 같은 정도로 보슬보슬 내리고 있었다.

불현듯, 요 며칠 동안 내가 쓰레기를 태우지 않았다는 생각이 들어 여관으로 가서 쓰레기 모은 것을 잔뜩 들고 나왔다. 여관과 별채 사이에 있는 주차장 겸 마당에서 쓰레기를 태웠다. 소각로에 종이도 넣고 비닐도 넣고 페트병도 넣었다. 여기는 서울처럼 분리수거를 하는 곳이 없다. 페트병도 면사무소에서 파는 재활용 봉투에 넣어서 버려야 한다. 그래서 동네 사람들은 그냥 쓰레기 소각로에 넣고 태워 버린다.

꼬맹이가 어디를 쏘다니다 왔는지 내게로 달려들면서 껑충껑충 뛰어 오른다. 가평에서부터 풀어 놓고 키웠다. 처음에 몇 번 묶어 보았으나 묶이기만 하면 물도 한 모금 먹지 않고 꼼짝하지 않았다. 일종의 단식투쟁인 셈이다. 그래서 묶는 것을 포기했더니 가평의 온 동네를 쏘다니면서 암놈들에게 모두 임신을 시켜서 작년에만 새끼를 열여섯 마리나 낳은 놈이다. 그것도 내가 알고 있는 것만 그랬다. 어떤 날은 우리 집에 암놈들이 여섯, 일곱 마리씩 바글거리며 찾아 온 적도 있었다.

부슬부슬 내리는 비를 맞으며 따뜻한 소각로 앞에 서 있으려니 또다시 서글픈 생각이 든다. 그런 생각을 떨쳐버리려고 서둘러 빗자루를 들고 마당을 쓸기 시작했다. 아침에 빗자루 질을 하지 않았던 것이다. 앞마당은 바로 큰길가이기 때문에 하루만 쓸지 않아도 이런 저런 쓰레기가 제법 많이 널려있는 곳이다.

그때 검정색 에쿠스 승용차 한대가 소리도 없이 내 옆에 와서 멈추어 섰다. 운전기사가 잽싸게 내리더니 우산을 펼쳐 들고 조수석으로 뛰어갔다. 나는 서울에서 꽤 잘사는 사람이 아들 면회 왔나보다 하고 빗자루 질을 계속하고 있었다.

잠시 후 문이 열리더니 귀부인 한 명이 먼저 내리고 다시 뒷문에서 또 한 명의 여인이 내렸다. 꽤 큰 골프 우산에 여인네들 두 명과 운전기사, 이렇게 세 사람이 여관 문 안으로 들어갔다. 나도 엉거주춤 따라 들어가지 않을 수 없었다. 기사는 주인들을 모셔다 드리고는 곧바로 운전석으로 돌아와서 차 안에 들어가 앉았다. 이때 여관에서 두리번거리고 있던 여자 중 하나가 나를 보더니 기겁을 하는 것이었다.

"어머! 준영이 아빠 아니세요?"

내가 모자를 벗고 눈을 들어 보니 그녀는 아내의 고등학교 동창 숙영씨였고 그 옆의 귀부인은 혜자씨였다. 혜자는 나의 고등학교 단짝인 이석진의 아내이다. 이석진은 작년까지 부산경찰청장으로 재직하다가 연말에 정년퇴직한, 우리 고등학교 동창들 중에서는 제일 출세한 친구였다.

"그럼 아까 마당 쓸고 계시던 분이 준영이 아빠셨어요?"

이번에는 혜자씨가 눈을 동그랗게 뜨고 놀란 표정이 되어서 물어본다. 나는 갑작스런 이들의 방문에 무엇을 어찌해야 할지 잠시 어안이 벙벙했다. 아니, 더 솔직히 말하라면,

나의 모습이 너무나도 초라해서 어디 쥐구멍이라도 있었으면 들어가고 싶다는 생각이 들었던 것이다. 여관 벽에 걸려 있는 시계를 보니 벌써 네 시 반이 넘어 있었다. 그렇다면 혹시 그 놈과 또 붙어 있을지도 모르는데, 이런 불안감이 나를 짓눌렀다.

"어머, 준영아빠, 어쩌면 이렇게도 마르셨어요? 도저히 못 알아보겠어요."

"은영이는 어디 있어요?"

두 명의 여자가 동시에 물어왔다.

"아, 네. 저쪽 집에 있는데 잠시만 기다리세요. 제가 먼저 연락을…"

나는 전화를 하면서 밖으로 나왔다. 나오면서 보니 그들은 내 몰골과 여관의 분위기에 완전히 충격을 받은 모습들이었다. 아내는 신호음이 가고도 한참이나 지나서야 전화를 받았다. 짜증이 가득 섞인 목소리였다.

"왜 전화했어요?"

'귀찮게'라는 말은 일부러 하지 않은 모양이다. 나는 화를 누르면서 그들이 온 사실을 알렸다. 곧이어 아내의 당황하는 목소리가 핸드폰에서 흘러 나왔다.

"아니, 그 애들이 여기를 어떻게 알고…. 여보, 잠시만 거기서 기다리라고 해요. 아니, 아니, 그러지 말고 나 춘천 언니네 갔다고 둘러대요. 응? 여보."

아내는 거의 사정조로 내게 매달렸다. 내가 아무 말이 없자 짐작이 간다는 듯이 아내가 언성을 높인다.

"당신 나 집에 있다고 했어요?"

"그럼 어떻게 해."

"아이, 난 몰라. 병신같이, 그것도 하나 둘러대지 못해?"

나도 폭발하기 직전이다. 화가 나서 버럭 소리를 질렀다.

"쓸데없는 소리 하지 말고. 어떻게 해. 여기서 기다리라고 해? 아니면 그냥 돌아가라고 해?"

아내는 거의 울음소리 비슷한 말로 소리 질렀다.

"아이, 난 몰라. 이 꼴을 어떻게 보여. 그년들이 여긴 어떻게 알고 찾아 왔을까. 할 수 없지. 조금만 기다리라고 해요."

전화가 끊어졌다. 나는 안으로 들어가서 우선 그들을 카운터 앞에 있는 소파에 앉도록 했다. 한쪽이 찌그러진 비닐 소파였다.

"아마 집안 정리하느라고 시간이 조금 걸리는 모양이에요. 잠시만 기다리세요. 석진이는 잘 있지요? 윤 사장도 잘 지내시고요?"

혜자씨의 남편인 석진이와는 고등학교 동창이라 흉허물이 없지만 숙영씨의 남편인 윤 사장과는 몇 번 만난 정도라 막 물어보기가 뭐 했다. 숙영씨는 얼굴과 몸에 적당히 살이 올라 있어 보기에 좋았다. 그녀는 무엇이 그리도 궁금한지 잠시도 가만있지 못하고 여관 여기저기를 기웃거리면서 들여다보고 있었다.

숙영씨의 남편인 윤 사장은 중소기업을 하는데 초창기는 매우 어려웠지만 10여 년 전부터는 사업이 잘 되어 상계동에 5층짜리 빌딩도 샀다. 빌딩 1층에 자기 부인을 위해서 뚜레쥬르라는 제과점을 오픈했을 때 아내와 함께 개업식에 다녀온 적도 있었다.

혜자씨는 전신에서 완전히 고관의 부인다운 품위가 흘러넘쳤다. 얼마나 으리으리하게 차리고 왔는지 마치 '움직이는 돈 덩어리' 같다는 생각이 들 정도였다. 3년 전엔가 부부동반으로 장충동의 소피텔 앰배서더에서 송년모임을 한 적이 있었는데 그 때까지만 해도 광대뼈가 툭 튀어 나왔었는데 오늘 보니 얼굴이 갸름하게 바뀌어 있었다. 요즘 유행한다던 수술을 한 것인지, 아니면 잘 살게 되니까 얼굴 모양이 바뀐 것인지 궁금했다.

내가 몹시도 난처해하고 있을 때 아내가 여관 후문으로 들어섰다. 초록색 반바지 차림에 슬리퍼를 신은 채였다. 모두가 가평에 있을 때 5일장에서 산 싸구려 중국제였다. 아내의 시선은 그다지 친구들을 반기는 기색이 아니었다. 대뜸 한다는 소리부터가 가시가 돋쳐있었다.

"너희들 여기 어떻게 알고 찾아왔니?"

"어머, 애, 은영아!"

먼저 숙영씨가 당황하며 어쩔 줄 몰라 했다. 그래도 그녀는 아내를 달래야 하는 게 마치 자신의 책임이라도 되는 양 변명 아닌 변명을 장황하게 하는 것이었다.

"응, 가평 너의 집에 갔더니 여기로 이사 갔다고 하더라. 화천에서도 얼마를 더 간다고만 하면서. 앞에 있는 마을회관에 가서 물어보았더니 어떤 아줌마가 너하고 친하게 지냈는데 혹시 그 아줌마한테 물어보면 알지도 모르겠다며 전화번호를 가르쳐 주었어. 그래서 우리가 그분을 만나서 여기를 알게 된 거지. 미안하다, 애. 너무나도 갑자기 들이닥쳐서. 그렇지만 네게 미리 전화하면 분명 오지 말라고 할 것 같아서 이렇게 불쑥 찾아 온 거란다."

아내가 가평에서 유난히 친하게 지내던 집이 있었다. 동네 사람들은 그 집을 '다람쥐 할머니네 집'이라고 불렀다. 그 여자의 시어머니가, 지금은 80대의 꼬부랑 할머니이지만, 옛날에 원체 다람쥐처럼 나무를 잘 타서 일본의 NHK TV에서 촬영도 해 가고, 그 후 두 차례나 일본 방송에 보도 되었다는 것이었다. 아마도 '세상에 이런 일이'와 같은 프로가 아니었나 싶다.

그 여 집사님과는 같은 교회도 다니고 또 처음 시골생활을 하는 우리에게 이런저런 것도 많이 가르쳐 주고 해서 가평에 사는 2년 동안 흠뻑 정이 들었었다. 그래서 아내는 다른 사람들도 여러 명이 찾아오겠다고 하는 것을 모두 오지말라고 했지만, 그분에게만은 차마 그렇게 하지 못하고 여기위치를 가르쳐 주었던 것이다. 어느 날 그분이 선물을 잔뜩사 들고 찾아왔다. 30대의 딸이 운전하는 차를 타고서.

숙영이 일행은 수소문 끝에 그 분을 만나서 여기 위치를알고 찾아온 것이었다.

한 눈에 보아도 혜자는 으리으리했다. 몸에 걸친 옷 모두가 명품 일색이었고 구찌 핸드백 하나만도 몇 백 만원은 되고도 남을 듯싶었다. 우리 집으로 안내하기가 너무나 부끄러웠지만 그렇다고 여기서 어디 커피숍을 가자고 할 수도 없는 일이다. 여기는 그런 곳이 존재하지도 않으니 어쩌겠는가.하는 수 없이 별채로 갔다. 계단을 올라가면서도 만약에 그이에게서 전화가 오면 어떻게 해야 하나 하는 생각으로 머리가 몹시 복잡했다.

2층의 안방으로 안내했다. 그래도 바닥이 막 찢어지고 누렇게 변한 거실보다는 안방이 조금은 깨끗해서였다. 이사 오면서 침대, 장식장, 화장대, 가죽소파, 이런 것들이 다 들어가지를 않아서 아무렇게나 되는 대로 배치했다. 1인용 소파

네 개 중에서 안방에는 하나만 놓고 나머지 세 개는 옆방에
다, 그것도 포개 놓았다. 4백을 주었나? 아무튼 꽤 비싼 고
급 가죽 소파였다. 바닥에는 담뱃불에 여기저기 구멍이 뚫
린 모노륨이 깔려 있다. 먼저 살던 사람이 쓰던 것을 그대로
두었으니 오죽하랴. 내 눈에도 한심한 풍경이었으니 친구들
의 눈에는 더더욱 기가 막혔을 것이다.

　나는 내키지 않았으나 친구들에게 자리를 권하며 먼저 앉
았다. 실은 담배구멍을 가리려고 서둘러 그 위에 앉은 것이
었다. 그러자 숙영이도 내 옆으로 와서 앉는다. 혜자는 소파
에 앉았다. 그들에게 커피를 타서 권했다. 과일도 깎으려고
하니 숙영이가 기를 쓰고 만류한다. 나는 연신 시계를 들여
다보았다. 내가 땀을 뻘뻘 흘리면서 시계를 보는 모습이 이
상해 보였던 모양이다.

　"왜? 무슨 약속 있니?"

　"응. 어디를 가기로 해서…"

　나는 제발 이 순간만큼은 그이에게서 전화가 오지 않기를
간절히 빌고 또 빌었다. 창문을 열어 놓으니 그런대로 견딜
만했다. 오늘은 햇볕도 나지 않고 하루 종일 부슬비만 내려
서 그다지 더운 날씨는 아니었다. 선풍기가 돌아갈 때마다
소파에 앉은 혜자의 잠자리 날개 같은 여름옷이 팔랑거린
다. 무척 고급스러워 보인다. 아마도 몇 백은 하겠지.

혜자와 석진씨는 옛날에 남편과 내가 연애할 때 우리들이 소개해 준 커플이다. 혜자가 경찰관은 싫다고 하는 것을 내가 거의 강권하다시피 권해서 마지못해 한 결혼인 것이다. 혜자는 석진씨와의 결혼을 무척 부끄러워했다. 경찰은 여기 저기 옮겨 다니면서 살아야 하고 또 고생스럽다고, 남편처럼 무역회사 다니는 사람이나 소개해 주었으면 좋겠다고 했다. 남편에게 회사 입사동기를 소개해 달라고 끈질기게 졸라댔던 기억이 났다.

혜자와 숙영이는 모두 고등학교만 나왔다. 혜자는 집안이 가난해서, 그리고 숙영이는 완고한 아버지 때문에. 어느 날 숙영이가 아버지의 이야기를 하면서 엉엉 통곡을 해댔다. 우리 집에서 나와 함께 잘 때였다. 계집애가 고등학교면 됐지 대학은 무슨 대학이냐고 하시면서 대학은 절대 안 된다고 못을 박았다는 것이다.

그러면 나는? 아버지는 양정고등학교를 졸업하시고 일본 메이지대학 유학을 다녀오셨다. 항상 입버릇처럼 손기정 선수가 당신의 단짝 친구라고 말씀하셨다. 위로 언니 둘도 모두 대학을 나왔다. 나는 그 어렵다던 E대 영문과에 들어갔다.

그런데 30년이 지난 지금 상황은 180도 바뀌어 버렸다. 혜자의 남편은 파출소 소장으로부터 시작해서 승승장구하여 지방과 서울에서 몇 군데 경찰서장을 하더니 마침내는 경찰들의 꽃이라는 경무관이 됐다. 거기서 또 청와대로 들어가서 근무한다고 하더니 또 다시 승진해서 어디 경찰청장이 되고 마지막에는 부산으로 가서 부산경찰청장이 됐다.

혜자의 남편이 작년 연말에 정년퇴직했다는 소식을 들었다. 그 동안 친구들을 통해서 들은 바로는, 혜자 네는 엄청나게 돈도 많이 모았고 연금도 무척 많이 타게 된다는 것이었다. 한마디로 혜자는 우리 부부 덕분에 팔자가 늘어진 셈이 된 것이다. 반면에 나는 남편이 사업한답시고 쫄딱 망해서 지금 요 모양 요 꼴이 되어 있는데.

우리는 별로 이야기도 하지 않았다. 숙영이가 분위기를 깨보려고 몇 차례 이야기를 시도해 보았으나 원체 얼어붙은 분위기는 좀 체로 풀릴 줄을 몰랐다.

나는 우선 혜자가 여기에 온 모양새부터가 마음에 들지 않았다. 망한 친구 위로한다고 올 것 같으면 그냥 옷차림도 수수하게 하고 올 것이지, 이건 어디 신라호텔에서 귀부인들 패션쇼를 하나, 목걸이, 팔찌, 반지, 귀걸이는 세트인 모양이다. 목걸이는 넓은 백금 판에 번쩍거리는 다이아가 총총히 박혀있었다. 손가락을 움직일 때마다 반지에 박힌 커다란 다이아가 눈에 들어왔다. 1캐럿짜리인 모양이다. 혹시 클레오파트라가 했던 것들은 아닐까?

짧은 커트로 친 윤이 반짝반짝 나는 검은 머리, 짙은 눈 화장, 뽀얀 얼굴, 거기에 검정 블라우스 위로 돋보이는 백금 판 다이아몬드 목걸이, 얼굴만 살짝 돌려도 반짝이는 다이 아 귀걸이…. 정말로 입이 딱 벌어지는 차림새다. 안 보려 해 도 얼굴을 돌리면 눈이 먼저 혜자의 장신구로 향했다.

내가 호기심을 참지 못하고 기어코 묻고야 말았다.

"혜자 너, 그 목걸이하고 팔찌, 진짜 다이니?"

"응, 스와로브스키 인조다이아에 가운데 박힌 것들은 진 짜야."

"어머, 그럼 천만 원도 넘겠다, 얘."

혜자는 빙그레 웃고 대신 숙영이가 대답했다.

"얘, 이거 목걸이, 반지, 팔찌, 귀걸이 세트로 삼천도 넘는 대."

"어쩜…"

나는 말문이 막혀 더 이상 말을 잇지 못했다. 서울 강남에 억대 장신구를 몸에 지니고 다니는 귀부인들이 있다는 이야 기는 들었지만, 내 친구가 바로 그런 귀부인일 줄이야.

"은영아, 네가 어떻게 이렇게까지 됐니…"

계속 집안 살림살이만 살피던 혜자가 마침내 입을 열었다. 공사현장의 현장사무소처럼 가건물인 우리 집을 보니 한심 한 생각이 들은 모양이다. 내가 보아도 사방에 궁기가 짜르르 흐르니 도곡동 타워팰리스에 산다는 혜자의 눈에는 오죽했을까. 그래도 나는 질 수 없다는 심정으로 평소에 남편이 하던 말을 그대로 옮겨했다.

"살다보면 올라갈 때도 있고 내려갈 때도 있는 거지, 뭐. 괜찮아, 혜자야. 우리 다시 재기할 거야."

"얘, 여기 와서 뭐 좀 사려고 했는데 막상 와 보니 아무 것도 없어서 사지 못했어. 그래서 이것…"

혜자가 어렵사리 말을 꺼내면서 내 놓는 봉투였다. 기껏해야 일, 이십만 원 넣었겠지, 망한 친구 고소해 하면서…. 나는 봉투를 거들떠보지도 않았다. 그런 분위기가 민망했는지 숙영이가 바닥에 놓여있는 봉투를 다시 집어서 내 손에 쥐어 주었다.

"얘, 그래도 혜자가 너 생각하면서 준비한 건데. 나도 조금 보태고…"

숙영이의 손이 참 고왔다. 반면에 봉투를 건네받는 내 손은 쪼글쪼글하다. 나는 봉투를 얼른 내 옆자리에 놓으면서 손을 엉덩이 밑으로 감추었다.

비가 제법 오는 모양이다. 열어젖힌 창문으로 빗방울이 들이치고 있었다. 나는 벌떡 일어서서 심호흡을 했다. 생각 같아서는 방문을 박차고 나오고 싶었지만 차마 그러지는 못하고 창문만을 닫았다. 바로 그때 전화가 왔다. 눈을 들어 보니 '삼촌'이라고 찍혀 있었다. 거실로 나와서 전화를 받았다.

"응, 지금 안돼. 서울에서 친구들이 왔어. 이따가 가면 전화할게."

다시 방으로 들어갔다. 그들이 내 전화소리를 들은 모양이다. 숙영이가 모노륨 장판 위의 담배구멍을 손톱으로 긁다가 말고 내 얼굴을 빤히 쳐다보면서 자꾸만 캐물었다. 숙영이의 눈에는 의심이 가득 담겨 있었다.

"무슨 전화니? 너 이상하다? 얼굴도 빨개지고…"

"응, 오늘 저녁에 교회 식구들 모임 있는데 나는 여기 끝나고 간다고 했어."

"너 여기서도 교회 다니니?"

혜자가 마치 이상한 아이도 다 보겠다는 얼굴표정을 하면서 나를 올려다보았다. 혜자는 내가 교회 다닌다고 하면, 자신은 평생 교회 같은 데 다녀본 적 없다고 늘 자랑삼아 이야기 하곤 했었다. 그 남편도 오로지 사주팔자만 믿는다는 것이었다. 혜자로부터 직접 들은 적도 있었고 남편이 석진씨와 만나고 오면 그때마다 들려주기도 했다. 나는 저절로 한숨이 나왔다. 하나님을 믿지 않아도 저렇게 잘 풀리고 승승장구하는데….

숙영이가 서울에서부터 가지고 왔다는 롤빵은 아무도 먹지 않고 그대로 접시에 담긴 채로 있었다. 그래도 먼 길을 찾아 온 친구들인데 내가 그러면 안 될 것 같았다. 사실 이들이 잘못한 것은 없지 않은가. 내가 망해서 자격지심이 들어 있는 것뿐이지. 내가 먼저 먹고 친구들에게 권했다.

"그래, 오는 데 힘들지는 않았어?"

내가 인사치례로 몇 마디 하자 그나마 막혔던 대화의 통로가 조금 열리는 듯 했으나 그래도 서먹한 분위기는 가시지 않았다. 우리는 그렇게 한 시간 가까이를, 이야기를 하는 것도 아니고 안 하는 것도 아닌 채로 엉거주춤하게 앉아서 보냈다. 내가 저녁이라도 먹고 가라고 하는 것을 그들은 자리가 너무 불편했는지 서둘러 가야 한다면서 방을 나섰다. 하긴 지금부터 계속 달려도 네 시간 이상을 가야 할 텐데 서두르는 게 좋겠지. 혜자의 집은 도곡동이고 숙영이의 집은 상계동이다.

방문을 열고 나갈 때 혜자의 구두를 보는 순간 다시 한 번 속이 뒤집어졌다. 혜자의 구두는 가장자리에 노란색 금테를 두른, 뒷 굽이 마치 송곳만큼이나 가느다랗고 뾰족한 고급 수제품이었다. 숙영이가 내 속마음을 알아차리고 귀속말로 이야기했다.

"얘, 저거 청담동 '페라가모 슈즈' 거래."

나는 거기가 어딘지 잘 몰라서 다시 물어보려고 하다가 그만 두었다. 앞에 있는 혜자가 우리들의 이야기를 다 듣고 있을것만 같았다.

삐걱거리는 계단을 내려와 보니 어느 사이에 운전기사가 커다란 골프우산을 받쳐 들고 밑에서 대기하고 있었다. 에쿠스 승용차에서는 빗방울이 미끄러져 내리고 있었다. 운전기사가 서둘러 문을 열어 주었다. 혜자가 차에 타자마자 운전기사가 살며시 문을 밀어서 닫았다. 마치 문소리가 들리면 큰일이라도 나는 양. 숙영이가 내게로 다가와서 내 손을 꼭 잡으면서 나직한 목소리로 속삭인다.

"은영아, 미안해. 내가 나중에 시간 내서 혼자만 다시 올게."

숙영이의 통통한 얼굴은 언제 보아도 착해 보였다. 나는 차를 떠나보내면서 계속 손을 흔들었다. 그래, 잘 가라. 너희들이 내게 미안해 할 일이 무엇이냐. 오히려 내가 불편하게 했을 뿐이지. 그렇게 쌀쌀하게 대하고 싶지 않은데도 왠지 내 마음대로 되지를 않는구나. 미안하다, 친구들아.

친구들을 보내고 나서 여관으로 갔다. 남편은 카운터 방에 앉아서 TV를 보고 있었다. 그가 마치 죄지은 사람처럼 벌떡 일어나더니 내게 물었다.

"친구들 갔어?"

내가 아무 말도 없자 그의 기어들어가는 목소리가 다시 들려 왔다. 고개는 벽 쪽으로 돌린 채로. 그의 옆모습을 보니 볼이 움푹 패어 있었다. 마치 이빨이 다 빠진 늙은 할아버지를 보는 느낌이었다.

"왜 저녁이라도 해서 먹여 보내지 그랬어."

속에서 불이 일어나는 것을 참았다. 남편에게 또 퍼부어 대 보아야 무슨 이득이 있을 것인가. 차라리 그이의 품에 안기어 있으면 이 고통을 잊을 것 같았다. 머리 위에서 째깍째깍 소리를 내면서 돌아가는 벽시계를 보니 벌써 여섯시가 되어 있었다. 한 시간 반 지나면 은미가 온다. 나는 입술을 꾹 깨물면서 별채로 향했다.

한 시간 동안을 나는 정말 결사적으로 매달렸다. 지금 이 순간이 지나면 지구의 종말이 온다는 심정으로, 이렇게 하지 않으면 조금 전의 치욕을 지워버릴 수 없다는 심정으로. 한 번의 섹스가 끝나자 그가 무척이나 만족한 듯이 담배를 피워 물면서 하는 말이다.

"형수, 왜, 무슨 일이 있었어?"

"응? 아, 아니. 나도 담배 하나 줘."

나는 그와 나란히 앉아서 담배연기를 뿜어댔다. 시원한 에어컨 바람에 담배연기가 흩날렸다. 잠시 후 그가 담배를 재떨이에 비벼 끄더니 나의 머리를 자기의 사타구니 쪽으로 잡아끌었다.

다시 두 번째의 전쟁이 치러졌다. 나는 그의 몸 위로 올라가서 죽어라고 몸을 흔들어댔다. 위로 아래로. 왼쪽으로 오른 쪽으로. 그래, 죽어. 이놈아. 죽으란 말이야. 누구에게 하는 말인지도 모를 말을 속으로 부르짖었다. 그의 가슴에 난 털을 닥치는 대로 쥐어뜯었다. 그래, 이거야. 바로 이거야. 이것만이 나를 이 지긋지긋한 산골짜기의 삶에서 해방시켜 주는 거야. 그의 몸이 뻣뻣해 질 때 나도 모르게 온 방안이 떠나가도록 고함을 질러댔다. 나의 몸도 돌처럼 굳어졌다. 나는 머리를 그의 가슴께로 묻으면서 그의 몸 위로 무너져 내렸다.

"형수, 오늘 돌리는 기술 아주 죽이는데. 날마다 이렇게 좀 해 봐. 자, 이건 팁이야."

그가 누운 채로 고개를 돌려 주머니에서 지갑을 꺼내더니 내게 십만 원 짜리 수표를 한 장 주었다. 이걸 받아야 하나? 내가 정말 창녀가 되었나? 그러나 그런 생각도 잠시, 나는 기쁜 마음으로 그 돈을 받았다. 아무렴 어때. 내가 좋아하는 사람이 내게 선물로 준건데….

밖에서는 야채장수의 마이크소리가 요란스럽게 들려왔다. 1톤 트럭에 싣고 다니며 파는 이동 슈퍼인 셈이다.

"두부, 콩나물, 비지, 오이, 배추, 상추, 시금치, 아욱, 대파, 양파, 쪽파, 고추, 당근, 야채가 왔습니다."

벌써 저녁 준비할 시간은 지났을 터인데 오늘은 꽤 늦게까지 다니네….

"수박, 참외, 포도, 딸기, 토마토, 사과, 배, 바나나 과일이 왔습니다. 미역, 멸치, 고등어, 꽁치, 삼치, 오징어, 해산물이 있습니다."

어쩜, 가지 수도 참 많기도 해라.

"오징어젓, 꼴뚜기젓, 어리굴젓, 새우젓, 창란젓, 명란젓, 각종 젓갈류도 있습니다아~."

저렇게 열심히 살아야 하는데…. 순간적으로 저 야채장수의 아내는 어떨까, 하는 생각이 들었다. 그 여자도 나처럼 이렇게 방황을 하고 있을까? 나는 한 손에 수표를 쥔 채로 한참을 누워 있었다. 좀 더 있고 싶었지만 이제 곧 은미가 돌아 올 시간이라 더 이상 있을 수도 없었다.

이층으로 올라와 보니 혜자가 주고 간 봉투가 눈에 들어왔다. 그 봉투를 그냥 쳐다보다가 다시 집어 들고 돈을 꺼내 보았다. 거기에는 백만 원짜리 수표 한 장에 십만 원짜리 수표가 세장 들어 있었다. 백만 원 권은 신한은행 도곡동 지점에서 발행한 것이고 10만 원 권은 우리은행 춘천지점에서 발행한 것이다. 혜자가 100만 원짜리 넣으면서 숙영이에게도 좀 보태라고 한 모양이다. 춘천에서 찾은 걸 보니. 수표를 봉투에 집어넣고 일어서려는데 머리가 핑 돌았다.

5.
욥의 시련

"여러분, 욥의 시련을 생각해 보십시오. 자식들도 잃었습니다. 그 많던 재산도 모두 잃었습니다. 또 온 몸에는 부스럼이 심하게 나서 견딜 수가 없습니다. 성경을 보니 깨진 기와 조각으로 자신의 몸을 긁고 있었다고 했습니다. 얼마나 가려웠으면 그랬을까요. 그뿐입니까. 이렇게 어려울 때 힘이 되어 주어야 할 아내는 무어라고 말합니까. '차라리 하나님을 욕하고 죽어버리라.'고 하지 않습니까. 여러분, 우리들이 욥의 고통을 생각한다면 이 세상에 참지 못할 고통이나 고난은 없을 것입니다."

최 목사님의 설교가 계속되고 있었다. 대한예수교장로회 산영교회의 금요 철야예배 시간이다. 20여명의 교인들은 항상 보는 그 얼굴이 그 얼굴들이었다. 그래도 내가 여기 산영리의 산골에까지 와서 아내의 구박은 물론 외도까지도 참아가면서 계속 버틸 수 있는 이유는 바로 이 노 목사님의 말씀 덕분이다. 서울에서 장로회 총회장까지 하고 은퇴하셨다는 노 목사님의 설교는 언제 들어도 항상 깊이가 있고 가슴에 와 닿는 명 설교였다

지난 30년간 교회를 열심히 다니면서 많은 목사님들의 설교를 들어 보았지만 지금 여기 계신 최 목사님의 설교만큼 깊이가 있는 말씀도 드물었다. 은퇴 하신 후 곧바로 여기에 와서 개척하였다는 교회는 이제 3년이 지나자 제법 규모가 커져서 주일 예배에는 50여명의 신도들이 모인다. 이렇게 작은 산골마을에 이 정도의 교인들이 모인다는 게 그저 신기할 따름이다.

올해 70세라는 최 목사님의 눈에서는 언제나 맑은 광채가 나온다. 사람들의 마음을 휘여 잡는 묘한 안광이다. 나는 목사님의 눈을 대할 때면 '세상에 참 맑은 눈을 가진 분도 다 있구나.'하는 생각을 하곤 한다. 석 달이 넘도록 지금껏 목사님과 인생 상담 같은 것을 하지는 않았다. 그러나 새벽마다 나와 함께 기도를 하시는 목사님이 내 곁에 계시다는 사실 하나만으로도 나에겐 크나큰 위안이 되는 것이다.

오늘은 정말 견디기 힘든 하루였다. 몸도 좋지 않은데다가

아내의 친구들이 불시에 들이닥친 사건은 아내뿐만 아니라 나에게도 엄청난 충격이었다. 친구들이 떠나가자마자 아내가 그 놈에게 달려가서 함께 있을 때는 정말이지 죽고만 싶었다. 그래도 참아야 한다. 이 어려운 시련을 견디어 내야만 한다. 지금 악마가 우리 가정을 흔들고 있다. 악마와의 싸움에서 내가 이겨야만 한다. 그런 생각을 하면서 나는 이를 꼭 깨물고 견디었다.

목사님의 위로의 말씀을 바라고 철야예배를 왔다. 예배는 밤 10시부터 30분 정도만 하고 나머지는 교인들이 자유롭게 기도하는 통성기도 시간이다. 통성기도는 보통 11시가 넘을 때까지 계속된다.

목사님의 설교가 끝났다. 드디어 복음성가가 나오고 기도 시간이다. 30평 정도의 교회당 안이 쩡쩡 울릴 정도로 크게 틀어 놓은 스피커에서는 귀에 익숙한 복음성가들이 울려나오고 있었다. 조명은 옆의 사람도 잘 알아보지 못할 정도로 희미하다. 나는 목청껏 하나님께 울부짖었다.

"하나님 아버지, 지난 12년 동안 얼마나 열심히 기도했습니까. 회사의 어려움을 극복하게 해 달라고 했습니다. 기도와는 반대로 회사는 문을 닫았습니다. 저에게도 물질을 달라고 울부짖었습니다. 제 기도와는 반대로 모든 물질을 다 빼앗아 가셨습니다. 이제 남은 것이라고는 여기 강원도 산골짜기의 작은 여관 한 채 뿐입니다. 그것조차도 은행융자가 들어 있습니다. 하나님! 도대체 절보고 무엇을 어떻게 하라고 이렇게 몰아치십니까."

음악이 바뀌어서 '살아계신 주'가 흘러나오고 있었다. 내가 제일 좋아하는 노래이다.

"믿고 의지하던 아내는 이제 완전히 다른 사람이 되어 버렸습니다. 날마다 다른 남자의 품에 안겨 있습니다. 저에게 남은 것은 무엇입니까. 오, 하나님! 정말 아무리 생각해보아도 이러실 수는 없습니다. 서울에서 살고 있는 친구들은 모두 다 편안히 잘 살고 있지 않습니까. 제가 도대체 무슨 잘못을 했다고 제게 이런 큰 시련을 주시는 것입니까. 하나님, 대답 좀 해 보세요. 더 이상 기도할 힘도 없습니다."

어느 사이 나의 기도는 엉엉! 하는 통곡소리로 변해 있었다. 눈물과 콧물이 주체할 수 없이 흘러 내렸다. 저 옆에서 누가 듣건 말건 그런 것이 문제가 아니었다. 아무리 생각해도 모를 일이었다. 도대체 왜 이런 어려움이 계속 되는지, 도대체 왜 나는 이렇게 가난하게 살아야 하는지….

어느 누구보다도 열심히 살아 왔다고 자부하던 나였다. 잠시도 한 눈 팔지 않고 정말 평생을 열심히 공부하면서 살아 왔다. 남들처럼 술도 즐기지 않았다. 이 세상에 어느 누가 나보다 더 노력을 할 수 있을까. 30년 가까이를 열심히 교회에 다녔고, 특히 지난 12년간의 어려웠던 시기에는 끈질기게 새벽기도로 하나님께 매달리며 살았다. 교회에서 하라는 것은 무엇이든지 다 했다. 성가대원으로, 교사로, 남전도회 회장으로, 청년부장으로, 교육부장으로….

모를 일이다. 정말 모를 일이다. 왜 아내가 그렇게 되어 버렸는지 도저히 이해가 되지 않았다. 아내가 원망스러워졌다. 하나님이 원망스러워졌다. 그래도 그러면 안 되지, 하면서 또 기도했다.

"하나님, 제 아내를 돌려주십시오. 그 옛날에 그렇게도 열심이던 믿음이 다 어디로 갔습니까? 평생을 주님과 교회 밖에 모르던 아내가 불륜이라니요. 도저히 믿어지지가 않습니다. 제가 꿈을 꾸고 있는 것만 같습니다. 아내의 몸속에 들어 있는 마귀를 물리쳐 주십시오. 지금 이 순간에도 이 세상 만사를 주관하신다고 하시는 하나님 아버지. 제 기도를 듣고 계십니까? 그렇다면 아내를 돌려주세요. 어서 빨리 우리 가정을 회복시켜 주십시오. 이제 더 이상은 견디지 못하겠습니다."

스피커에서 울려 나오는 소리가 더 큰지 내 목소리가 더 큰지 내기라도 하는 양, 나는 있는 힘껏 목청을 돋우어서 허공에 대고 소리쳤다. 갑자기 내 머리 정수리 꼭대기가 뜨거워졌다. 그러면서 이런 음성이 들려왔다.

"나는 너를 사랑한다. 나는 너를 사랑한다."

고개를 들고 올려다보니 바로 앞에 목사님이 서 계셨다. 오른 손은 나의 머리 위에 얹은 채로. 조금 전의 그 음성은 환청이었는지, 아니면 목사님이 내게 하신 말씀인지 잘 구분이 되지 않았다. 목사님이 허리를 굽혀서 나의 손을 꼭 잡아 주신다. 교인들은 이제 한 명도 보이지 않았다.

"박 집사, 우리 안으로 들어가서 함께 더 기도합시다."

최 목사님이 벽에 있는 에어컨을 끄면서 앞장서고 나는 엉거주춤한 자세로 목사님의 뒤를 따라 사택으로 향했다. 사택이라고 해 보았자 교회에 붙어 있는 15평 남짓한, 방 두 개와 거실 겸 부엌이 있는 집이다. 들어가면서 벽에 걸려 있는 시계를 보니 벌써 11시 20분이 되어 있었다. 사모님이 거실 바닥에 방석을 깔아 주시더니 물수건을 가지고 오셨다. 나는 그것으로 얼굴을 대충 닦았다.

모처럼 목사님과 얼굴을 마주하고 앉았다. 석 달이 넘었지만 예배 끝나고 전교인들이 국수나 점심을 먹으면서 자리한 적은 있었지만 이렇게 목사님과 단 둘이서만 마주 앉아 있어보기는 처음이다. 그것도 자정이 다 된 시간에.

집에 돌아와 보니 그때까지도 아내는 집에 없었다. 아내가 없는 빈 집이 더욱 썰렁해 보였다.

여관으로 내려가서 남편을 찾았다. 남편은 206호 방 청소를 하고 있었다. 창문을 활짝 열어 제키고 이불에서 커버를 벗겨내고 있었다. 나는 선언하듯이 남편에게 내 뱉었다.

"나 삼촌하고 은미하고 춘천에 다녀 올 거예요."

남편의 움푹 들어간 눈이 겁에 잔뜩 질린 채로 나를 올려다보고 있었다. 그래도 자기에게 남편의 권리가 있다는 듯이 눈에 힘을 주며 대꾸한다.

"은미네 식구하고 춘천엔 왜?"

"은미가 옷을 사야 하는데 골라 줄 사람이 없대요. 그래서 날보고 가자고 그러니 거절하기도 어렵고…"

사실 떳떳하지는 못한 외출인지라 나도 모르게 말꼬리가 흐려졌다. 당신 마음대로 해. 보나마나 그러겠지. 아니나 다를까, 예상한 바로 그 말이 남편의 입에서 새어 나왔다.

"당신 좋을 대로 해, 그렇지만 남들 보기 부끄러운 줄은 알고나 다녀."

남편은 체념한 듯이 하던 일을 계속하고 있었다. 흥, 그러거나 말거나. 나는 아래층으로 내려와서 그이가 세워 놓은 산타페 차에 올라탔다. 차의 시계를 보니 11시가 이미 넘어 있었다. 서둘러 가야지 12시 반에나 도착할 것이다. 내가 타자마자 차는 출발했다. 모처럼만에 하늘이 맑게 개어 있었다.

먼저 M 백화점으로 가서 아동복 코너로 향했다. 사실 남편에게 한 말은 거짓말이었다. 내가 은미에게 옷을 사 주고 싶어서, 또 기분 전환도 할 겸 함께 나온 것일 뿐이었다. 토요일 조금 이른 시간이라 그런지 백화점은 아직 한산했다. 7월 중순이 조금 지났을 뿐인데도 벌써 진열된 옷 중 절반 이상이 가을 옷들이었다.

은미는 집을 떠나 올 때부터 잔뜩 들떠 있었다. 백화점의 아동복 코너에 오자 입이 대문짝만하게 벌어졌다. 그래, 오늘은 네가 내 딸이다. 은미는 이 옷 저 옷을 입어 보더니 그 중에 분홍색 원피스를 선택했다. 나는 은미가 좋아하는 옷을 눈여겨보았다. 목에 하얀 리본이 있고 치마 단에도 하얀 레이스가 달린, 내가 보기에도 어린 아이들이 좋아하게끔 세심한 신경을 써서 만들은 꽤 좋은 옷이었다. 옷을 들고 계산대로 향하면서 은미를 돌아보았다. 은미는 좋아 어쩔 줄 모른다. 과연 어린아이답다.

그도 무척이나 행복한 눈치였다. 연실 싱글벙글하며 입가에 웃음이 가시지 않는다. 모처럼 부인과 딸을 데리고 백화점에 쇼핑 나온 남편의 행복한 표정이었다. 그런데 가격표를 보니 장난이 아니었다. 28만 9천원! 20% 세일을 한다고 했다. 내가 갖고 있는 카드로 추가 5% DC를 받아서 22만원을 지불했다. 지갑에서 10만 원 권 세 장을 꺼내어 뒷면에 주소와 전화번호를 적어주었다.

나는 자랑스레 거스름돈을 받아 지갑 속에 넣고 다시 신발을 파는 곳으로 이동했다. 7만원을 주고 은미의 신발도 한 켤레 사 주었다. 은미는 너무나 좋은지 연신 내 손을 꼭 붙잡고 다녔다. 나는 그를 위해 넥타이도 하나 샀다. 시원한 파도 무늬가 들어 있는 푸른 색 실크 넥타이였다. 그렇지만 남편을 위한 물건은 아무 것도 사지 않았다.

백화점에서 나와서 조금 걸어 내려오자 미스터피자 간판이 보인다. 얼마 전부터 은미가 피자를 먹고 싶어 한다는 이야기를 들었다. 피자집에 들어가니 중학생으로 보이는 여자 아이들 세 명이 한 테이블에서 큰 피자 한 판을 시켜 놓고 조잘대며 이야기를 하고 있었다. 넓지도 않은 공간에 음악소리가 너무 요란했다. 세 명의 아이들이 얼마나 깔깔대며 웃어대던지 옆에 앉은 우리들까지도 정신을 차리지 못할 지경이었다. 대화의 절반은, 씨발, 졸라 웃겨, 쪽 팔려, 그런 지저분한 말들이었다. 한 아이는 이야기를 듣고 있는 중에도 손가락으로는 연신 문자를 보내고 있었다.

피자는 미디움 사이즈로 주문했다. 나나 그이나 별로 피자를 좋아하지 않으니까 은미만 먹으면 될 것이었다. 드디어 피자가 다 됐단다. 내가 끝까지 서비스 해야지. 노란색의 토핑이 너무나도 맛있어 보이는 피자를 우리 테이블로 가지고 왔다. 은미는 피자를 보기가 무섭게 한쪽을 집어 들더니 길게 늘어진 치즈를 크게 벌린 입속으로 집어넣었다. 우리가 멍하니 쳐다보자 그 제서야 미안했는지 한마디 한다.

"큰 엄마, 너무 맛있어요. 아빠도 이거 하나…"

우리는 영화관으로 옮겨서 요즘 한창 유행하는 영화 '해리포터와 혼혈왕자'를 보았다. 극장은 매표구에서부터 붐볐다. 20대의 청년들이 패스트푸드와 커피를 들고 있는 모습에서 한국이 오히려 미국보다 더 미국 같다는 생각이 들었다. 극장은 빈자리가 거의 없었다. 새삼 출판업이 사양 산업이라는 사실도 모른 채 죽기 살기로 거기에만 매달려 있는 남편이 한심하게만 느껴졌다. 그러니 가족들을 고생시킬 수밖에.

내가 가운데 앉았고 양 옆으로는 그이와 은미가 앉았다. 그이는 영화가 시작되자마자 부터 내 손을 꼭 잡더니 끈질기게 만지작거리기 시작했다. 가끔씩은 자기의 팔을 내 팔 위에 포개 놓기도 했다. 그럴 때면 그이의 털이 자꾸만 내 팔에 닿아서 나를 자극했다. 나도 그이의 손을 더욱 꼭 움켜쥐었다. 우리들의 암호 교환은 이미 다 끝났다.

영화가 끝나자 은미는 너무나도 재미있었다고 몇 번이나 내게 고맙다는 말을 했다. 나는 컴퓨터그래픽이 너무 많아서 머리가 어질어질 했다. 사실 내 취향으로는 '해운대'와 같은 국산영화를 보고 싶었지만 그래도 오늘은 은미를 위해

봉사하기로 한 날이니까 내가 희생하기로 했다.

돌아오는 차 안에서도 은미는 연신 조잘대며 멈출 줄을 모른다. 너무 좋은 모양이다. 집에 돌아오자마자 선물 꾸러미를 들고 집안으로 뛰어 들어갔다. 은미가 서둘러 옷을 입고 신발을 신어보더니 내 품에 매달리면서 졸라댄다.

"큰 엄마, 너무 좋아요. 옷도 예쁘고 신발도 아주 잘 맞아요. 나 내일모레 학교가면 아이들한테 자랑할거다. 우리 큰엄마가 사 주셨다고. 근데 큰 엄마, 우리 집에서 함께 저녁 먹고 나하고 같이 자면 안돼요?"

'사 주셨다고' 라고 말 할 때는 목소리의 톤이 한껏 올라가 있었다. 정말 기쁘기는 기쁜 모양이다. 진작 좀 데리고 다닐걸.

"응, 은미야. 안돼. 큰 아빠께서 기다리시는데, 큰 엄마는 큰 아빠하고 주무셔야지."

그이가 무릎을 꾸부려서 은미의 원피스를 바로 잡아주면서 하는 말이었다. 그이의 목소리에는 딸을 사랑하는 아빠의 마음이 가득 담겨 있었다.

"큰 아빠는 여관 카운터 방에서 주무시지 않나?"

"네가 그걸 어떻게 알아?"

"내가 학교 갈 때면 언제나 여관에서만 계시던데, 뭘. 큰 엄마~ 오늘 밤 나랑 텔레비전 보다가 같이 자요, 네?"

내가 듣고만 있자 그이가 내 쪽으로 고개를 돌리며 눈짓을 한다. 어떻게 하겠느냐는 뜻이다. 나는 한편으로는 남편에게 미안한 생각이 들었다. 하루 종일 나만 기다렸을 텐데 또 여기서 잔다고 하면 과연 남편의 인내심이 허락할까?

"나 가서 큰 아빠 좀 만나보고 올게. 아빠랑 조금만 있어라, 알았지?"

"응, 큰 엄마. 꼭 다시 와야 해. 꼭이야."

나는 은미에게 손을 흔들어주면서 여관으로 향했다. 솔직히 편안한 마음은 아니었다.

여관 카운터 앞의 소파에서 몸을 기대고 앉아 있는 남편의 모습에는 피곤한 기색이 온 몸에 배어 있었다. 저런 남편을 두고 나는 미친년처럼 춘천으로 외간남자와 돌아치고 왔으니, 내가 나중에 벌을 받아도 크게 받을 것 같다는 두려운 마음이 들었다.

"여보, 나 지금 왔어요."

"응. 당신 여관 좀 봐 줄래? 나 들어가서 한 잠만 자고 나올 게. 방 두 개 찼어."

토요일이니 손님들이 계속 올 것이다. 지금 일곱 시 반이 넘었으니까 한 두 시간 안으로 나머지 네 개도 다 찰 것이다. 그래. 내가 조금만 수고 하지. 남편은 하루 종일 고생했는데. 나는 춘천 KFC에서 사온 프라이드치킨 봉투를 내밀었다.

"여보, 이것 먹고 푹 쉬어요. 나도 방 다 차면 들어갈 테니까."

나의 갑작스런 친절한 행동과 말투에 남편은 어리둥절한 표정이다. 멍하니 치킨 봉투를 내려다보고 있었다. 산지 벌써 한 시간 반도 지났으니 아마 차갑게 식어 있을 것이었다.

남편이 들어간 지 불과 한 시간도 되지 않아서 군인들이 들이닥쳤다. 오늘은 인근 27사단과 17사단에서 동시에 외박을 풀었단다. 병장 계급의 젊은이 하나는 벌써 술을 꽤 먹었는지 입에서 소주 냄새가 물씬 풍겨왔다. 옆에 있는 여자아이는 이제 겨우 스물을 갓 넘겼을까말까 하는 정도의 어린 나이로 보였다. 뭐, 늘 보아오는 풍경이니까….

그들을 2층으로 보낸 후 나는 카운터에 '빈방 없습니다.'라는 팻말을 걸어 놓고 집으로 향했다. 그 밑에는 '방 필요하신 분 011-418-5074 연락주세요.'라는 문구가 씌어 있다. 모두가 일손을 조금이라도 줄여보려는 남편의 아이디어였다.

2층으로 올라 와 보니 남편은 건넌방에서 코를 드릉드릉 골면서 깊은 잠에 빠져 있었다. 퀴퀴한 책 냄새가 진동하는 속에서도 닭고기 냄새가 코를 찔렀다. 남편의 머리맡에는 누런 KFC 봉투 위에 닭 뼈다귀 몇 개가 놓여있었다.

남편의 몸을 밟지 않으려고 서가에 손을 짚어가며 조심조심 남편의 머리맡에 까지 왔다. 책상 위를 보니 도서 주문서가 있었다. 날마다 주문 오는 도서를 집계하여 창고로 보내주는 배송지시서인 셈이다. 어제 금요일 날짜다. 거기에는 〈죽음 이후의 삶〉 8권, 〈악마의 계교〉 2권, 〈흉부외과 의사〉 2권, 〈박정희 다시 태어나다〉 1권, 〈모세의 코드〉 1권, 합계 14권이라고 프린트 되어 있었다.

아, 남편은 여관 일에 출판 일에 이렇게도 열심인데 내가 정말 이래도 되는 건가? 나는 책상 위에 있는 두루마리 휴지를 뜯어서 그의 이마에 송송 맺혀있는 땀을 닦아 주었다. 반쯤 열어 놓은 창문도 활짝 열고 선풍기도 가지고 와서 제일 약하게 틀어 주었다. 남편 옆에 쪼그리고 앉아 보았다. 남편의 얼굴은 너무나도 비쩍 말라 있었다.

그러나 그런 생각도 잠시, 곧 나의 몸 깊은 곳에서는 주체할 수 없는 욕망이 꾸물거리며 올라오고 있었다. 샤워를 끝내고 기다리고 있을 그의 우람한 몸이 떠올랐다. 나를 기다리고 있을 은미 생각도 났다. 그러나 은미의 해맑은 얼굴보다는 그이의 시커먼 가슴이 먼저였다. 살며시 몸을 일으켜 나오는데 그가 몸을 뒤척이면서 잠꼬대를 해 댄다.

"음, 음, 음, 하나님, 으, 으."

대충 씻고 잠옷을 챙겨가지고 아래층으로 내려와 보니 벌써 식탁에 밥과 반찬이 다 차려져 있었다. 은미가 나를 보더니 매달리며 어리광을 부렸다.

"것 봐, 아빠. 내가 뭐랬어. 큰 엄마 금방 오신다고 했지?
큰 엄마. 밥하고 반찬 내가 다 차려 놓았다?"

은미는 자랑스러운 듯이 내게 매달리면서 말했다. 프라이
팬에는 춘천에서 사 온 소고기 등심이 놓여 있었다. 내가 내
려올 때까지 고기를 굽지 않고 있었던 모양이다. 곧바로 고
기의 지글거리는 소리와 고소한 참기름 냄새가 온 실내에 진
동했다.

그이의 잔에 내가 술을 가득 따라주었다. 그이는 마치 부
인과 함께 저녁을 먹는 양 러닝셔츠 차림새였다. 내가 소주
를 따라주자 컥! 소리도 요란하게 술을 들이켰다. 내게도 마
시기를 권했으나 나는 사양한 후 빈 잔에 술을 다시 가득 채
워 주었다. 은미도 한참 자랄 나이인지라 잘도 먹어댔다.

저녁을 먹고 그이는 누워서 아홉시 뉴스를 보고 나와 은
미는 목욕탕에서 함께 목욕을 했다. 12살 은미는 젖가슴도
제법 봉긋하게 부풀어 올라 있었다. 아빠를 닮았으면 덩치
가 클 터인데 아마도 어려서부터 마음고생을 많이 하고 제
대로 먹지 못하면서 자라 그런 모양이다. 은미는 보통 아이
들보다도 오히려 더 작고 귀여웠다. 은미는 처음에는 망설이
는 눈치였으나 이내 스스럼없이 나의 등을 밀어주었다. 마치
헤어졌던 엄마와 딸이 만나서 목욕을 하는 것처럼.

방으로 옮겨와서 은미의 머리를 두 갈래로 따 주었다. 그리고 아까 백화점에서 산 은방울도 달아 주었다. 은미는 너무나 행복한지 연신 거실에 있는 거울 앞에 가서 머리를 이리저리 돌려보고는 들어왔다.

"자, 은미야. 방울 여기다 풀어 놓자. 내가 내일 아침에 내려와서 다시 예쁘게 묶어 줄게. 알았지?"

은미는 순순히 고개를 끄덕였다. 어느 사이에 눈가에 이슬이 맺혀 있었다. 불쌍한 것. 아마도 엄마를 생각했겠지. 나는 은미를 꼭 끌어안아 주었다. 잠옷 사이로 은미의 파닥거리는 가슴이 느껴졌다. 은미와 함께 침대에 누웠다. 둘이 자기는 약간 옹색했으나 은미가 품에 바짝 안겨 있어서 침대 밑으로 떨어질 염려는 없었다.

은미는 팔베개를 한 채로 연신 내게 옛날이야기를 해 달라고 졸랐다. 무슨 이야기를 해 줄까…. 나는 옛날에 읽은 〈제인 에어〉 생각이 났다. 대학 때는 원서로도 읽은 책이다.

일찍이 고아가 된 제인이 외삼촌 집에 가서 외삼촌의 사랑을 독차지하게 되는 이야기, 외삼촌이 죽고 나서 외숙모로부터 온갖 학대를 받게 되는 이야기, 외삼촌네 식구들이 합세하여 붉은 방이라고 불리는 공포의 방에 제인을 집어넣고 학대하는 대목에서는 은미가 내 품으로 더욱 바짝 파고들었다. 기숙학교에 보내져서도 친구들의 학대 속에서 지내던 제인이 헬렌이라는 친구를 만나서 친자매 이상으로 정이 드는 대목에 가서는 내 턱 밑에다가 대고 속삭인다.

"그 다음은요, 큰 엄마?"

"그런데 그 헬렌이 전염병에 걸려서 죽고 마는 거야."

"어머, 어쩌면 좋아. 어떻게 죽어요, 큰 엄마?"

"응, 헬렌이 위독하다고 해서 제인이 밤늦게 아무도 몰래 헬렌의 침대에 가서 같이 자는 거야. 죽어가는 헬렌에게 주는 마지막 선물이었지. 아침에 템플 선생님이 헬렌의 방에 들어가서 서로 꼭 끌어안고 있는 헬렌과 제인을 발견한 거야. 그때 이미 헬렌은 죽어 있었지."

팔베개를 한 팔에 뜨듯한 눈물이 스며들어 왔다. 불쌍한 것. 얼마나 정에 굶주렸으면…. 나도 따라서 눈물을 흘렸다. 〈제인 에어〉를 끼고 자던 고등학교 시절이 생각났다. 참 꿈도 많던 시절이었지. 내 신세가 너무나 서글펐다. 내가 왜 이렇게 되었을까.

마음을 진정하고 이야기를 계속했다. 나의 이야기가 삼십 분을 넘기자 어느 사이에 은미의 고른 숨소리가 들려온다. 은미가 잠이 들기가 무섭게 방문이 살짝 열리며 그이가 얼굴을 들이밀었다. 나는 손가락 하나를 입가에 가져다 대고 나직하게 소리 냈다.

"쉿!"

잠시 후 내가 팔베개 한 손을 빼 내려고 하자 은미가 나를 더욱 꼭 끌어안았다. 그렇게 한 십분 이상을 또 기다렸다. 드디어 은미의 코고는 소리가 제법 크게 들려오기 시작했다. 나는 살며시 팔을 빼 냈다.

　방문을 살짝 닫고 거실로 오니 그이는 그때까지 TV를 보고 있었다. 괴물처럼 크기만 하고 화면은 흐린 시커먼 프로젝션 TV다. 밑에는 SONY 마크가 선명하다. 십여 년 전에는 인기제품이었겠지만 지금이야 누가 소니를 찾나, 나는 그런 생각을 하며 벽을 슬쩍 쳐다보았다. 생각보다 시간이 많이 흘러 시계는 이미 열시 반을 가리키고 있었다.

　그가 서둘러 TV를 끄더니 나의 손을 잡고 방으로 인도했다. 방에 들어서자 조심조심 내 잠옷을 벗겨주고 팬티도 끌어 내렸다. 오늘 은미에게 옷을 사주고 신발도 사주고 친딸 이상으로 잘해준 데 대한 보답이었을까. 그는 전에 없이 나의 온 몸을 정성들여 애무해 주었다. 얼굴부터 시작해서 목덜미로, 가슴으로, 배꼽으로, 사타구니로, 그리고 허벅지로, 나중에는 발가락 사이사이까지도 다 핥아주었다. 너무나도 간질거려서 참기 힘들었지만 그래도 그런 그이의 서비스가 싫지는 않았다. 드디어 내 몸 깊숙하게 뜨거운 물건이 비집고 들어왔다.

　지금껏 그이와 여러 차례 관계를 맺었지만 오늘처럼 진지

하고 긴 시간 동안 계속된 적은 없었다. 나는 기쁨을 견디지 못하고 집안이 떠나가도록 소리를 질러댔다. 그런데 바로 그때 누군가가 창문을 두드리는 소리가 들렸다. 나는 남편인가 하여 기겁을 하고 창문 쪽으로 고개를 돌렸다. 그도 상하운 동을 멈추더니 창문에 대고 버럭 소리를 지른다.

"누구야?"

"소장님, 저 이 반장입니다."

"그런데 뭐야!"

너무나도 위압적인 그이의 목소리에 기가 질렸는지 상대의 목소리는 많이 작아졌다.

"저, 오늘 개고기 삶았는데 우리 지금 소주 한잔 하고 있거든요. 그래서 소장님도 오시라고…"

여관에서 자는 현장 인부들은 그이가 얼마나 단속을 해놓았는지 별채 근처에는 얼씬도 하지 않았다. 그런데 지금 조용한 밤 시간에 왔으니 보나마나 내 신음소리를 다 들었을 것이었다.

"알았어. 곧 갈게."

곧 이어서 저벅저벅 하는 발소리가 멀어져 갔다. 그가 화난 목소리로 내 뱉었다.

"에이, 새끼. 한 참 홍콩으로 보내고 있는 중이었는데 왜 하필 지금오고 지랄이야."

나는 모기소리만큼이나 작은 목소리로 그에게 물었다. 얼마나 움츠러들었는지 에어컨 소리보다도 더 작은 것 같았다.

"이 반장이 우리들 하는 거 다 듣지 않았을까?"

"들었으면 들었지, 그게 뭐 어때서."

그는 씩씩거리며 아까보다 더 빨리 몸을 움직여댔다. 이제는 완전히 팔굽혀펴기의 자세가 되어서 열심히 피스톤운동을 하고 있었다. 나도 그가 편하도록 최대한 다리를 벌려 주었다. 그가 몸을 움직일 때마다 아래에서 이상한 소리가 새어나온다. 신발이 진창에 빠졌을 때 나는 소리다. 그러나 나의 몸은 진창에 빠져 허우적거리기는커녕 공중을 붕붕 떠다니고 있었다. 나의 입에서 또다시 비명이 터져 나왔다.

"아아, 악!"

그는 잠시 내 몸 위에 엎드려 있더니 서둘러서 몸을 일으켰다. 옷을 대충 걸치고는 문을 나서며 명령하듯이 말하는 것이었다.

"형수, 여기 있어. 나 금방 돌아올 테니까."

"응."

나는 가장 편안한 자세가 되어서 네 팔다리를 활짝 펴고 10여분을 누워 있었다. 그러나 아무리 생각해보아도 쉽게 끝날 술자리가 아닌 듯 했다. 열 명인지 스무 명인지 모를 남자들이 술을 먹으면 이런 저런 이야기들이 끝이 없을 것이 아닌가. 더군다나 토요일 밤이니, 어쩌면 밤새 마셔댈지도 모를 일이었다. 혹시 내 이야기가 나오지는 않을까? 벌써 그들 중에 쫙 퍼졌을지도 몰라. 에이, 그러거나 말거나. 어차피 벌어진 일인데.

나는 서둘러 잠옷만 위에 걸치고 나머지 옷가지들은 손에 들은 채로 2층으로 향했다. 나오면서 옆집을 보니 깜깜하게 불이 꺼져 있고 사방은 쥐죽은 듯 고요하기만 하다. 당연하지. 밤 11시가 넘었는데. 내일은 아들 준영이 오피스텔에 가서 빨래도 해주고 청소도 해 주고 밥도 같이 먹고 와야지.

6.
가족의 힘

 음식 냄새에 눈을 떴다. 옆의 탁상시계를 보니 새벽 세시도 훨씬 넘은 시간이었다. 아내는 그때까지도 자지 않고 열심히 무언가를 만들고 있었다. 눈을 비비고 부엌으로 나와 가까이 가서보니 프라이팬에 멸치와 풋고추를 넣고 멸치볶음을 만들고 있는 중이었다. 싱크대 위에는 소고기 장조림과 다른 반찬이 락앤락 플라스틱 통에 세 개나 담겨 있었다.
 내일, 아니 날이 밝았으니 오늘이다, 아침에 서울에 있는 아들에게 가기로 한 날이다. 내가 아내의 외도까지도 다 참아가면서 사는 이유 중의 하나는 바로 아내의 자식사랑 때문이다.
 아내는 아들 준영이라면 그야말로 사족을 못 쓴다. 아들이 어렸을 때부터 아내의 자식 사랑만큼은 정말 아버지인 내가 보아도 유별났다. 지금 생각하면 아들이 고등학교 때 전교회장을 한 것도, 우등상을 타고 서울시장상을 받은 것도 다 엄마의 정성과 기도 덕분이다. 그만큼 아내는 아들을 위해서라면 물불을 가리지 않고 정성을 쏟았으며 새벽마다 교회에 가서 하나님께 매달렸다.

아들이 카이스트 대학원에 다니면서 기숙사 생활을 할 때도, 기숙사라고 해 보아야 집에서 그다지 멀지도 않은 홍릉에 있었지만, 그게 마음에 걸려서 날마다 눈물을 짓곤 하던 아내였다. 그 아이가 오늘은 무엇을 먹었을까, 잠자리가 춥진 않았을까, 내가 날마다 밥을 해서 차려주어야 하는데…. 내가 보기에 아내의 머리에는 온통 아들 생각밖에는 없는 듯 했다.

엄마의 사랑을 듬뿍 받고 자란 아들은 정말 훌륭하게 성장했다. 지금은 외국계 금융회사에서 연봉 8천 정도를 받고 다닌다. 입사한지 만 2년이 아직 안됐다. 그런 아들을 한 달에 한 번씩 꼬박꼬박 만나러 가서 하룻밤 자고 온다. 아들의 오피스텔에 가서 방청소와 밀린 빨래도 해주고 함께 밥도 해 먹고 백화점에 가서 이런 저런 필요한 물품들을 사주고 오는 것이다.

아내는 아침에 버스를 타고 화천으로 떠났다. 화천에서 다시 상봉동까지 가는 버스로 갈아타고 상봉동에서는 지하철로 여의도까지 가야 한다. 승용차로 가면 네 시간이면 되지만 버스와 지하철로 가면 여섯 시간 이상이 걸린다. 반찬꾸러미와 옷 보퉁이를 들고 버스에 올라타는 아내를 보니 콧날이 시큰거린다. 내가 사업하는데 돈 다 까먹어서 이 고생을 시키네….

아내로부터 전화가 온 것은 그 다음 날, 그러니까 월요일 저녁 아홉 시가 다 되어서였다. 지금 막 화천에 도착했다는 것이었다. 아내는 내가 화천으로 가겠다고 하자 무엇 때문에 비싼 기름 값 버리느냐고 하면서, 자기는 시장보고 막차타고 천천히 올 테니까 걱정하지 말고 그냥 집에 있으라고 했다.

그로부터 30분이나 지났을까? 아들로부터 전화가 왔다. 먼저 엄마가 도착했는지를 물었다. 그래서 조금 전에 화천에 도착했다고, 막차 편으로 집에 온다고 하더라고 말해주었다.

아들의 목소리는 처음에는 무척이나 들떠 있었다. 엄마가 오늘 아침에 100만 권 수표를 하나 주더란다. 그 돈을 오늘 통장에 넣고 보니 벌써 저축액이 5천만 원을 넘었다는 것이었다. 그러더니 곧바로 음성이 착 가라앉았다. 아들의 걱정스런 목소리가 휴대폰을 통해서 울려 나왔다.

"아빠, 엄마에게 무슨 일 있어요?"

"응? 그게 무슨 소리냐?"

"어제 밤, 함께 저녁 잘 먹고 잠자리에 들었어요. 밤 11시가 훨씬 넘어서였는데, 난 침대 위에서 자고 엄마는 바닥에서 요 깔고 잤거든요. 그런데 자다가 무언가 갑갑해서 보니까 엄마가 내 손을 꼭 잡고 울고 있는 거예요. 왜 그러냐고 했더니 나와 같이 있는 게 너무 좋아서 그런다면서. 시계를 보니까 새벽 두시더라고요. 나는 너무 졸리고 또 아침 일찍 출근해야 되니까 그냥 계속 잤지요."

아들은 지금껏 전화해도, 대개의 남자 아이들이 다 그렇듯 용건만 간단히 하는 스타일이었다. 이렇게 장황하게 이야기 해 본 적이 없었다. 나는 왠지 모르게 불안한 마음이 들어서 아이의 다음 말을 재촉했다.

"그랬는데?"

"아침에 엄마 얼굴을 보니까 눈이 퉁퉁 부어 있었어요. 사실은 어제 오피스텔에서 처음 만났을 때도 나를 보자마자 울기부터 했어요. 왜 우느냐고 했더니 너무 반가워서 그런다는 거예요. 그런데 아빠, 아무래도 그런 게 아닌 것 같아요. 내 생각에는 엄마에게 무언가 말 못할 고민이 있는 눈치였어요. 아빠, 혹시 뭐 짚히는 일이라도 없어요?"

"응? 없어. 엄마에게 일은 무슨…"

대답은 그렇게 해 놓았지만 나도 마음 한 구석으로는 아내가 그 일 때문에 무척 마음고생이 심하구나, 하는 생각을 해 보았다. 그렇지만 아들에게 그 일을 이야기 할 수는 없는 노릇이었다. 그래서 얼른 둘러 댔다.

"아마도 내 생각에는…. 엄마가 여기 화천으로 이사 온 후로 여기 생활에 잘 적응을 하지 못하는 것만 같구나."

"저도 그런 생각 했어요. 아무래도 아빠가 이번에 한 결정은 잘못한 것 같아요. 아빠의 입장 충분히 이해는 하지만요."

"그래, 미안하구나."

"아빠, 앞으로 엄마한테 신경 좀 더 많이 써 주세요. 아침에 회사 가면서도 머릿속이 아주 복잡했어요. 하루 종일 일도 잘 안되고 불안했어요. 혹시 엉뚱한 생각이라도 하시면…"

"준영아, 쓸 데 없는 소리 하지 마라. 너희 엄마 그럴 사람 아니야. 넌 걱정 말고 회사 일이나 열심히 해."

나는 그렇게 아들을 안심시켰다. 그러는 중에도 내 머릿속에는 아들의 근심어린 얼굴 표정이 눈에 잡히듯 선명하게 떠올랐다.

아들과의 통화를 끝내고 카운터 방 앞의 소파에 앉아서 이런 저런 생각을 해 보았다. 월요일이라 오늘은 외박손님은 하나도 없고 군부대에 사업상 볼일 보러 왔다는 남자 한 사람만 손님으로 들어 있었다. 방에 있던 선풍기를 밖으로 끄집어내서 틀었다. 후덥지근한 여름 공기가 선풍기의 날개에 부딪쳐서 튀어 나왔다. 내가 할 수 있는 일이라야 기도하는 것 밖에 더 있을까? 지난 금요일, 최 목사님은 나와의 상담을 마친 후 이렇게 이야기 하셨다.

"박 집사님. 우리 실망하지 말고 계속 기도합시다. 윤 집사님은 분명 돌아옵니다. 그러니 아무 걱정 마시고 모든 것을 다 주님께 맡겨 놓으세요. 하나님께서 분명코 박 집사님의 가정을 지켜 주실 겁니다. 두고 보세요. 이제 악마가 두 손 들고 떠나 갈 테니까. 윤 집사님의 변화하는 모습을 보시면 우리 주님께서 얼마나 위대하신지 깨닫게 되실 겁니다. 나도 시간 시간마다 기도할 터이니 박 집사님도 끈질기게 주님께 매달리세요."

목사님의 말씀대로 시간이 날 때마다 아내를 위해서 기도했다. 아내가 그렇게 눈물을 흘리면서 번민하고 있다는 건, 아마도 목사님과 나의 합심기도가 아내의 마음을 조금은 움직인 결과가 아닐까? 아닐 것이다. 기도의 효과가 나타나기는 아직 시간이 너무 짧다.

나는 막차가 도착할 시간 쯤 되어서 버스 정류장으로 나갔다. 우리 집에서 걸어서 불과 5분 거리 밖에 되지 않는 곳이다. 바로 옆의 '칠성군장' 집을 지나치면서 보니 사람 좋은 황 사장이 군복 수선을 하고 있는지 그때까지도 몸을 구부린 채로 열심히 손을 놀리고 있었다.

하늘을 보았다. 소나기가 지나가고 난 하늘에는 별이 총총히 떠 있었다. 가끔씩 시원한 바람도 불어왔다. 시꺼멓게 선팅이 되어있는 '질러 노래방' 앞을 지나가려는 데 무언가 시커먼 물체가 내 발 앞을 쏜살같이 스치고 지나간다. 개만큼이나 큰 검정 도둑고양이였다. 여기는 3층짜리 건물이 없다. 대부분이 단층 건물이고 그 중 2층이 제일 높은 건물이다. 그러니까 우리 집도 여기서는 제일 높은 고층건물에 속하는 셈이다.

버스 종점이라고는 하지만 겨우 버스 두 대가 주차할 수 있는 공터일 뿐이다. 하늘을 쳐다보면서 별들의 숫자를 스무 개 쯤 헤아리고 있을 때 버스가 도착했다. 손님은 열댓 명밖에 되지 않았다. 군인들 대여섯 명이 먼저 내리고 학생들이 서너 명, 그리고 노인들이 또 몇 명 내렸다. 아내는 맨 마지막에 내렸다. 무척이나 지쳐서 피곤한 기색이 온 몸에 배어 있었다. 그렇겠지. 무려 여섯 시간 이상을 왔으니.

아내는 양 손에 커다란 쇼핑백 두 개를 들고 있었다. 내가 그 중 하나를 받아 들면서 아내의 손을 잡아주자 아내는 내게 내밀은 손에 체중을 실으면서 힘겹게 버스에서 내렸다. 마치 시골 할머니를 부축해 주는 것 같은 느낌에 잠시 코끝이 시큰거렸다. 아내가 손을 뿌리치지 않은 것도 그저 신기하기만 했다. 아내는 지금껏 다른 사람들 앞에서 손을 잡거나 다정한 척 하면 기겁을 하던 사람이다. 나머지 쇼핑백도 받아 들고는 집으로 향하면서 물었다.

"이게 뭐야?"

"응, 준영이가 당신 갖다 주라고 하던데, 회사에서 고객이 선물로 주었다나, 아주 고급 포도주래요."

둘은 여관의 복도를 지나쳐서 별채로 향했다. 복도 끝에서 그때까지도 잡담을 하던 이 반장과 인부들 두 명이 황급히 우리에게 인사를 하며 길을 터 주었다.

"어찌 돼 뿌렀냐?"

"허벌나게 패 뿌렀소. 아마 반쯤은 죽었을 것이랑께."

"오매, 시언한 거. 그래, 아조 잘 혔다. 잘 혔어."

이 반장은 인부들과 이야기 할 때면 진한 전라도 사투리를 쓴다. 그들의 눈이 내 뒤통수를 따라오는 것 같아 머리가 근질거렸다. 김 소장의 방 창문 앞을 지나서 2층으로 올라왔다. 오자마자 아내는 쇼핑백에서 작은 팩 하나를 꺼냈다. 거기에는 꼼장어 회가 포장돼 있었다.

"이거 아까 화천에서 뜬 거예요. 포도주하고 한 잔 해요."

아내가 식탁 위에 젓가락과 초고추장을 놓으면서 하는 말이었다. 자기는 저녁 생각이 없다면서 내게 저녁은 먹었는지도 물어 보았다. 아내가 무언가 변한 것 같다. 아래층에 대해서도 전혀 신경 쓰지 않는 눈치였다. 이건 뭔가 좀 이상하다. 그렇게나 기도의 효과가 빨리 나타나나?

나는 그런 생각을 하면서 천천히 코르크를 뽑아냈다. 뿅! 하면서 마개가 병을 빠져나오는 소리가 경쾌하다. 두산 크리스털 잔을 반쯤 채웠다. 나는 눈을 감으면서 옛날에 힐튼호텔에서 외국인들과 식사를 하던 때를 떠 올렸다. 도서 수입하는 회사의 책임자로 있으니 그들에게는 내가 바이어였다. 자동차 수출을 하거나 잡화 수출을 하던 세일즈맨 때와는 정 반대의 입장이 된 것이다. 저녁 식사를 할 때면 그들은 언제나 내게 시음을 하도록 권했다.

음, 그래. 바로 그 맛이야. Very Good!

금요일 밤 11시쯤에 그이로부터 전화가 왔다. 은미가 잠들었단다. 우리는 서둘러 한 바탕 전쟁을 치렀다. 나는 커피가 마시고 싶어 주방으로 나갔다. 팬티만 걸친 채로 식탁에 앉았다. 서쪽으로 난 창문을 바라보니 사방이 캄캄할 뿐이었다. 집 뒤쪽으로는 공터가 좀 있고 그 뒤에는 무덤이 하나 있다. 무덤 위로는 야산이 이어진다.

달콤한 맥심커피가 목구멍을 타고 넘어간다. 잠시 후 그가 발가벗은 채로 나와서 화장실로 들어갔다. 등 뒤로 시퍼런 용이 꿈틀거린다. 처음 보았을 때는 기겁을 하게 놀랐는데 그것도 자주 보니 이제는 아무렇지도 않고 오히려 멋있고 남자다워 보이기까지 한다. 여자의 마음은 이렇게도 간사한 것인가. 그가 내 맞은편에 앉더니 손을 뻗어 내 젖꼭지를 만지작거린다. 가슴을 덮은 털이 탐스럽다.

"나 일요일에 문산 좀 다녀와야 해. 사장님하고 의논 할 일이 있거든. 이번에 우리 회사에서 여기 27사단 지역에도 공사를 하나 더 땄대요. 아마도 10월부터는 인력을 투입해야할 거야. 그래서 그 문제도 협의할 겸 가서 한 이틀 정도 지내다 올 건데. 형수, 나 없어도 잘 지낼 수 있지?"

"그럼 언제 올 건데?"

"응, 수요일쯤에."

"자기 거기 가서 술 먹고 저녁에 딴 여자하고 자면 안 돼, 알았지? 만약에 그랬다간 정말 국물도 없는 줄 알아."

그는 내 젖꼭지를 비비 틀면서 이야기를 계속해 나갔다.

"사장님은 내게 큰 형님이나 마찬가지야. 내가 사업에 실패하고 다시 옛날 우리 '천안 메기파' 조직으로 갔을 때였지. 벌써 행동대원 아이들도 다 바뀌고 내가 옛날에 데리고 있던 아이들은 몇 명 없었어. 조직에서 붙어 있기도 눈치가 보이고 그렇다고 다른 일 할 것도 없고, 아주 암담했던 시절인데, 그 형님이 나를 불러서 파주 현장에서 일을 배우게 해 주신거야."

김 소장의 이야기는 한참 동안이나 계속 이어졌다. 그가 형님으로 모시고 있는 이 사장이라는 사람은 여기도 대여섯 차례 와서 묵다 간 적이 있다고 했다. 나도 한 번 복도에서 마주 친 기억이 난다. 약간 매부리코에 그 밑으로 기른 콧수염과 무척 날카로운 눈매가 인상에 남는다.

옛날에 천안 메기 파는 서울의 서대문, 연신내, 불광동지역을 무대로 활동했는데, 그 사람은 당시 천안 메기파의 부두목까지 올라갔었다고 했다. 몇 년간을 부두목으로 있던 그가 어느 날 문산, 파주 지역에서 군 공사를 하는 회사에 동업 사장으로 가게 되었다는 것이다. 그 당시 김 소장은 회사를 차린다고 하다가 사기를 당하고 집도 절도 없이 떠돌이 신세였단다. 그런데 그가 어찌 알았는지 그 밑으로 불러 주더라는 것이었다.

그래서 파주의 임진강 건너에 있는 1사단 지역 현장에서 3년을 근무하면서 일을 배웠단다. 당시 초등학교에 막 입학한 딸은 문산에 있는 이 사장의 집에 맡겨 놓았었다고 했다. 그 후 몇 년 만에 이 사장은 원래 있던 동업사장을 밀어내고 자기가 그 회사를 단독으로 운영하게 되었다는 것이다.

앞길이 열리려고 그렇게 된 것인지, 때마침 그 회사에서 화천지역에 큰 공사를 하나 따게 되었고, 결국은 김 소장이 이곳의 현장소장으로 내려오게 되었다는 것이다. 그러니까 이 사장은 조직의 선배이면서 자기에게는 하늘과도 같은 은혜를 베풀어 준 은인이라는 것이다.

　상봉동행 버스를 타고 오는 세 시간 내내 졸았다. 한 참을 자다 깨어보니 춘천 터미널이었다. 또 다시 잠이 정신없이 쏟아졌다. 눈을 떠 보니 이번에는 가평을 지나고 있었다.
　버스가 가평을 떠날 때는 눈물이 핑 돌았다. 가평에서의 지난 2년이 꿈만 같았다. 정원에서 나무 가꾸고 꽃 심으며 죽을 때 까지 살고 싶었는데. 잔디를 깎고 나서 나무 그늘 밑에 앉아 시원한 냉수를 마실 때의 그 기분이라니. 머리 위 느티나무에서는 매미가 여유롭게 울어대고…. 내 꿈을 짓밟아 버린 남편이 너무나 미웠다.
　청평을 지나자 왼쪽으로 푸른 강물이 보이고 강 위에서는 수상스키가 물보라를 일으키면서 시원스레 강 위를 달리고 있었다. 서울까지 오는 내내 승객은 많지 않았다. 화천에서 탈 때도 20명 쯤 됐는데 춘천을 지나 청평을 지났어도 여섯, 일곱 명이 내리고 또 다시 같은 숫자가 탔다.
　저 건너편에는 강남금식기도원이 있는데…. 옛날에 남편과 한 달에 한 번씩 기도원을 갔다. 보통 오후에 갔다가 저녁 7시 예배보고 기도하다가 돌아오는 일정이었다. 식당에서 저녁을 먹을 때면 된장국이 무척이나 맛있었던 기억이 난다. 벌써 발을 끊은 지도 1년이 훨씬 넘었다.

화천 터미널에서 출발한 지 네 시간도 더 걸려서 상봉동 터미널에 내리니 몸이 천근만근이다. 어제 밤을 꼴딱 새우 다시피 하고 두 차례나 땀을 뻘뻘 흘리며 그 짓을 했으니 피곤하지 않다면 그게 오히려 이상한 일일 것이다. 겨우 몇 시간 밖에 못 잤으니 천하장사인들 배겨날 수가 있을까. 내가 미쳤지, 미쳤어.

10분 이상을 걸어서 상봉역에 도착했다. 양 손에 큼직한 가방을 하나씩 들었으니 여간 힘들지가 않다. 한 쪽 가방에는 밤 새 만들은 밑반찬이, 또 다른 가방에는 양말과 속옷, 와이셔츠 같은 옷가지들이 들어 있었다.

일반석에는 빈자리가 없었다. 염치 불구하고 경로석에 가서 앉았다. 나이 53세지만 쓰러지기 일보직전이니 어쩔 것인가. 용마산역을 지났을 때 쯤, 문 저쪽으로부터 하모니카 소리가 들렸다.

"나 같은 죄인 살리신 주 은혜 고마워…"

Amazing Grace에 가사를 붙인 찬송가이다. 잠시 후 머리가 허연 장님이 한 손으로는 하모니카를 불고 다른 손은 아들인 듯한 소년의 손을 꼭 잡고 이쪽으로 오고 있었다. 아들이, 사실 장님인지 어떤지 알 길은 없고 또 아들인지 어떤지도 알 길이 없지만, 한 쪽 팔은 아버지에게 잡힌 채로 천천히 이쪽으로 걸어 왔다. 그의 손에는 조그마한 플라스틱 바구니가 들려 있었다. 승객들은 모두 눈을 감고 잠자는 체 하고 그들이 지나치기만을 바라는 눈치였다. 내 앞에 올 때 까지도 어느 누구도 동전 하나 넣는 사람이 없었다.

나는 지갑에서 천 원 짜리 한 장을 꺼내 들었다. 그들이 내 앞에 왔을 때 빨간 플라스틱 바구니에 넣어 주었다. 거기에는 천 원 권 지폐가 두 장, 그리고 동전이 20여개 있을 뿐이었다. 내가 돈을 꺼낼 때부터 많은 사람들이 나를 쳐다보고 있었다. 모두들 자고 있는 게 아니었나? 어쨌든 그들은 '별 희한한 여자 다 있네.'라는 멀뚱한 표정으로 나를 힐끔거리고 있었다. 아, 서울의 인심은 이다지도 각박하구나.

그래도 내가 청년들에게 가르쳐 주던 대로 해야지. 나나 남편은 교회에서 청년들에게 항상 이렇게 말했다. 너희들 주변에 불쌍한 사람 있으면 도와주어야 해. 왜냐하면 그 사람이 바로 우리가 찾고 있는 예수님일 수 있거든. 이건 내 이야기가 아니고 성경의 마태복음 25장에 나와 있는 말씀이야.

군자역에서 5호선으로 갈아타기 위해서 잠시 내렸다. 사람들의 물결에 떠밀려서 정신없이 걸어갔다. 아니 걷는 게 아니라 가평이나 화천 기준으로 보면 달음박질이나 다름없었다. 나도 헉헉대며 그들에게 뒤지지 않으려고 열심히 발걸음을 옮겼다.

한참을 가니까 도저히 더 이상 따라 갈 수가 없었다. 잠시 멈추어 섰다. 그러자 뒤에서 오던 사람들이 '잠깐만요.' 하면서 날 보고 길을 터 달란다. 아, 서울은 길에서 잠시만 서 있어도 안 되는 데로구나. 나는 내가 서울에서 태어나고 지난 50년간을 서울에서 살았다는 사실을 까맣게 잊고, 새삼 서울 사람들과 심한 이질감을 느낄 수밖에 없었다.

며칠 전에는 꼬맹이를 데리고 뒷산에 산책을 갔다. 꼬맹이는 앞서거니 뒤서거니 하면서 깡충깡충 잘도 뛰어 다녔다. 집 뒤로 해서 무덤을 지나 산의 밑자락까지 올라갔다. 한 20분 정도나 올라갔을까? 길도 더 이상 없고 하여 다시 돌아 내려오는데 갑자기 오줌이 마려웠다. 바로 저 밑이 집인데도 도저히 거기까지 참고 갈 수 있는 상황이 아니었다. 그래서 바로 앞에 무덤가에서 쪼그리고 앉아 오줌을 쌌다. 차가 다니는 큰길가에서 불과 50미터밖에 떨어지지 않은 곳이었다. 개미 몇 마리가 갑자기 쏟아져내린 폭포수에 떠내려갔다. 거기는 그런 곳이었다. 그렇게 한적하고 여유가 있는 산골….

고생고생 끝에 마침내 아들의 여의도 오피스텔에 도착했다. LG 에클라트 12층, 비밀번호를 누르고 들어가니 아들의 방은 깨끗하게 정리되어 있었다. 수정이가 다녀간 모양이구나. 그래도 며느리 될 아이가 신경을 써 주니 마음이 홀가분

했다. 밥은 한 잠 자고 일어나서 해 주어야지. 벌렁 침대에 눕자마자 그대로 골아 떨어졌다.

정신없이 꿈속을 헤맸다. 남편과 싸우기도 했고 그이의 품에 안겨 있기도 했다. 돌아가신 어머니가 나타나서 날보고 무언가 꾸중을 하기도 했다. 엄마는 아주 예쁜 옷을 입고 있었다. 한 서른 살 쯤 되어 보였다. 엄마가 날보고 학교에 가야 한다고 흔들어 깨운다.

"응, 응, 조금만 더….”

"엄마, 엄마, 일어나세요.”

"응?”

힘들게 눈을 떠 보니 형광등 불빛 아래에 아들이 잔뜩 걱정스런 표정으로 나를 내려다보고 있었다.

"엄마, 너무 힘드셨나 봐요. 그러기에 오지 말라고 했더니 무엇 때문에 이렇게 힘들게 여기까지 오세요. 엄마가 안 오셔도 나 잘 지내고 있다니까요.”

나는 혹시 잠꼬대를 하지 않았을까 그게 먼저 걱정이 되었다. 혹시라도 그이와의 관계가 입 밖에라도 새어 나왔다면….

"준영아, 나 무슨 잠꼬대 같은 것 하지 않았니?”

"아뇨. 무어라고 중얼중얼 거리기는 했는데, 아마도 너무 힘들어서 한 말일 거예요.”

아들이 측은한 표정으로 나를 침대에서 일으켰다.

"지금 몇 시니? 너 저녁 해 주어야지."

"여덟시 좀 넘었어요. 저녁은 무슨 저녁을 해요. 여기 밖에 나가면 냉면 맛있게 하는 집도 있고 또 콩비지 잘 하는 집도 있어요. 내가 엄마 오시면 함께 갈려고 진작부터 보아 두었던 집이예요. 같이 가요."

"그래도 내가 해 주어야지."

"아이, 됐다니까요. 내가 엄마 사드릴 게요."

나도 모처럼 냉면이 먹고 싶었다. 냉면을 먹어 본지도 두 달은 된 것 같았다. 나는 대강 씻고 준영이와 손을 잡고 밖으로 나왔다. 밖은 벌써 밤이었다. 그러나 사방이 휘황찬란해서 대낮이나 별반 차이가 없었다. 해만 지면 깜깜절벽인 그곳 산골과는 너무나도 다른 세상이었다.

돌아오는 버스 안에서 다시는 김 소장의 노예가 되지 않겠다고 굳게굳게 다짐했었다. 다시 또 그건 짓을 저지른다면 내가 무슨 면목으로 아들의 얼굴을 대할 것인가, 생각하면서 이제 절대로 더 이상은 없다, 라고 주먹을 꼭 쥐기까지 했다. 어제 밤에 남편이 버스 정류장에 마중 나와 줄때까지도 이제 나와 김 소장의 관계는 끝났다고 생각했었다.

그런데 오늘 아침이 되자 그가 못 견딜 정도로 보고 싶어지는 것이다. 일부러 그런 생각을 하지 않으려고 여관에 내려가서 청소도 하고 집에 올라와서 빨래도 하고 해 보았지만 도저히 그의 생각을 떨쳐 버릴 수가 없었다.

기분전환을 해야겠다. 오디오를 틀었다. 솔베지의 노래가 나온다. 너무 처량했다. 잔잔한 기타 반주와 함께 '솔밭 사이로 강물은 흐르고'로 바꾸었다. 존 바에즈다. 그것 역시도 침울하기는 마찬가지이다. 그걸 빼내고 The Saddist Thing을 집어넣었다.

"저 위 태양아래 가장 슬픈 것은 사랑하는 이에게 이별이라고 말하는 것…. 오! 행복한 시간이여 이젠 안녕. 그러나 나는 울거나 변명 따위는 하지 않을래요…"

'But before you know you say good-by…' 대목에서는 격정적인 기타 소리와 멜라니 사프카의 허스키한 목소리가 내 가슴을 후벼 팠다. 그러나 이 곡 역시도 슬픈 내 마음을 더욱 슬프게만 할뿐이었다.

안되겠다. 산타 에스메랄다의 'Don't Let Me be Misunderstood'를 틀었다. 집안이 다 떠나갈 정도로 크게 볼륨을 올렸다. 연주시간 16분 10초 동안 미친 듯이 몸을 흔들어 댔다. 이건 옛날에 남편과 즐겨 추던 트위스트라는 춤이다. 이 곡과는 도저히 맞지도 않고, 지금은 이런 춤을 추는 사람도 없지만 아무려면 어떤가.

음악이 다 끝날 때까지 죽기 살기로 흔들어 댔다. 한 여름에 방문도 꼭꼭 닫아 놓은 채로 16분 이상을 흔들어 대다니…. 누가 들여다보았다면 분명 '미친년'이라고 했을 것이다. 분당에 살 때 2층의 헬스장에 가서 러닝머신을 한 시간 넘게 달린 것만큼이나 땀이 흘렀다. 방바닥에 땀이 뚝뚝 떨어진다.

침대에 엎드러졌다. 헉헉 숨이 막히는 중에도 내가 도대체 왜 이럴까, 하는 생각이 들었다. 생각을 하지 말아야지, 그러면 안 되지, 하면서도 내 손은 어느 사이에 팬티 속을 더듬고 있었다. 벽에 걸려 있는 달력을 보았다. 오늘은 화요일 그리고 내일은 수요일, 그이가 오려면 아직도 하루를 더 기다려야 한다.

나는 침대에 엎드린 채로 통곡을 해 댔다. 아, 이것도 중독 현상인가, 난 도대체 어찌하면 좋단 말인가. 아무리 생각해도 이건 도저히 옛날의 내가 아니었다. 내 속에 악마가 있는 거야. 나는 침대를 두드리며 방안이 떠나가도록 울부짖었다.

"하나님, 나를 구원해 주세요. 내 속에 있는 악마를 물리쳐 주세요!"

7.
착한 예비 며느리

8월 초 어느 날, 아들과 수정이가 왔다. 수정이는 며느리 될 아이의 이름이다. 서울에서부터 여섯 시간이 넘게 걸렸단다. 휴가철이라 차가 꽤 밀린 모양이다.

나는 아이들이 화천을 지났다는 연락을 받고부터 계속 여관 앞마당을 서성이며 아이들이 탄 차가 도착하기를 기다렸다. 그래도 우리가 운영하는 서울여관은 콘크리트로 지은지 10년 정도밖에 되지 않은, 여기 산영리의 기준으로 본다면 꽤나 괜찮은 건물이다. 여관 뒤쪽에 있는 살림집에 비한다면 가히 궁전이라고 불러도 손색이 없을 정도이다.

햇볕이 온 땅을 달구는 한 여름 날씨였다. 하늘이 노했나 보다. 마치 모든 것을 다 태워버릴 듯 그 기세가 정말 대단했다. 한편으로는 아이들이 휴가 날짜는 제대로 잡았구나, 하는 생각이 들었다. 고무호스로 앞마당과 큰길가에 계속 물을 뿌려 댔지만 물은 뿌리기가 무섭게 말라버렸다.

이런 땡볕 더위에 내가 여기서 아이들을 기다리는 이유를 솔직히 말하라면, 여기서 아이들을 맞아야만 덜 부끄러울 것 같다는 생각을 했기 때문이다. 만약 아이들이 다짜고짜로 집부터 보게 된다면 그 충격을 어찌 감당할 것인가.

물을 뿌리고 서성이는 사이에 군 병력을 10여 명씩 태운 트럭이 다섯 대나 지나갔다. 이 더운데도 어디로 작업을 나가는지 병사들은 모두 국방색 러닝셔츠에 머리에는 헬멧을 썼다. 이 더위에 헬멧까지… 보고 있는 나도 저절로 한 숨이 나왔다. 차량 대열의 맨 앞에는 경광등을 번쩍이며 쓰리쿼터 한 대가 이들을 인도하고 있었다.

새삼 옛날에 군대생활 할 때가 생각났다. 군대가 편해졌다고는 하지만 옛날이나 큰 차이는 없는 것 같았다. 우리도 옛날에는 저렇게 덥고 추위고 아랑곳 하지 않고 훈련받고 작업하곤 했었지. 벌써 37, 8년 전의 일인가? 참 세월이 어쩌면 이렇게도 빨리 흐를까.

그런 생각을 하고 있는 사이에 승용차 두 대가 지나갔고 버스가 한 대 지나갔다. 그 뒤를 바짝 앰뷸런스 한 대가 따라간다. 아마도 조금 전 지나간 군 트럭의 후미인데 뒤쳐진 모양이다. 나는 또 다시 길거리에 물을 뿌렸다. 옆 가게의 칠성군장 황 사장도 흰 색 러닝셔츠만 입은 채로 열심히 손을 놀리고 있었다. 물을 뿌리는 나를 향해서 손을 번쩍 흔들며 절을 꾸벅한다.

마침내 아들이 운전하는 차가 도착했다. 여기 산영리로 이사 온 때가 4월 초니까 4개월 만에 처음으로 오는 셈이다. 아들은 연두색 반팔 와이셔츠에 흰색 면바지를 입었고 수정이는 하늘 색 민소매 상의에 아래는 짙은 푸른 색 주름치마를 입고 있었다. 아들은 나를 보더니 흰 이를 드러내며 씩 웃는다. 넉 달 만에 만나는 놈이 싱겁기는.

훤칠한 한 쌍의 젊은 남녀가 들어오자 칙칙하기만 했던 여관이 순식간에 환해지는 듯 하다. 과연 청춘이 좋긴 좋구나. 나는 그들을 보자 정말 젊은이들을 보고만 있어도 배가 부르다던 어느 시인의 말을 이해할 만도 하다고 생각했다. 준영이의 키는 180이지만 지금 보니 수정이의 키도 결코 작지 않다는 생각이 들었다. 옛날 말에 '여자가 멀대 같이 커 보았자 물 항아리만 깬다.'는 말도 있다지만, 그래도 우선 늘씬하니 보기에 얼마나 좋은가. 아마도 170은 되지 않을까?

"이 차는 웬 거냐?"

나는 아들이 차를 샀다는 말을 들은 적이 없었으므로 아들이 타고 온 신형 SM5를 가리키며 물었다. 아들은 오랜만에 엄마 아빠를 본다는 즐거움 때문인지, 아니면 모처럼 휴가를 얻어 왔다는 기쁨 때문인지 연신 싱글벙글 웃는 얼굴이었다.

"수정이가 며칠 전에 새로 뽑았어요. 멋있죠?"

"응, 그래. 아주 멋지구나. 잘 만들었어. 검정색도 좋고."

나는 수정이를 돌아보면서 웃어 주었다. 우리들이 막 여관으로 들어섰을 때 아내가 허겁지겁 여관 뒷문으로 뛰어 들어왔다. 그녀는 아들을 보자 아들의 목덜미에 매달려서 눈물부터 지었다.

"아이구, 우리 아들 왔구나. 힘들지?"

그 말과 동시에 수정이의 입에서 인사말이 나왔다.

"어머니, 저도 왔어요."

그 말은 자기도 보아 달라는 일종의 항의였다. 그런 수정이가 밉지 않았다. 비록 30초도 안 되는 짧은 순간이었지만, 나는 아내가 계속 준영이의 목만 끌어안고 있으면 어쩌나 하는 걱정에 가슴이 조마조마 했다. 옆에서는 수정이가 모자의 상봉장면을 감격스럽게 지켜보고 있었다. 마치 남북 이산가족을 바라보는 표정으로. 그래도 아내는 센스가 있는 여자였다. 고개를 돌려 수정이의 손을 꼭 움켜쥐어 주었다. 그리고 덕담도 잊지 않았다.

"그래, 우리 수정이가 왔구나. 너무 힘들었지. 미안하다. 이

렇게까지 너희들을 고생시켜서. 자, 우리 이러지 말고 집으
로 가자꾸나."

여관을 지나쳐서 별채 쪽으로 왔다. 그늘에 축 늘어져서
자고 있던 꼬맹이가 준영이를 보더니 껑충껑충 뛰어 오른다.
아까 나를 볼 때는 눈만 껌뻑거리던 놈이 어디서 저런 힘이
솟아났을까?

준영이가 잠시 무릎을 꿇고 꼬맹이를 쓰다듬어 주었다. 오
늘은 아침부터 바람 한 점 없는 쨍쨍한 날씨가 계속되고 있
었다. 그곳에서 좀 더 지체하면 일사병에 걸릴 것만 같았다.
땅이 타는 씁쓰름한 냄새도 난다. 여관 주변 여기저기서는
매미와 쓰르라미의 합창소리가 요란했다.

"얘들아, 집으로 들어가자. 너무 덥구나."

내가 아이들의 손에 들려 있는 선물 보따리를 모두 들고
먼저 앞장서서 별채의 뒤편쪽으로 나 있는 계단으로 향했다.
계단을 올라가는 나의 등허리에서 땀이 흘러 내렸다. 꼭 더
위 때문만은 아니었다. 이런 누추한 꼴을 보인다는 것이 뒤
따라오는 며느리 될 아이에게 왠지 좀 부끄러웠다.

올해 스물일곱 살인 수정이는 E대에서 국문학 석사 학위
를 받고 작년 3월부터 박사과정을 공부하고 있는 중이었다.
아들과는 세 살 차이다. 아내는 대학 후배라면서 좋아했다.
나 역시도 몇 번 만나보니 아이의 믿음도 좋고 무엇보다 성

격이 명랑한 것이 마음에 들어 매우 만족해하는 아이였다. 국문학 중에서도 문학 비평을 한다고 하니 내 출판 사업에 도 음으로 양으로 도움이 될 것이란 기대도 있었다. 그러나 이런 첩첩산중에까지 내려와서 사는 것을 어떻게 생각할지 몰라서 내심 불안하기만 하였다.

집에 들어 와서 선풍기를 틀어 놓았으나 이만저만 더운 게 아니었다. 프리패브 건물의 지붕에서 쏟아내는 뜨거운 열기 는 숨이 헉헉 막힐 지경이었다. 아내가 진작부터 문을 다 열 어 놓고 선풍기를 틀어 놓은 게 이 정도였다.

아내는 수박화채를 한다, 하면서 부산을 떨며 돌아다니고 있었다. 그래도 준영이가 오면서 이미 이런 저런 사정 이야 기를 다 한 모양인지 수정이의 표정에서는 별다른 낭패감 같 은 것을 찾아 볼 수가 없었다.

나는 한 편으로는 가슴을 쓸어내리면서도 아이들의 그런 태도가 그렇게 고마울 수가 없었다. 그건 마치 TV의 '아빠 힘내세요. 우리가 있잖아요.' 라는 CF를 보고 있는 기분이 었다. 그래, 힘을 내야지.

"얘들아, 우리 여기서 고기 구워먹고 이따 저녁에 화천 24 시 사우나에 가서 목욕하고 밤새 찜질방에서 이야기 하다 오자꾸나. 여기 화천 한우 알아주거든. 오전에 엄마가 화천 에 가서 장 보아가지고 오셨단다."

"그래, 준영아. 아빠의 말씀대로 하자. 정말 너 여기 한우고기 맛보고 나면 다른 고기 못 먹을 걸, 서울에서 먹는 고기하고는 차원이 틀려요."

아내가 부엌에서 화채를 만들면서 내 말을 거들어 주었다. 부엌이라고 해 보아야 바로 손 뻗으면 닿을만한 지척이긴 하지만. 식탁 의자에 앉은 수정이가 준영이를 보면서 고개를 끄덕였다. 수정이의 앉은 모양새도 마음에 들었다. 파란 주름치마 앞으로 손을 올리고 다리를 나란히 포개고 앉아있는 자태는 정말 품위가 있어 보였다.

잠시 후 아내가 쟁반에 수박화채를 담아 식탁에 올려놓았다. 분당의 65평 아파트에서 쓰던 대리석 식탁이 집과 어울리지는 않았지만, 그런대로 우리 집의 체면을 유지해 주고 있었다. 수박이 정말 잘 익었다. 설탕도 적당히 넣은 모양이다. 나는 너무 허겁지겁 먹다가 그만 얼음을 꼴깍 삼켜서 잠시 몸을 부르르 떨어야만 했다.

준영이가 신세계백화점 쇼핑백에서 선물을 꺼내더니 엄마 앞에 내 놓으며 설명한다.

"이거 수정이가 엄마 가을에 입으시라고 사 온 거예요."

아내의 것은 연한 브라운 계통의 색깔에 군데군데 단풍무늬가 들어 있는 원피스였다. 여자 옷에는 문외한인 내가 보아도 꽤나 고급스러워 보였다. 아내는 그것을 들고 일어나더니 자기의 앞가슴에 갖다 대어 보고는 고맙다는 말을 연발했다.

"얘, 뭐 이렇게 비싼 것을 사 왔니. 공부하는 학생이 무슨 돈이 있다고. 사 주어도 내가 사 주어야지."

"아니에요, 어머니. 저 학생들 가르치면서 돈 잘 벌어요. 사실은 요즘 수입이 너무 좋아서 박사과정 그만두고 그냥 아이들이나 가르칠까 하는 생각도 있어요."

그러면서 입에 손을 갖다 대고는 깔깔거리며 웃었다. 나는 수정이의 그런 구김살 없는 명랑한 성격이 너무 좋았다. 수정이는 그 옆에 있는 또 다른 쇼핑백에서 긴팔 남방셔츠를 꺼내어 내게 두 손으로 공손히 바쳤다. DAKS라는 상표가 눈에 들어왔다.

"이건 아버님 생각하고 산 건데 마음에 드실지 모르겠어요."

내 것도 역시 아내의 것과 비슷한 밤색 계통의 체크무늬였는데 내가 옆방에 가서 갈아입고 나오자 모두들 잘 어울린다고 합창을 해 댔다. 준영이는 화장실에 들어가더니 간단하게 세수만을 하고는 나에게 집안이며 여관을 구경시켜 달라고 하였다.

나는 준영이를 데리고 옆방을 보여주고 아래로 내려와서 여관 1층과 2층을 구석구석 보여 주었다. 2층 옥상에까지 올라가서 주변을 둘러보며 이런 저런 설명을 해 주었다. 아들은 내가 해 주는 설명에 귀를 기울이면서도 연신 무엇인가를 궁리하는 눈치였다.

우리들은 여관 안과 밖을 다 둘러보고 또 주변의 상가들도 몇 집을 보았다. 그리고 집 뒤로 돌아 무덤에 까지 가서 우리 집을 내려다보았다. 나는 아들에게 내가 한 선택이 잘못된 것이 아님을 설명하려고 애썼다.

집까지 다 내려왔는데 그때 마침 김 소장이 산타페 차를 주차장에 대고 차문을 열고 밖으로 나오고 있었다. 내키지는 않았으나 얼굴을 마주쳤으니 어쩔 수 없어 준영이를 소개시켰다.

"내가 이야기 하던 아들일세."

그는 잠시 당황하는 표정이었으나 이내 냉정을 되찾은 듯, 반갑게 손을 내밀면서 준영이의 인사를 받아 주었다. 키는 거의 비슷해 보였으나 덩치는 김 소장이 훨씬 더 커 보였다.

"아, 자네가 준영이로군. 형님이 얼마나 아들 자랑을 하시던지 내가 자네에 대해서는 아주 훤히 알고 있다네. 그래, 만나서 반갑군."

아들은 그의 손을 잡으면서 다시 한 번 절을 꾸벅 하였다. 아내와의 그런 관계가 있었으나, 그리고 지금도 계속되고 있으나 그도 역시 남자였다. 같은 남자로서 어찌 내게 미안한 마음이 없을 것인가. 그는 내게 90도 가까이 절을 하고는 이내 자기 집으로 들어갔다. 나는 그의 태도에서 그도 자기의 행동을 매우 미안해하고 있구나, 하는 느낌을 받았다. 인간의 탈을 썼다면 당연히 그래야 하겠지,

30분 정도 집과 여관과 그 주변을 한 바퀴 돌아보고 오니 집에서는 아내와 수정이가 저녁준비에 여념이 없었다. 우리 집 2층에는 그 흔한 옥상이라든가 베란다도 없다. 그냥 20평의 공간에 부엌과 거실, 방 두 개만이 있을 뿐이다. 단지 밖과 차이가 있다면 햇빛을 가리는 정도라고나 할까?

아내와 수정이에게 너무나도 부끄러웠다. 아내는 그렇다고 치더라도 며느리 될 아이야 이 무슨 고생인가. 그래도 수정이는 그런 내색 전혀 하지 않고 땀을 뻘뻘 흘리면서 상추와 야채를 씻고 있었다. 한 쪽에 틀어 놓은 선풍기가 윙~ 소리를 내며 힘겹게 좌우로 바람을 몰아주며 돌아간다. 선풍기가 움직일 때마다 그 방향에 따라 두 여인들의 치맛자락이 나부꼈다. 수정이는 어느 사이에 아내의 편안한 원피스로 갈아입었다. 아내보다 키가 7 ~ 8cm 정도는 더 커서 하얀 다리가 더 많이 드러나 보이기는 했으나 별로 흉하지는 않았다.

준영이는 집에 들어오자마자 몇 가지 제안을 했다. 아마도 현장을 둘러 본 후의 소감이나 개선점을 찾아 낸 모양이

었다.

"아빠, 나하고 저 소파들 여관으로 옮겨요."

"응? 나도 그런 생각했는데 너희 엄마가 집안 살림에는 일체 손을 못 대게 하니 원…"

나는 그 말을 하면서 아내의 눈치를 살폈다. 아내는 무슨 일이건 아들 말이라면 지금까지 거절해 본 적이 없었다. 아내는 식탁을 닦으면서 멀뚱히 아들의 얼굴만 쳐다 볼 뿐이었다.

"그리고 저 이번에 가면서 책 한 200권 쯤 싣고 갈게요. 그러면 여기 옆방에 좀 공간이 남을 거예요. 그리고 제가 지금 당장 화천에 전화해서 에어컨 여기 방마다 설치해 드릴게요. 아빠, 왜 이렇게 더위를 참아가면서 사세요? 제발 그러지 마세요."

아들도 말을 하지는 않았지만 이렇게 초라한 모습이 수정이에게 좀 부끄러운 모양이었다. 왜 아닐까? 나라면 부모를 많이 원망했을 것이다. 아들은 휴대폰으로 114에 전화를 걸어 화천에 있는 엘지전자 대리점을 물어 보았다.

"엘지전자지요? 방 두 개 하고 거실에 에어컨 설치할 건데요. 얼마나 하나요? 방은 그냥 조그만 해요. 거실도 그 정도고요. 아, 네. 그러면 지금 당장 입금시킬 테니까 구좌번호를 알려주세요. 금방 설치는 되나요? 3일 후에요? 내일 좀 해 주시면 안돼요?"

아들은 몇 가지를 더 물어 보더니 전화를 끊었다. 곧바로 지갑에서 폰뱅킹 카드를 꺼내더니 송금을 하는 것이었다. 내가 무어라고 말릴 틈도 없었다.

사실 우리가 에어컨도 없이 사는 건 딱히 돈이 없어서 그런 것만은 아니었다. 아내는 집에 도배며 에어컨이며 일절 손대지 못하게 함으로써 나에게 일종의 저항을 하는 셈이었다. 나도 그런 아내의 속마음을 훤히 꿰뚫고 있었지만 내게는 아내를 설득할 만한 힘이 없었다. 그런 것을 이번에 준영이가 와서 일시에 해결해 버린 셈이었다.

여자들이 저녁을 준비할 동안에 우리는 소파를 옮겼다. 1인용 하나만 안방에 남겨두고 옆방에 포개져 있던 나머지 세 개를 모두 여관으로 옮겼다. 책과 앨범 중 준영이의 것들도 차 트렁크로 옮기려고 하는데 저녁 준비가 다 됐단다. 고기 굽는 소리가 지글거리고 참기름 냄새도 고소하다. 해가 서쪽 무덤가 쪽에서 비추고 열기가 많이 수그러들었을 때에 우리 네 식구는 식탁에 마주 앉았다.

지난 번 준영이가 선물한 포도주가 삼분의 이 정도 남아 있었다. 네 개의 잔에 포도주를 조금씩 따랐다. 모처럼 만에 부라보! 소리도 요란하게 건배를 했다. 정말 고기가 입 안에서 살살 녹았다. 쌉쓰름한 상추 맛도 일품이었다. 상추와 쑥갓은 먼저 살던 사람이 집 뒤꼍의 작은 텃밭에 심어 놓고 간 것을 지금도 가끔씩 뜯어 먹는다. 텃밭의 쑥갓은 노랑꽃이 어찌나 예쁜지 차라리 화초라고 부르는 게 더 잘 어울릴 것 같았다.

더위가 많이 수그러졌다. 준영이가 입을 크게 벌리며 아내가 싸 준 상추쌈을 받아먹고 있었다. 그건 내가 아주 어렸을 때, 오산 시골집 초가 처마 밑에서 벌레를 물어오던 어미제비와 노란 입을 쩍쩍 벌리던 새끼제비를 생각나게 하는 장면이었다.

"아버님, 자, 이것 드세요."

나는 그 소리에 퍼뜩 정신이 돌아와서 수정이가 입 앞에까지 내 밀어 준 상추쌈을 엉겁결에 받아먹었다. 글쎄, 내가 틀림없이 베스트셀러의 작가가 될 수 있다니까. 이렇게 잠시만 틈이 생겨도 벌써 생각이 여기저기를 떠돌고 있지 않느냐는 말이야. 상상력이 나만큼 풍부한 사람도 흔치 않아요. 아내는 그런 나를 쓸데없는 공상만 하는 사람이라고 면박주기 일쑤지만 말씀이야. 그런 생각이 들자 나도 모르게 빙그레 웃음이 나왔다.

저녁 먹고 설거지를 하고나니 일곱 시가 되었다. 아들은 무엇이 그리도 급한지 연신 화천에 빨리 가야 한다고 성화가 대단했다. 우리들은 서둘러서 차에 올랐다. 아들과 남편이 앞자리에 앉았고 나와 수정이는 뒤에 앉았다. 가죽 시트에서는 새 차 냄새가 물씬 풍겨왔다. 뉴SM5는 2,000cc 답지 않게 조용히 미끄러져 나갔다. 마치 고급 승용차를 탄 것 같은 느낌이다. 옛날에 그랜저 3,000cc나 승차감 면에서도 별반 차이가 없는 듯 했다. 그럴지도 모르지. 그랜저 L30을 산 때가 언제였던가? 아마도 10년 전 일거야. 그 동안에 기술이 또 많이 발전했겠지.

수정이가 콘솔박스에서 CD를 한 장 꺼내서 남편에게 건네주면서 하는 말이다.

"아버님, 이것 틀어 보세요."

"응? 응."

남편은 수정이가 찾아와서 아버님, 아버님, 하니까 무척이나 좋은 모양이다. 거의 정신을 못 차리는 수준이다. 날마다 나의 눈치나 보고 지내다가 모처럼 기를 펴게 되었으니 기분이 좋을 수밖에.

"음~ 생각을 말아요. 지이나간 일들을~. 음~ 그리워 말아요. 떠나 갈 니임인데~."

쿵쿵! 거리는 사운드와 함께 흘러나오는 노래는 뜻밖에도 남편이 즐겨듣던 '하얀 나비'라는 곡이었다. 남편이 수정이를 돌아보며 흡족한 미소를 지었다. 나는 이 곡을 수정이가 고른 것인지, 아니면 준영이가 고른 것인지 궁금했다.

"수정아, 네가 골랐니?"

"네, 실은 저의 아빠가 좋아하는 곡이거든요. 그래서 혹시 아버님도 좋아하시지 않을까 해서 지난주에 광화문 교보문고에 갔을 때 제 것 사면서 한 장 샀지요. 그런데 아버님, 정말 이 곡 좋아하세요?"

"그럼, 좋아하다 마다지. 우리 대학교 다닐 때 김정호 노래 엄청 불렀다. 고맙구나, 얘야. 이런 것까지 신경 써 주어서."

남편은 연신 고개를 돌리면서 수정이를 처다보았다. 여보, 그만 해. 당신 그러다가 고개 부러지겠어. 그런 소리가 입 안에서 맴돌았으나 내 뱉지는 않았다. 공연히 남편의 좋은 기분을 상하게 하고 싶지 않았던 것이다. 웃을 때 보니 어느 사이에 남편의 눈가에도 주름이 자글자글하다. 특히 지난 한 달 사이에 폭삭 늙어버린 것만 같다. 오죽이나 마음고생이 심했을까.

준영이는 묵묵히 핸들을 잡은 채로 앞만 바라보고 있었다. 에어컨을 꽤 세게 틀어 놓은 모양으로 이제는 뼈 속까지 시원한 느낌이다. 그래. 고맙구나. 아들아, 그리고 수정아. 너희들 때문에 엄마가 이렇게 호강하는구나. 이 죄 많은 엄마를 용서해라. 나는 갑자기 삼류 영화에나 나올 법한 대사를 입 속으로 중얼거리면서 창밖으로 시선을 돌렸다.

이제 사방이 서서히 어두워져 오고 있었다. 차창 밖으로는 산과 들이 푸르다 못해 약간 검은 색을 띄고 있었다. 어쩌면 선팅 때문에 더 검푸르게 보이는지도 모를 일이었다.

곡이 바뀌었다. 이번 곡도 남편이 즐겨 부르던 노래이다. 제목은 잘 모르지만 아까 것만큼이나 애잔한 곡조가 가슴을 후벼 판다. 사이사이에 나오는 코러스도 멋지게 들린다.

"그대 슬픈 밤에는 등불을 켜요…. 하얀 그리움에 그대 창을 밝히고…. 회상의 먼 바다에 그대 배를 띄워요…"

김정호의 CD가 아니라 옛날 노래 모음집인 모양이다. 수정이가 또 콘솔박스를 뒤적거렸다. 새로운 CD를 하나 꺼내 들더니 나를 보고 의미 있는 웃음을 지어 보인다.

"어머니 것은 준영씨가 골랐어요. 자, 세계적인 소프라노 가수 조수미를 소개합니다."

이어서 잔잔하게 흘러나오는 곡은 내가 그렇게도 좋아하는 슈베르트의 아베마리아! 조수미의 노래로 된 것을 언제부터인가 사야지, 사야지, 하면서 사지 못했던 것을 아들이 기억하고 있었나? 나는 새삼 아이들의 그런 모습이 너무나도 기특해 보였다. 이 아이들이 나이를 헛먹은 게 아니었네. 내가 그래도 아들을 키운 보람이 있긴 있군.

나는 화천에 올 때까지 거의 30분 가까이를 수정이의 손을 꼭 잡고 있었다. 수정아, 부디 준영이와 잘 살아야 한다.

싸우거나 하지 말고. 수정이도 내게 잡힌 손에 더 힘을 주었다. 그래요, 어머니. 우리 잘 살 거예요. 저 어머님과 아버님 이런 곳에 사신다고 전혀 부끄럽지 않아요. 오히려 그런 외부적인 여건에 굴복하지 않고 열심히 사시는 모습이 더욱 아름답게만 보이는 걸요. 수정이가 손을 통하여 내게 그런 메시지를 보내는 것만 같았다.

조수미의 밝고 청아한 목소리에 취해서 있다 보니 어느 사이에 화천이다. 아들은 엘지전자 화천대리점부터 가야 한다고 하면서 집을 떠나오기 전에 내비에 입력해 놓은 대로 그쪽으로 차를 몰았다. 저 앞으로 간판이 보인다.

차에서 내리자 뜨거운 열기에 숨이 헉! 막힌다. 옛날에 에어컨이 없던 시절에 우리 부모님들은 어떻게 사셨을까? 아, 아버님이 지금까지 사셨다면 얼마나 행복해 하셨을까. 이렇게 외손자가 운전하는 차로 모시면.

대리점 점원 두 명이 반갑게 맞아준다. 매장 안쪽에서 또 한 사람이 나왔다. 나이가 제법 들은 사람으로 아마도 여기 사장인 모양이다. 준영이는 우리들 보고 잠시 전자제품 구경이나 하고 있으라고 당부해 놓고는 그 사람과 한 쪽으로 갔다. 글쎄, 밀린 주문이 너무 많아서 안 된다니까요. 대리점 사장의 목소리가 들려오고 이어서 준영이가 무언가 소곤소곤 하는 소리가 들린다. 아, 그래도 물건이 도착해야 설치를

해 드리지요. 사장의 목소리가 갑자기 작아졌다. 허허, 이것
참. 큰일 났네. 우리 직원들이 너무 혹사를 당하고 있어서 정
말 곤란한데….

그렇게 실랑이하기를 10분이나 지났나? 준영이가 우리에
게로 오더니 일이 다 끝났다고 가잔다. 밖으로 나오는데 사
장과 직원들이 전시장이 떠나가도록 큰 소리로 인사를 했다.
뒤통수가 간질거렸다.

"뭐라고 하더냐? 내일은 안 된다고 그러지?"

"아니에요, 아빠. 내일 오후에 설치해 주기로 했어요. 제가
안 된다고 하는 걸 이번에 집에 에어컨 나오는 것 보기 전에
는 서울로 돌아 갈 수 없다고 버티었지요. 아빠에게 첫 월급
타서 효도하는 거라고, 제 체면 좀 세워 달라고 떼를 썼지
요. 그리고 거기 직원들하고 회식하시라고 얼마 드렸어요."

"그랬더니?"

"내일 달아 주시겠다고 했어요. 두고 보세요. 내일 중으로
에어컨 빵빵 나올 테니까. 이제는 엄마 아빠 그렇게 찜통 같
은 곳에서 고생 하실 것 없어요. 잘 했지요, 엄마?".

나는 뒷자리에 앉아서 준영이의 머리를 쓰다듬어 주었
다. 이렇게 사랑스런 아들을 두고 내가…. 또 다시 한숨이
나왔다.

화천만 해도 그야말로 대처였다. 산영리에서는 사람 구경

하기가 힘들었는데 여기는 사람들이 바글바글하다. 물론 그 중에 절반이 군인인 것은 똑 같지만. 우리는 시장 통에 있는 화천24시 사우나 주차장에 차를 댔다.

어느 사이에 수정이가 표를 사 왔다. 화천에서는 사우나를 한 번도 안 해 보았는데 너무 비싸네…. 일인당 8천 원씩, 3만2천원이란다. 아들과 남편에게 두 시간 후에 찜질방에서 만나자고 하고 수정이와 여성 사우나를 들어갔다. 옷을 옷장 속에 넣고 뒤를 돌아보았다. 어느 사이에 알몸이 된 수정이가 뒤에서 기다리고 있다.

수정이의 몸을 보는 순간 아! 절로 탄성이 나왔다. 그것은 하나의 조각품이었다. 어깨까지 치렁치렁한 검은 머리, 사람을 빨아들일 듯한 새까만 눈동자, 오똑하게 솟은 콧날…. 내가 보기에 수정이의 코는 수술을 해서 높인 코 같지는 않았다. 기어코 궁금증을 참지 못하고 한마디 했다.

"수정아, 너 코 높였니?"

"아니에요, 어머니. 우리 집에서는 저 몸에 칼 대는 것 절대로 용납 안하세요. 저도 그럴 생각도 없고요."

수정이가 기겁을 하면서 내 팔을 잡는다. 내침 김에 더 물어 보아야지.

"너 눈은 라식 한 거니?"

요즘 아이들은 거의 가 다 라식 아니면 콘택트 렌즈였다.

먼저부터 수정이가 안경을 쓰지 않은 것이 궁금해서 언젠가
는 물어보아야지 하고 벼르던 참이었다.

"오른 쪽 1.5, 왼 쪽 1,5 이상 무!"

수정이가 다리를 모으고 거수경례를 한다. 커다란 처녀가
발가벗고 거수경례를 하는 것이 이상했던지 옷을 입으려던
할머니들 두 명이서 멀거니 이쪽을 돌아보았다. 사우나에서
일하는 아줌마가 '저런 미녀 군인도 있나?' 하는 표정으로
입을 절반쯤은 벌린 채로 쳐다보고 있었다. 다행이네. 손자
손녀들 시력 걱정은 없겠어. 거수경례를 마치고 깔깔거리는
수정이가 너무 귀여워서 손을 꼭 잡아 주었다.

나는 욕탕으로 향하면서도 앞서서 들어가는 수정이의 뒷
모습에 정신이 팔려 있었다. 하얀 몸매에 쭉 벋은 다리하며
위로 바짝 올라붙은 엉덩이, 그 아름다움은 이루 다 표현할
수가 없을 정도였다. 요즘 아이들은 어쩌면 저렇게도 다리가
길까.

탕 안에는 20여명쯤 되는 여인네들과 꼬마 아이들 서너
명이 있었다. 서로 각자 쪼그리고 앉아서 한참을 닦다보니
어느 사이에 수정이가 목욕타월에 비누칠을 해서 내 등을
밀어주고 있었다. 어머니는 어쩌면 이렇게 피부가 고우세요.
꼭 처녀 같아요. 등 뒤에서 수정이의 다정한 목소리가 들려
온다. 그 소리는 목욕탕 벽에 울려서 더 크게 들렸다.

수정이가 이번에는 날보고 앞으로 일어서라고 하더니 내 아랫배와 허벅지를 문지르기 시작한다. 아이, 애는, 내가 해도 된다는데 그러는구나, 나는 남들이 우리를 보는 게 부담스러워서 그렇게 말했지만 한편으로는 아이의 그런 서비스가 싫지 않았다. 우리에게 며느리 복은 있는 모양이네. 이번에는 내가 수정이의 등을 밀어 줄 차례다. 나는 핑크빛 목욕타월에 비누거품을 잔뜩 내면서 올 3월에 있었던 약혼식을 겸한 양가 모임을 생각해 냈다.

쉐라톤 워커힐 호텔의 금룡이라는 중식당에서 만났다. 우리 집에서는 큰 형님과 작은 형님 댁 내외, 큰 언니네 내외, 우리 부부, 그리고 준영이와 친구들 두 명, 이렇게 11명이 나갔다. 큰 누님은 미국에 살고 있어서 오지 못하셨다고 알려주었다. 수정이네 집에서도 비슷한 숫자가 나왔다. 차이가 있었다면 80이 넘었다는 수정이의 할머니와 할아버지, 그리고 외할머니 한 분이 더 참석하셨다는 정도였다. 친구들의 숫자도 두 명씩 하기로 합의를 본 모양이었다. 그렇게 해서 친구들끼리 맞선 비슷한 기회를 만들어 주려고 했을 것이었다.

식사는 아주 화기애애하게 진행되었다. 노인네들에게도 부담이 없는 중식인지라 도두들 좋아하셨다. 양식당이었다면 여러 가지로 불편했을 것이었다. 어려운 자리인데도 술도 꽤 많이 돌았다. 농담을 좋아하시는 춘천 큰 형부가 대화를 이끌어 주어서 얼마나 즐겁게 먹고 마셨는지 모른다.

남편과 동갑이라는 바깥사돈은 연신 큰 형부의 잔에 술을 따라 주면서 '선배님, 선배님'을 연발했다. 같은 서울대학이라고는 하지만 치과대학과 공과대학이 무슨 그리 선후배 관계가 될까마는, 그래도 그날의 리더는 큰 형부와 바깥사돈이었다. 안사돈은 통통하게 살이 오른 모양이 무척이나 복스러워 보였다. 행동 하나하나에 우리를 배려하는 모양새가, 우리가 못 산다고 무시하거나 할 그런 사람처럼 보이지는 않았다. 저런 집안이라면 그 딸을 며느리로 맞는 게 오히려 우리 가문의 영광일 것이었다.

소금 사우나에서도 있고 냉탕에도 함께 들어가고 하다보니 그럭저럭 두 시간 가까이가 되었다. 누가 데리고 온 아이들인지 큰 소리를 지르면서 뛰어다니고 냉탕에서 풍덩대며 헤엄을 치는 것이 못마땅긴 했지만 그냥 참아 넘겼다. 여기는 서울처럼 시설 좋은 풀장에도 갈 수 없는데 모처럼 이런 작은 수영장을 만났으니 아이들의 입장에서는 오죽이나 좋을까 싶었다.

옷을 갈아입으려고 하니 목이 꽤 말랐다. 우리들은 인스턴트 음료를 사 마시면서 평상에 앉았다. 나는 환타를 골랐고 수정이는 포카리스웨트를 뽑았다. 실내를 청소하는 아줌마가 바닥에 걸레질을 하고 있었다. 아까 수정이를 넋 놓고 쳐다보던 여자였다. 내 나이 쯤 되었을까?

새삼 어느 그룹에서 운영하는 강촌 스키장의 사우나에서 작년 가을부터 올 봄까지 일했던 여섯 달이 생각났다. 한 푼이라도 벌어 보겠다고 난생 처음 일자리에 나간 것이었다. 그것도 50이 넘은 나이에.

하루 종일 열 시간 넘게 사우나 안에서만 있는 일이었다. 밖에 나가는 때는 점심식사 시간과 저녁 식사시간의 30분씩 뿐이었다. 평상시는 그래도 할 만 했다. 뭐 별다른 일이 있는 것도 아니고 바로 저 여자가 하는 것과 똑 같은 일이니까. 표 받고, 사우나 함 열쇄 내 주고, 수건 정리하고, 바닥 청소하다가 밤 9시가 넘으면 탕에 물 빼고, 매일매일 다람쥐 쳇바퀴 돌듯 똑같은 일의 반복이었다. 조금 색다른 일이라면 일주일에 한 번씩 욕조 바닥 청소하는 것 정도였다.

거기서 일하면서 제일 스트레스를 많이 받은 때는 사장이나 회장의 부인이 온다고 미리 연락이 올 때였다. 몇 시간이고 잔뜩 긴장하고 있다가 그들이 오면 허리를 잔뜩 숙이고 그들을 맞이해야 한다. 또 그들이 탕에서 나올 때는 흰 가운을 들고 있다가 약간 무릎을 꿇은 자세로 옷을 바쳐야 한다. 내가 있는 여섯 달 동안 그런 VIP들은 세 차례 방문했다. 오십이 넘은 나이에 그런 종노릇을 해야 한다는 게 너무 싫어서 몇 번이고 그만 두려고 했다. 그래도 정작 그만 둔 이유는 여기 화천으로 이사 오기로 결정이 되어 더 이상 다닐 수 없어서였다.

그때는 일주일에 한 번씩 쉬는 수요일이 그렇게 기다려질 수가 없었다. 수요일에는 아침 늦게까지 늦잠도 잤고 마당에 나가서 낙엽도 긁어모으고 겨울에 눈이 내리면 눈도 치웠다. 남편도 격일제로 경비근무를 나가던 때였으므로 두 사람이 함께 쉴 수 있는 날은 2주일에 단 하루뿐이었다.

"어머님은 어쩌면 똥배도 하나 없으세요?"

수정이의 그 말에 퍼뜩 정신이 돌아왔다. 내가 생각해 보아도 그건 참 희한한 일이었다. 나는 특별히 무슨 헬스나 다이어트 같은 것을 하지 않아도 살이 찌지를 않았다. 좀 과식을 했다 싶으면 어김없이 설사가 나왔다. 그래서 항상 체중은 54~55kg이었다. 10년 전에 산 옷도, 심지어는 20년 전에 산 옷도 아무런 문제가 없었다.

"아마 체질인가 봐. 난 여간해서 살이 찌지를 않는구나."

"그래도 요즘 너무 마르신 것 같아요. 아버님은 더 야위어 보이시고…"

사실 수정이의 지적이 정확했다. 아까 탕에 들어와서 수정이 몰래 몸을 달아보니 48kg이었다. 그래도 그이 덕분에 한 달 전보다 2kg 가까이나 늘은 게 그 정도였다. 반면에 남편은 너무나도 비쩍 말라 내가 보기에도 민망할 정도였다.

나는 수정이가 너무 사랑스러워 그 아이의 젖은 머리카락을 쓰다듬어 주었다. 등도 어루만져 보았다. 어쩌면 이렇게도 매끄러울까. 유방도 한껏 부풀어 올라 있었다. 사타구니에는 털도 수북했다. 하얀 피부와는 대조적으로 사타구니가 어찌나 새까맣던지 마치 그곳에만 털을 떼어다 붙여 놓은 것 같았다.

요즘 아이들은 잘 먹어서 그런지 우리들과는 우선 체격부터가 달랐다. 꼭 서양여자 모델들을 보는 것만 같았다. 그래, 맞아. 우리가 선진국이 된 거야. 남편이 그 옛날에 현대자동차에서 포니 팔러 아프리카 땅을 돌아다니고, 사우디 건설현장에서 땀 흘리고 한 결과가 이제 나타나는 거라고.

"수정아, 엄마 아빠는 너희들 교제 하는 것 좋아 하시니?"

이 말을 하고 수정이를 쳐다보자 수정이가 멀뚱한 눈을 하고 나를 바라본다. 무슨 의미인지 몰라서 어리둥절해 있는 표정이다. 보충설명이 필요할 것 같았다.

"내 말은… 우리 준영이가 너무 없어서… 너 정도라면 좋은 신랑감들 선도 많이 들어 올 텐데 혹시… 우리 준영이와 약혼한 것을 후회 하시는지 몰라서…"

나도 모르게 자꾸만 말을 더듬었다. 수정이는 포카리를 한 모금 마시더니 내 손을 살며시 잡았다. 고개를 돌려 나를 바라보는 눈에는 애정이 가득 담겨 있었다. 그리고 천천히 입을 열었다.

"어머니, 그런 걱정하지 마세요. 저희 집 그런 집안 아니에요. 잘 살고 못 사는 것 가지고 따질 만큼 그런 부모님들도 아니시고요. 할머니 할아버지도 많이 배우신 분들이에요. 그리고 준영씨, 저희 집안 어른들 모두가 다 사랑하세요."

수정이가 손을 살며시 빼 내더니 내 등을 쓰다듬어 주었다. 수정이의 따뜻한 체온이 느껴져서 좋았다. 그건 마치 딸을 위로해 주는 어머니의 손길과도 같았다.

"어머님, 지금 힘드시더라도 조금만 참고 지내세요. 저희들이 외국 여행도 많이 시켜 드릴게요. 제가 준영씨네 힘들다고 사정이야기 다 말씀 드렸어요. 그랬더니 아버지가 작은 아파트라도 한 채 사 준다고 하셨어요. 뭐, 집 장만은 꼭 남자 집안에서만 해야 하는 법이 있는 거냐고 하시면서요. 엄마도 좋다고 하셨어요. 아빠 옛날 사업 초창기에 너무 힘드셨던 것 생각하면 충분히 이해할 수 있는 일이라고 하시면서요. 우리 엄마, 이해심이 참 많아서 좋아요."

"엄마, 나 이것 사 줘!"

"엄마, 엄마, 난 이것 먹는다!"

여자 꼬마아이들의 왁자지껄한 소리에 우리들의 대화는 끊어졌다. 아까 탕 안에서 수영하던 아이들이 나온 것이었다. 엄마라는 여자가 뚱뚱한 몸을 뒤룩거리며 옷장을 열고 있었다.

고개를 돌리는 순간 눈물이 흘러 내렸다. 수정이와 사돈 댁의 마음 씀씀이가 너무나 고마워서였다. 왜 요즘은 걸핏 하면 이렇게 눈물이 나올까? 며느리 될 아이 앞에서 눈물을 흘리다니….

"어머님, 우리 나가요. 아버님하고 준영씨가 너무 심심하겠 어요."

"그래, 서둘러서 화장하고 나가자."

찜질방을 올라가 보니 준영이는 노트북을 켜 놓고 무언 가를 열심히 검색하고 있었고, 남편은 다락방 같은 복층 구 조의 아래층 수면실에서 정신없이 잠들어 있었다. 우리들은 호박죽을 시켜 먹었다. 찜질방 안을 돌아보니 한 삼, 사십 명 정도가 누워있기도 하고 TV도 보고 삼삼오오 모여서 김밥 이나 컵라면을 먹기도 한다.

수정이가 곁에서 이런저런 이야기를 해 주어 심심하지 않 았다. 여기서 내일까지 있다가 모레는 수원 집으로 가서 다 시 이틀을 묵을 계획이란다. 그리고 그 다음 3일간은 안면도 에 있는 롯데 캐슬 스파에 예약을 해 두었단다. 준영이네 회 사에서 고객 접대용으로 보유하고 있는 콘도인데 이번에 준 영이가 3일간 사용할 수 있도록 허락을 받았다는 것이다. 결혼 전에 양가가 다 묵인해 주는 일종의 신혼여행인 셈이다.

나는 그것도 나쁘지 않을 것이라 생각했다. 지난번에 보니 수정이네 집안도 무척이나 열심히 교회에서 봉사하는 모양이었다. 장인과 장모 될 사람이 장로며 권사란다. 그런 집에서 고이 키운 딸을 우리 아들에게 믿고 맡기는 게 한 편으로는 기쁜 마음도 들었다.

찜질방의 한가운데에서는 10여명이 TV 앞에 앉아서 넋을 놓고 연속극을 보고 있었다. 여자 주인공들이 누가 더 큰 소리로 악을 써 대는지 시합이라도 하는 양 고래고래 소리를 질러대는, 이른 바 막장드라마 중에서도 최고의 시청률을 올린다는 드라마다. 부끄럽지만 나도 저 연속극의 열렬한 팬이다. 남편은, 무슨 연속극이 시작만 하면 악다구니냐면서 거의 보지 않는다.

남편이 부스스 깨어나더니 우리 자리로 다가와 앉았다. 며느리 될 아이를 옆에 두고 깊이 곯아 떨어졌으니 조금은 부끄러운 모양이다. 뒷머리를 긁적거린다.

"언제 왔어?"

"한 이십분 밖에 안 됐어요, 아버님. 왜 좀 더 주무시지 않고요?"

수정이가 내 대신 대답을 해 준다. 호박죽을 먹으라는 내 권유를 뿌리치고 남편은 식혜가 먹고 싶다고 했다. 수정이가 얼른 자동판매기에서 식혜를 꺼내 왔다.

수정이는 남편이 오자 남편의 출판 사업이 어떻게 진행되는지 궁금한 모양이다. 요즘 쓰고 있는 책은 어느 정도나 진척이 있는지, 옛날에 나온 책들의 반응은 어떤지를 꼬치꼬치 캐묻기 시작했다.

남편도 얼굴에 모처럼 활기가 돌았다. 목욕하고 땀 빼고 나니까 사람이 훨씬 달라 보였다. 집에서 볼 때는 꼬지지 하기만 하던 남편의 얼굴에 혈색이 돌면서 생기가 넘쳐흐른다. 어쩌면 수정이가 와서 더 기분이 좋아진 원인도 있으리라. 구박만 하던 마누라 대신 사글사글한 젊은 아이가 옆에서 아버님, 아버님, 하면서 시중을 들어주니 기분이 좋기도 하겠지.

"지금 쓰고 있는 명성황후 이야기는 이제 막바지야. 지금은 주인공 준호와 여진이란 아이들이 황후의 복수를 하겠다고 중국으로 일본으로 돌아다니는 대목이지. 제2권을 이달 말까지 끝내면 9월 한 달은 내용 다시 한 번 다듬으려고 해. 그 때 네가 좀 도와 다오. 고칠 부분 있으면 좀 고치기도 하고."

"제가 어떻게 아버님 쓰신 것을 고쳐요. 또 뭐 아는 게 있어야죠."

"아니야. 네 도움이 절실히 필요해. 이렇게 부탁한다."

옆에서 준영이는 노트북을 들여다보며 간간히 두 사람의 대화를 듣고 있었다. 그래프가 복잡한 것을 보니 아마도 회사의 업무와 관련된 프로그램을 들여다보거나, 아니면 인터넷 검색을 하는 모양이었다.

"아버님, 어떻게 글을 직접 쓰실 생각까지 하셨어요? 실은 우리처럼 전문적으로 글쓰기를 공부한 사람들도 쉽지 않은 일인데…"

수정이의 그 말은 어찌 들으면 남편의 무모한 도전을 비난하는 말처럼 들릴 수도 있었다. 그러나 수정이가 일부러 남편을 무시하려고 한 말은 아닐 것이다. 원체 저 아이는 제 시아버지 될 사람을 대단한 사람이라고 착각을 하고 있는 아이니까.

"3년 전에 출판사업자 등록을 하면서 첫 번째 작품은 내가 직접 써 보겠다고 작정했지. 그게 바로 〈박정희 다시 태어나다〉라는 책인데 그런대로 성공을 했어요. 대구에서는 베스트셀러 1위까지 올라갔으니까. 남들은 내가 광고를 많이 해서 그만큼 팔렸다고 하지만, 내가 사업 해 보니 책이 시원치 않으면 광고만 해 댄다고 팔리는 것도 아니더라. 어쨌든 지금까지 돈도 많이 까먹었지만 그래도 이제는 자신감도 생겼어. 조금만 더 하면 되겠다는 확신이 든단 말이지."

"아버님이 참 대단하다는 생각을 해요. 생전 글을 써 보지도 않으신 분이 그렇게 도전하신다는 게 쉽지 않을 터인데…"

수정이가 남편을 또 띄워주고 있었다. 남편이 위험하다. 남편은 띄워주기만 하면 정신 못 차리고 끝없이 내 달리는 사람이니까.

"글쎄 말이다. 그래도 이제는 수익이 나야 할 텐데 아직도 돈을 벌지 못하고 있으니 여간 답답한 게 아니구나."

"어떻게 소설을 쓰실 작정을 했어요? 옛날에 글을 쓰셨나요?"

"아니야. 뭐, 가끔씩 조선일보에 독자칼럼을 내긴 했지만 본격적인 글쓰기는 해 본적이 없지. 그래도 기왕에 출판을 한다면 직접 써보는 것도 나쁘지 않다고 생각한 거지. 뭐 조정래나 이문열은 별 수 있겠느냐는 엉뚱한 생각을 했단 말이지. 황석영이나 최인호, 김훈, 이외수, 이런 사람들의 책을 다 읽어 보았지만 다 그게 그거더라고. 뭐 특별난 게 없더라니까. 신경숙씨의 소설도 마찬가지고. 그래서 내 나이 57세니까 한 3년 정도 도전해 보면 되지 않을까 생각하고 덤빈 건데 그게 생각만큼 쉽지 않더구나."

아이고, 참 답답한 양반이네. 그걸 이제야 알았어요? 있는 돈 없는 돈 다 까먹고 난 후에야? 그러나 나의 이런 마음과는 달리 수정이는 차분하게 남편의 말에 귀를 기울이고만 있었다.

잠시 침묵이 흐른 후 수정이의 다음 질문이 이어졌다. 어찌 보면 수정이가 면접관이고 남편은 수험생이라는 생각이 들기도 하는 분위기였다. 10시 반이 넘었는데도 아직도 찜질방에는 자는 사람들보다는 이야기하고 노는 사람들이 더 많았다. 남자고 여자고, 아이고 어른이고 할 것 없이 모두 누런 황토색 옷을 입은 채로.

모처럼 찜통 같은 집을 떠나 있으니 내 마음도 날아갈듯이 상쾌하다. 시간이 시간인지라 졸려서 그만 저쪽으로 가서 한잠 잘까 하다가 그래도 좀 더 있어야 하겠다고 마음을 고쳐먹었다. 두 사람의 대화가 어찌나 진지한지 그 분위기를 깰 자신이 없었던 것이다.

"아버님은 독자층을 어느 연령층에 두고 마케팅을 하시는 거예요?"

"응…. 나는 앞으로 가면 갈수록 노인들이 많아진다는 데 주목하고 주로 50대 이상의 연령층이 볼 수 있는 책을 만들자, 이렇게 생각한 거지. 삶, 죽음과 같이 시류에도 관계없는 그런 책을 말이지. 그게 소설일 수도 있고, 또는 교양서일 수도 있고, 뭐 그런 거 말이다."

"에이, 아빠! 노인네들이 돈이 어디 있어요? 돈 한 푼 가지고도 벌벌 떠는데. 그래도 젊은애들을 상대로 해야지요. 20

대 30대요."

옆에서 열심히 노트북 자판을 두드리던 준영이가 잠시 아빠를 쳐다보면서 답답하다는 표정으로 하는 말이었다. 수정이도 그 말에 동의 한다는 뜻으로 고개를 끄덕였다. 나 역시도 아들과 동감이었다. 노인들은 공짜로 지하철이나 타려고 하고 돈 천원에도 벌벌 떠는 것이 사실 아닌. 그러나 남편은 질 수 없다는 표정으로 정색을 하면서 준영이를 질타했다. 흰 털이 간간히 섞인 남편의 눈썹이 꿈틀거렸다.

"애야, 꼭 그렇지도 않단다. 요즘 노인들, 하다못해 아빠를 봐라. 이제 50대 60대도 거의 대다수가 대학을 졸업한 인텔리들이란 말이지. 물론 아빠는 돈을 다 까먹어서 빈털터리다마는, 노인들 중에서는 돈이 많은 사람들도 얼마든지 있어요. 그런 사람들이 급격히 늘어간다니까."

"네, 맞아요. 아버님 말씀도 맞고 준영씨 주장도 일리가 있어요. 그렇지만 아까 아버님이 모델로 삼으신다고 하던 작가들은 이제 우리가 분류하면 구세대 작가인 셈이지요.

이건 약간은 전문적인 이야기인데, 박종화 선생님, 이효석 선생님, 정비석 선생님, 김동리 선생님, 황순원 선생님, 이런 분들을 우리 문학계의 제1세대라고 한다면, 아까 말씀하신 조정래, 박경리, 김훈, 최인호, 황석영, 이런 분들을 제2세대라고 해야 하겠지요.

1세대 작가들은 너무 오래 전의 분들이라 일단 예외로 하고요, 뭐 꼭 그렇다고 단정할 수는 없지만, 2세대 작가들을 살펴보면 그분들의 작품에는 별다른 특징이 없어요. 다시 말씀드리면 거의 다 역사소설이라는 장르에 국한되어 있다는 말씀이지요.

　최인호씨 같은 경우는 〈별들의 고향〉이나 〈타인의 방〉 같은 좀 색다른 책들이 있기도 하지만 그분도 역시 〈잃어버린 왕국〉과 같은 역사소설을 쓰셨단 말씀이에요. 황석영씨는 〈객주〉, 〈장길산〉으로 대표되고요, 김훈씨도 〈남한산성〉, 〈칼의 노래〉, 조정래씨의 경우도 〈태백산맥〉, 〈아리랑〉, 〈한강〉, 이처럼 모두가 역사소설이라는 장르에서 크게 벗어나지를 못했다는 말씀이에요. 〈토지〉로 대표되는 박경리 선생님도 역시 마찬가지고요."

　수정이가 잠시 숨을 쉬는 사이 남편이 말을 받았다.

　"그래, 나도 그 사람들의 책은 모두 다 읽어 보았단다. 어떤 책은 두 번, 세 번도 읽었지."

　준영이가 어느 사이 원두커피 세 잔에 맥심 인스턴트커피를 한 잔 사왔다. 나는 늘 인스턴트커피를 즐겨 마신다. 남들은 봉천동 커피네 하면서 비웃지만 내 입맛에는 그게 제일 맞았다. 커피를 한 모금 마신 후 수정이의 문학 강의가 계속되었다.

"사실은 아버님 말씀도 옳지만 준영씨 이야기도 귀 기울일 대목이 있어요. 요즘 책 구입에 돈을 아끼지 않는 연령층은 30대 초반의 골드미스들이지요. 그 다음 층을 말하라면 역시 같은 30대의 직장 남성들이 있고요. 그렇게 30대의 남녀를 중심으로 위, 아래 10년이 독서층이라는 거죠. 그러니까 아버님도 젊은이들의 언어를 익히시도록 하세요. 좀 더 젊은이다운 표현력을 기르시라는 말씀이에요.

예를 들면 박민규씨의 작품에는 반전과 위트가 넘쳐흐르지요. 작가의 무궁무진한 호기심과 상상력이 작품에 그대로 나타난답니다. 때로는 너무 비약하는 게 문제라고 지적을 받기도 하지만, 어쨌든 그의 책은 읽는 사람들의 호기심을 끌기에 충분하지요.

천명관씨의 〈고령화 가족〉 같은 책은 사회문제를 날카롭게 비판했다는 평을 받아요. 윤대녕씨 같은 경우는 상징적인 언어로 인간의 내면을 묘사하는 재주가 뛰어 나지요.

공지영씨의 소설을 읽다보면 마치 사회고발을 하는 기자가 리포트를 하고 있다는 느낌을 받을 정도지요. 김이설씨는 가출, 노숙, 강간, 불륜, 폭력 같은 지저분하다고 느껴지는 언어를 잘 구사해요. 그런 것 역시도 인간세상의 한 단면이니까요. 정이현씨 같은 경우는 그분의 대표작인 〈달콤한 나의 도시〉라는 제목이 암시하듯이, 도시에서 사는 젊은 여성들의 삶을 묘사하는 재주가 아주 뛰어나지요. 더 어린 나이 쪽의 발랄하고 생기 넘치는 표현은 김애란씨 같은 분이 전문이라고 보아야지요.

아버님, 김영하씨의 〈퀴즈 쑈〉를 읽어 보셨어요? 우리나라 20대들이 하는 고민이 고스란히 나타나 있단 말이지요. 고시원, 편의점, 아르바이트, 인터넷, 휴대전화, 사이버공간, 이런 것들 속에서 부대끼며 살아가고 있는 20대의 문제가 아주 적나라하게 묘사돼 있어요. 평론가들이 그의 작품을 높이 평가하는 이유는, 그 책을 보면 88만원 세대라고 불리는 20대 젊은이들의 고민을 함께 짊어지려고 노력한 작가의 흔적이 나타난다는 겁니다.

제가 너무 길게 말씀드렸나 봐요. 좀 쉽게 말씀드리자면, 제1, 2세대의 작가들이 역사소설 또는 민족혼이라는 큰 틀에서 주제를 잡았다면, 그래서 그분들의 작품에 개성이 뚜렷하게 드러나지 않았다면, 지금의 작가들은 작가 개개인이 모두 독특한 장르를 개척하고 있다고 보아야한다는 말씀이지요. 그런 사람들은 은희경, 김숨, 김사과, 김경욱 등등, 수 없이 많아요.

여기서 아버님이 한 번 생각해 보실 대목이 있어요. 지금 말씀드린 작가들이 왜 하나같이 젊은이들의 문제를 다루느냐 하는 점이지요. 물론 그분들이 요즘 젊은 세대들의 문제를 대변하려고 한다고 볼 수도 있지요. 취업하기도 힘들고 사회에서 이리 치이고 저리 치이며 자칭 88만원 세대라고 자신들을 학대하는 젊은 세대들에게 연민을 갖고 있다고도 할 수 있고요.

그러나 보다 근본적인 이유는 바로 그 20대 30대들이 도서 시장의 가장 큰 고객이라는 사실을 빼 놓을 수 없다는 거지요. 그래서 그들을 주인공으로 내세운다고 보시면 된다는 말씀이에요. 아버님이 추구하시는 50대의 독자층도 좋지만, 좀 더 연령층을 아래쪽으로 잡으시는 게 영업적인 측면에서는 좋을 것 같다는 생각이 들어요. 저 역시도 아버님께서 베스트셀러의 작가가 되셨다는 소릴 듣는 게 소원이니까요. 책이 많이 팔려야 베스트셀러가 될 것 아니에요?"

"그래, 고맙구나. 나도 젊은 작가들의 책을 많이 읽긴 읽었다마는 내가 좀 더 그들의 표현기법을 배워야 할 것 같구나. 너로부터도 더 많이 배워야 할 것 같고."

그래요, 여보. 제발 고집 좀 부리지 말고 젊은 아이들 말도 많이 들어요. 자꾸 노인층만 고집하지 말고요. 이건 우리 집의 생계가 걸려있는 문제라고요. 노인들이 아무리 돈이 많으면 뭘 해요. 눈이 침침해 안 보이는 데….

8.
천하제일 명당

준영이와 수정이가 떠난 후 집안은 많이 달라졌다. 우선 방 두 개와 거실에서 시원한 바람이 나오니 숨통이 트이는 것만 같다. 그뿐인가. 내 방에 3단으로 쌓여있던 소파를 여관으로 모두 옮기니 방이 훨씬 넓어졌다. 또 책을 200여권이나 싣고 가고나니 그야말로 내 방이 두 배는 넓어진 기분이다.

집안의 외적인 분위기는 이렇게 바뀌었다지만 아내의 행각은 크게 달라진 것이 없었다. 단지 약간의 변화가 있다면 전보다 조금 덜 그 놈과 어울린다는 것뿐이었다. 김 소장이 파주인지 문산에 출장 다녀오고 나서부터는 일주일에 한두 번 정도로 줄어들은 것 같았다. 내가 확실히 이야기를 하지 못하는 이유는 혹시라도 내가 모르는 사이에 두 사람이 만났을지도 모를 일이기 때문이다.

8월 들어서 세 번째 맞이하는 일요일이다. 아침을 대충 먹고 나서 부지런히 여관을 정리하고 집으로 돌아와서 씻고 있었다. 11시 예배에 가려면 여관 일을 서둘러 마쳐야만 한다.

아내는 내가 씻으러 들어가기 전부터 화장대 앞에 앉아서 열심히 머리를 매만지고 있었다. 혹시나 교회를? 이런 생각을 하자 가슴이 벌렁거렸다. 아내가 이제야 정신을 차렸나보다. 수건으로 얼굴을 닦으며 아내에게 물어 보았다.

"왜? 교회 갈려고?"

아내는 나의 이런 기대에 찬물을 끼얹기로 작정이라도 한 듯이 뒤도 돌아다보지 않고 머리를 매만지는 자세 그대로 톡 쏘아댔다. 아내의 머리에서는 샴푸 냄새인지 화장품 냄새인지 전에 맡아보지 못한 진한 향내가 풍겨 나왔다.

"흥, 당신이나 교회 열심히 나가요. 30년 동안 그렇게도 열심히 믿어서 뭐가 돌아 왔답니까? 봐요, 우리 집안 꼴을. 있는 재산이라고 다 털어 보아야 서울에서 30평 아파트 전세도 못 얻어요. 애들 여기까지 찾아 온 것 부끄러운 생각도 들지 않아요? 이 한 여름 땡볕에 여섯 시간 씩이나 운전하고 온 것 미안해하기는커녕, 에어컨을 달아내라 하면서 졸라대

다니."

나는 기가 막혔다. 아이들 즐겁게 잘 지내다 간 것을 두고 또 시비를 거네. 하긴 뭐 귀에 걸면 귀걸이, 코에 걸면 코걸이니까. 이 집안에서 자기 지껄이고 싶은 대로 지껄여도 누가 말릴 사람이 있나. 그래도 아내의 비뚤어진 마음을 그대로 넘길 수는 없었다.

"아니 누가 준영이 보고 에어컨을 달아 달라고 했어. 자기가 둘러보더니 너무 딱해보여서 달아주고 간 거지."

"오죽 불쌍하게 보였으면 애가 그랬을까."

"그런 억지 쓰지 말고 나와 함께 교회에 가자고. 당신 옛날에 그렇게 좋던 믿음 다 어디로 갔어. 참 나는 요즘 당신 볼 때마다 너무 안타까워, 당신이 왜 이렇게 변했는지 도저히 모르겠어."

"흥, 내가 속 시원하게 대답해 줄까? 교회라면 아주 진절머리가 나서 그래요. 그동안 십일조건 건축헌금이건 그렇게 열심히 갖다 바쳐서 집안 참 잘도 풀렸구려. 이게 당신이 입버릇처럼 말하는 하나님의 축복이에요? 난 안가요, 안가. 그러니까 당신이나 가서 아주 진하게 기도하고 오시구려."

뭐 교회를 돈 벌러 가나? 우리 믿음 지키려고 가는 거지. 나는 그런 말이 입가에서 맴돌았으나 입 밖에 내지는 않았다. 어차피 가지 않겠다고 우기는 사람에게 그런 말 해 보았자 또 다시 말꼬리를 잡고 싸우려고 할 것이 뻔했기 때문이다.

"정 안가겠다면 할 수 없지. 그건 그렇고 도대체 어디를 가려고 화장이야, 화장이."

"나 화천에 좀 갔다 와야 해요. 볼 일이 있어요."

"화천에는 무슨 볼 일, 당신이 거기 아는 사람이 누가 있다고. 차 가지고 갈 거야?"

아내는 잠시 멈칫하더니 거울을 통해서 나를 보며 대꾸했다. 얼굴이 새빨갛게 변하는 것을 보니 아마도 양심에 걸리는 일을 또 하나보다.

"삼촌이 거기서 누구 만나는데 나도 같이 가자고 해서…."

흥, 또 그 놈과 놀아날 구실을 찾느라고 공연히 나에게 심통을 부렸군. 한 손에 가방을 들고 계단을 내려오면서도 만감이 교차했다.

아, 옛날이여! 아내와 함께 차타고 교회에 가면 모두들 부러워했었는데. 아들 손잡고 교회 앞마당에 이르면 여기저기서 우리에게 인사하고, 우리보고 행복한 가정이라고 얼마나 부러워했던가.

교회에 오래 다니다 보니 가정마다 고민이 없는 집이 없었다. 부인이 열심히 나오면 남편이 나오지 않고, 가족 중의 한 사람이 이런 저런 병으로 입원해 있기도 하고, 갑작스런 사고로 죽는 경우도 있고, 아무개 집사 네는 사기를 당했다고 여자들이 수군대는 일도 있고….

그런데도 우리 집은 그 오랜 세월동안 아무런 탈 없이 지냈다. 아들 역시 무럭무럭 잘 자라주었고 학교 들어갈 때마다 속 한 번 썩이지 않고 척척 들어갔다. 정말 세상에 더 부러울 것이 없었다. 적어도 IMF 전까지만 해도.

산영교회에서도 맨 앞자리에 앉는다. 그건 교회에 나가기 시작하고 얼마 지나지 않아서부터 시작된 습관이었다. 25, 6년 전일까? 어느 날 주일 저녁 예배에 오신 외부강사 목사님이 록펠러 이야기를 하셨다. 지금까지도 그만한 부를 이룬 사람이 없다는 말씀과 함께 그의 습관 중 몇 가지를 이야기해 주셨는데, 그 중에서도 가장 내 마음에 와서 닿은 말씀은 바로 맨 앞자리에 앉는다는 것과 십일조를 빼 놓지 않는다는 것이었다.

그때부터 나도 그렇게 했다. 한참 믿음이 좋을 때는 십일조가 아니라 십삼조도 했다. 즉, 소득의 30%를 바쳤다는 이야기다. 십일조로 10%를 떼고, 또 주일 헌금, 불우이웃돕기 헌금, 개척교회를 위한 헌금 등등, 주변에 도울 곳을 찾아서 10%, 나머지 10%는 이런 저런 제목으로 감사헌금을 했다.

가끔씩은 이렇게 어려울 때 그 돈이 있었더라면 하는 후회가 없는 것도 아니다. 원체 요즘 생활이 어려우니까. 그러나 그럴 때면 마음을 고쳐먹는다. 내가 더 많이 벌어서 더 많이 교회에 내지 못한 것이 미안할 따름이다. 맨 앞자리에 앉는 습관은 그때부터 생긴 습관이다.

목사님 말씀도 듣고 즐겁게 찬송도 하고 기도도 하고 또 교우들과 함께 국수도 먹고 오니 오후 한 시가 조금 넘었다. 여관을 한 바퀴 돌아보고 할 일을 조금 해 놓은 뒤에 집으로 와서 한 잠 자려고 침대에 누었다.

여관은 준영이가 다녀가고 나서 분위기가 확 바뀌었다. 소파 세 개를 복도에 놓았을 뿐인데도 복도가 마치 새 단장을 한 것처럼 깨끗해 졌다. 아래층 입구 쪽에 두 개를 놓았고 2층에 한 개를 놓았다. 이제 돈이 조금만 더 모이면 방 여섯 개를 새로 싹 수리하고 TV도 바꾸려고 한다.

근처 여관을 몇 군데 가 보았더니 다들 고만고만했다. 별로 시설이 좋은 곳도 없었고 깨끗하게 운영하는 곳도 없었다. 우리가 조금만 신경 쓴다면 이 정도의 작은 여관은 충분히 공실 없이 운영할 수 있을 것 같았다. 어서 빨리 김 소장네 식구들이 세 들어 있는 월세 방도 모두 내 보내고 여관으로 돌려야지. 이건 마치 성경의 표현대로, 숯불을 머리에 이고 사는 것과도 같은 고통이 아닌가. 날마다 바로 아래층에서 연놈들이 그 짓을 해 대니.

한참을 정신없이 자는데 누군가가 문을 두드리는 소리에

잠이 깼다. 누굴까? 찾아올 사람이 없는데. 귀를 기울여 보니 아래 층 은미의 목소리다.

"큰 아빠! 큰 아빠!"

무슨 일이라도? 나는 옷을 입고 뛰어나가 문을 열었다. 밖에는 은미가 서 있었다. 서쪽으로 나 있는 문인지라 문을 열자 강한 햇빛이 쏟아져 들어왔다.

"은미가 웬일이니? 교회에서 언제 돌아왔어?"

내가 무릎을 구부리고 은미의 손을 잡으면서 물어 보았다. 은미는 유초등부 아이들과 교회에서 열두시부터 보통 네 시 가까이까지 지내다 온다. 은미가 초롱초롱한 눈망울을 굴리면서 대답했다.

"응, 조금 전에요. 큰 아빠, 나 옆방에 가서 책 좀 더 갖고 가도 돼요?"

"오, 네가 지난번에 가지고간 책들을 벌써 다 읽은 모양이구나. 그럼 되다 뿐이냐. 자 이리 들어오너라."

나는 은미를 옆방으로 안내해주고 나서 그 방에 에어컨도 틀어 주었다. 은미는 쪼그리고 앉아서 제 키만큼이나 높이 쌓인 책 더미 속에서 자기가 읽을 만한 책을 고르기 시작했다. 시계를 보니 벌써 다섯 시 반이 넘어 있었다. 나는 옆방에 대고 큰 소리로 말했다.

"은미야, 나하고 저녁 같이 먹을래?"

"네, 그래요, 큰 아빠. 제가 저녁 할게요."

허허, 기특하기도 해라. 저 어린 것이 벌써 저녁을 한다고? 그래도 내가 해 주어야지. 엄마도 없이 혼자 지내는데 오죽 힘들고 외로울까.

"아니야, 큰 아빠가 할 테니까 너는 책이나 보고 있으렴."

잠시 후 옆방에서 책이 와르르 무너지는 소리가 났다. 나는 걱정이 되어서 옆방에 대고 소리쳤다.

"은미야, 괜찮니?"

"네, 괜찮아요."

한참 지난 다음에 은미가 책을 두 권 꺼내 들고 나왔다. 이원복 교수가 지은 〈현대문명진단〉이라는 책으로 초등학생이 읽기는 아주 어려운 책이다. 은미는 우리가 오자마자 우리 집에서 〈먼나라 이웃나라〉를 여섯 권이나 빌려가서 다 읽고 다시 가지고 온 바가 있었다. 필경은 이원복 교수의 만화책에 재미가 단단히 붙은 모양이다.

"책이 무너졌어요, 큰 아빠."

"그래, 다치지는 않았고?"

"응. 내가 다시 차곡차곡 쌓아 놓았어."

며칠 전 준영이가 왔을 때 자기 책 가지고 간다고 하면서 서두르다 보니 되는 대로 아무렇게나 쌓아 올려놓고 떠났는데 그 뒤처리를 은미가 고스란히 떠맡아 한 셈이었다. 우리

는 식탁에 마주 앉았다. 엄마가 없이 사는데도 은미는 조금
도 삐뚤어지지 않았다. 그런 은미가 너무 사랑스러웠다.

"은미야, 너 그 방울 참 멋지구나. 누가 사 줬니?"

은미의 두 갈래 머리에 달린 은방울이 너무 귀여워서 물
어 본 말이었다. 서쪽으로 난 조그만 부엌 창문에서 햇빛이
쏟아져 들어와서 눈이 부셨다. 나는 조금 옆으로 비켜 앉아
서 은미의 얼굴을 들여다보며 대답을 기다렸다.

"이거? 큰 엄마가 사 주셨는데."

은미는 자랑스러운 듯이 고개를 내 쪽으로 살짝 돌리더니
손가락으로 방울을 가리켰다. 허허, 아내가 참 바쁘기도 하
군. 언제 은미에게 이렇게 예쁜 선물을 했을까….

"그래, 네가 저녁도 할 수 있다고? 뭘 할 수 있는데? 어디
좀 들어 볼까?"

"응… 김치찌개 할 수 있어요. 참치 김치찌개하고 돼지고
기 김치찌개. 또 얼마 전에는 큰 엄마랑 두부부침도 만들어
보았어요."

"그래? 그러면 여기 냉장고에 참치와 두부 있는데 오늘은
우리 은미가 솜씨 발휘해서 한 번 해 볼까?"

아내는 보나마나 저녁 여덟시는 돼야 돌아올 것이었다. 이
번 주에는 화요일에만 그 놈과 함께 있었고 내내 떨어져 있
었으니까 오늘은 틀림없이 오래 걸릴 것이다. 갑자기 은미를

앞에 두고 '그 놈'이란 생각을 한 게 왠지 미안했다. 이렇게도 천진난만한 아이를 두고도 그런 불륜을 저지르다니. 새삼 김 소장과 아내가 큰 벌을 받을지도 모른다는 불안한 마음에 앞으로 그들을 위해서 더 많이 기도해야 하겠다는 생각이 들었다.

은미는 식탁 위에 책을 두고는 소매를 걷었다. 그런 모습이 아주 당차 보였다. 조그만 녀석이 제법인데? 나도 쿠쿠 압력솥을 꺼내어 닦고 나서 거기에 쌀을 넣고 물도 적당히 부었다. 아내가 저녁을 안 먹고 올지도 몰라서 조금 넉넉히 했다.

"큰 아빠. 김치 더 없어요?"

"응. 저기 김치냉장고에 있지."

프라이팬에 지글지글하며 두부부침을 하고 있는 은미를 보니 제법 의젓하다는 생각도 든다. 다른 집 아이들 같으면 엄마 품에 안겨서 응석부릴 나이인데도 벌써 자기가 저녁을 한다고 이리저리 움직이는 것을 보니. 잠시 후 '취사가 완료되었습니다.'하는 쿠쿠 아나운서의 멘트가 나왔다. 김치찌개의 매콤한 냄새가 온 집안에 가득하다.

해가 거의 기울어갈 즈음에 드디어 저녁준비가 다 되었다. 오늘 저녁은 참치 김치찌개에 두부부침, 그리고 꽁치조림이다. 꽁치는 어제 먹다 남은 것을 오븐에 데웠다. 여기에 양반김까지 있고 보니 그런대로 진수성찬이다. 밥통을 열고 하얀 김이 모락모락 나는 쌀밥을 공기에 담았다.

"은미야, 많이 먹어라."

"이렇게 큰 아빠와 함께 먹으니까 참 좋아요."

은미는 호호거리며 밥숟가락을 떠 넣기에 여념이 없었다. 아, 깜빡 잊은 게 있다. 지난 주에 준영이 왔을 때 먹다 남은 치즈가 있었는데….

나는 냉장고에서 노란 슬라이스 치즈를 꺼내왔다. 준영이가 어렸을 때부터 줄 곳 먹어오던 '체다 슬라이스 치즈'라는 제품이다. 치즈를 조금 찢어서 은미의 밥숟가락에 얹어 주었다. 은미가 고개를 잠깐 들어 나를 올려다본다. 고맙다는 표시겠지. 나도 참치 김치찌개를 열심히 먹었다. 두부부침도 제대로 익었다.

아내가 가르쳐 주었다니, 두 집 살림 하시느라고 얼마나 바쁘셨을까, 흥! 나도 모르게 가슴 속에서부터 비웃는 소리가 새어 나왔다. 그러나 곧바로 마음을 고쳐먹었다. 아내가 어서 빨리 정상으로 돌아와야 할 텐데, 하는 생각을 하면서 요즘 아내와 김 소장의 행적을 되짚어 보았다. 분명히 만나는 횟수가 조금은 뜸해진 듯도 하다. 그래, 언젠가는 다시 돌아오겠지. 설마하니 일 년을 갈까, 이 년을 갈까. 내가 새벽으로 밤으로 죽기 살기로 기도한다면야.

"큰 아빠. 찌개 맛이 어때요?"

"그래, 우리 은미 이제는 시집가도 되겠구나. 아주 맛있어. 내가 먹어 본 김치찌개 중에서 제일 맛있구나. 잘 했다."

나는 은미를 바라보면서 엄지손가락을 치켜 올려 주었다. 은미가 칭찬을 듣자 무척이나 기쁜 모양이다. 입이 크게 벌어진다.

"큰 아빠, 이거 치즈 참 맛있어요."

"그래, 내가 다음에 또 사다주마. 은미 잘 먹고 무럭무럭 자라야지 예쁜 처녀 되지. 그래, 우리 은미는 나중에 커서 무엇이 되고 싶으냐?"

"응… 나는 이 다음에… 선생님 됐으면 좋겠어요."

"선생님? 그럼. 은미는 선생님 되고도 남지. 책을 많이 읽으니까. 그런데 왜 선생님이 되고 싶은데?"

"학교에 오는 아이들 중에서 엄마 없는 아이들 날마다 안 아주고 싶어요. 아침에 처음 만났을 때 꼭 끌어 안아주고 또 나중에 헤어질 때는 뽀뽀도 해 주고."

"응, 그래. 참 장하구나. 그런 생각을 하다니…"

나는 기어코 화장실로 가서 은미 모르게 코를 풀고 나왔다. 눈가에 눈물도 닦았다. 그런데 식탁으로 돌아오자 다시 눈물이 나왔다. 그런 나에게 은미가 작은 손으로 휴지를 한 장 꺼내어 주었다. 어느 새 이것이 다 컸네. 이렇게 어른스러워 질 수가….

저녁을 먹고 나니까 벌써 어둑어둑해졌다. 나는 은미의 손을 잡고 아래층까지 내려왔다. 지금은 내가 한 손은 난간을 잡고 다른 손은 은미의 손을 잡고 계단을 내려가지만, 아마도 2년이나 3년 후엔 은미가 나를 부축해 주게 되겠지. 은미는 뜨는 해고 나는 지는 해니까. 새삼 사람의 한 평생이란 게 참 짧다는 생각이 들었다. 은미를 집 안에까지 데려다 주고 나오면서 주의를 주었다.

"은미야, 문 꼭 걸어 잠그고 있어라. 만약에 여관 아저씨들이 문 두드리면 열어주기 전에 먼저 큰 아빠에게 전화해야 돼. 내가 내려오고 나서 열어주란 말이야. 알았지?"

그런 말을 하면서도 한 편으로는 여관에서 묵고 있는 인부들을 막노동이나 하는 사람들이라고 내가 무시하는 건 아닌지, 하는 생각에 미안한 마음도 들었다. 그러나 조심해서 나쁠 것이야 없지 않은가. 요즘 세상이 하도 어수선하니까. 멀리 갈 것까지도 없지. 50이 넘은 내 아내까지도 당하는 마당에. 또다시 가슴이 뛰었다. 자기 아내가 그렇게 당했는데도 남을 의심할 줄 모르는 걸 보면 나는 정말 바보인 모양이다. 나는 천성적으로 남을 미워할 줄을 몰랐다. 어려서부터 지금까지 그랬다.

여관을 한 바퀴 돌고 나서 다시 집으로 돌아왔다. 새삼 은미가 그렇게 고마울 수가 없었다. 만약 나 혼자서 저녁을 먹었더라면 얼마나 비참했을까. 아내 생각과 김 소장 생각에 가슴이 벌렁거렸겠지. 소화도 되지 않았을 거야.

침대 가까이로 소파를 끌어 당겨 놓고 앉아서 침대 위에 발을 올려놓았다. 오디오에선 베토벤의 로망스가 흘러나온다. 에어컨에서 시원한 바람도 불어온다. 냉장고에서 맥주를 한 캔 가지고 들어 왔다. 찬 맥주를 마시면서 내가 이렇게 아내를 방관하고 있는 것이 과연 올바른 태도일까를 되짚어 보았다.

아내와 김 소장을 간통혐의로 묶는 것은 문제가 되지 않을 것이다. 일주일에 두 세 차례씩 내 눈치 아예 살피지도 않고 그 짓을 하고 있으니까 현장을 잡는 거야 식은 죽 먹기보다도 더 쉽겠지. 형사보고 와서 잠복을 하고 있으라고 해도 될 것이고 아니면 내가 디카로 현장 사진을 찍으면 될 일이었다. 그까짓 프리패브 건물, 문을 안으로 잠가 보았댔자 힘주고 밀어 버리면 그냥 열리고 말 테니까.

그러나 그렇게 한 다음에는 어떻게 할 것인가? 아내와 이혼을 할 수 있나? 아내가 그 놈과 살고 말고는 그 다음 문제이다. 과연 내가 아내와 헤어지고 나서도 이 세상에 온전히 얼굴을 들고 다닐 수가 있겠는가 말이다. 당장 일 년 후로 예정된 준영이의 결혼은 어떻게 할 것인가?

사돈 집안에서도 우리가 비록 없긴 해도 믿음이 좋다는

사실을 알고 아이를 맡기려 하는 것일 터인데, 아내와 헤어졌다고 하면 우리를 어떻게 볼 것인가? 사업이야 그렇다고 쳐도 가정조차도 온전치 못하다면? 아마도 생각을 달리 할 것이다.

또 교회의 청년들이 전화라도 해 온다면 뭐라고 둘러대느냐는 말이다. 윤 집사님 잠시 외국여행 갔다고? 무엇보다도 준영이에게는 너무나 충격이 클 것이었다. 어쩌면 극단적인 생각을 할지도 모른다. 아내가 아들이라면 죽고 못 살듯이 준영이도 엄마라면 죽고 못 사는 아이니까.

사실은 나 또한 마찬가지이다. 삼십년을 함께 살아 온 내가, 연애기간까지 합치면 무려 32년이다, 아내 없이 어떻게 단 하루인들 버틸 수 있단 말인가? 제일 먼저 내가 미쳐버리고 말 것이다. 그리고 하나님은? 성경에는 아내를 제 몸처럼 사랑하라고 되어 있는데, 교회를 열심히 나간다는 내가 그 가르침 하나 제대로 지키지 못했다면 어떤 변명도 통하지 않을 것 같았다.

아내의 동해안 외도 사건이 있고 나서부터 열 번, 스무 번을 생각하고 또 고쳐 생각해도 결론은 언제나 똑 같았다. 그래, 내가 참아야 한다. 아내의 불륜은 잠시 뿐이다. 시간이 지나면 아내는 다시 돌아 올 것이다. 지금도 마음 밑바닥에는 가정을 지키지 못한데 대한 죄책감으로 괴로워하고 있을 것이다. 틀림없어. 조금만 더 참자. 더 열심히 기도하자.

아내는 그날 밤 9시가 조금 넘어서 들어 왔다. 내가 아홉 시 뉴스를 틀고 조금 지났을 때였다.

준영이가 돌아가고 난 후 두 번째로 맞이하는 일요일이다. 주일 날 11시가 넘어서, 우리는 동네를 벗어나 북쪽으로 30 분 정도를 더 올라갔다. 그의 설명을 들어보니 주파령이라 는 곳으로 백암산의 줄기란다. 여기는 찰방거리보다도 더욱 더 깎아지른 절벽으로 둘러싸여 있는 곳이었다. 깊은 산속, 깊은 산 속 해도 이만큼 깊은 곳도 드물 것이었다. 백암산은 무려 1,180미터나 되는 아주 높은 산이라고 한다.

길도 비포장이었다. 덜컹대는 산길을 계속 올라가는 것이 내심 불안하기만 했다. 이렇게 깊은 산 속에서 차가 고장이 라도 나면 어떻게 해야 하나, 하는 걱정이 들었다. 그래도 군 부대는 많기만 했다. 조금 가다보면 왼쪽으로도 있고 또 조 금 가다보면 오른 쪽으로도 군부대가 나왔다.

차가 '승천계곡'이라고 아주 조잡하게 쓴 팻말을 끼고 왼쪽 으로 틀더니 꼬불꼬불 또 10분 정도를 올라갔다. 마침내 차 가 덜컹거리면서 멈추어 섰다. 더 이상 올라갈 수 없는 곳까 지 온 모양이다.

다 왔단다. 그가 앞장섰다. 들리는 것은 새소리와 매미, 쓰르라미, 그리고 이름 모를 풀벌레 소리뿐이다. 물론 올라오는 도중에 어느 누구와도 마주친 적이 없다.

그래도 이런 첩첩산중에도 누군가가 농사를 짓는 모양이다. 길 한쪽 편으로는 상당히 큰 콩밭이 있었는데 그 가장자리에는 옥수수가 사람 한길 정도로 자라 있었다. 시퍼런 콩 잎들이 8월 중순의 여름 바람에 한들거리는 풍경이 여유로웠다. 또 한참을 더 올라가자 어디선가 시원한 물소리가 들린다.

갑자기 무서운 생각이 들었다. 이 사람은 도대체 언제 이런 곳까지 와 보았을까? 나를 죽이려고 여기까지 끌고 오는 것은 아니겠지? 설마 그럴 리가. 사실 그이와 나는 며칠 전부터 오늘의 이 야유회를 준비했다.

지난 화요일 저녁 은미가 없는 시간에 함께 몸을 섞은 후 그가 불쑥 이런 말을 하는 것이었다.

"형수, 내가 무릉도원 한 번 구경시켜 줄까?"

"웬 무릉도원?"

나는 의심어린 눈초리로 그를 빤히 쳐다보았다. 무릉도원이라면 도연명이라는 중국 사람의 〈도화원기〉에 나온다는 파라다이스 아니던가? 그는 이번 주 일요일에 그곳에 같이 가자면서, 거기는 선녀가 내려와서 목욕하고 하늘로 다시 올라갔다는 전설이 얽혀있는 곳이라고 했다. 그래서 나는 지난 며칠간을 가슴 설레며 기다렸던 것이다.

"여기서 뿐만이 아니라 아마도 대한민국 전체에서 그만한 곳 없을 걸?"

"그러면 사람들도 많겠네?"

내가 호기심에 물어보자 그는 빙그레 웃으면서 대답했다. 여전히 한 쪽 발은 내 배 위에 올려놓은 채로.

"흐흐흐, 나만 알고 있는 아주 비밀스런 곳이지."

나의 배낭 속에는 집에서 지은 따끈한 밥과 김치, 그리고 다른 반찬이 들어 있고 야외용 가스버너가 담겨져 있다. 돗자리 두 장과 고기, 야채, 그리고 과일은 그의 배낭 속에 넣었다. 밥은 내가 아침에 한 것이고 밑반찬도 내가 준비했다. 그렇지만 고기와 야채, 음료는 그가 오늘 아침에 화천에 가서 장을 보아 온 것이다. 그렇게 조금은 불안한 마음으로 또 다시 따라 가기를 얼마나 했을까. 앞으로 탁 트인 작은 공간이 나타났다. 물소리는 거기에서 나는 소리였다.

가까이에서 보니 과연 무릉도원이네, 선녀가 나오네 하는 그의 말이 거짓이 아니라는 생각이 들 정도로 은밀한 곳이다. 시원한 물줄기가 콸콸거리며 쏟아져 내려오는 작은 폭포 밑에 커다란 바위가 놓여 있었다. 그것은 마치 석공이 잘 다

듣어 놓은 평상과도 같았다. 요즘 TV에서 한참 잘 팔린다는 '별이 다섯 개' 붙은 돌침대를 생각나게 하는 바위였다. 킹 사이즈 침대보다는 조금 작을까?

그가 먼저 밑으로 내려가서 계곡 물 사이에 있는 커다란 돌멩이 위에 발을 디디더니 돗자리를 꺼내어 바위 위에 깔았다. 내 짐도 다 받아서 돌침대 위에 얹어 놓았다. 준비 작업이 다 끝나자 내 겨드랑이에 손을 집어넣더니 나를 가볍게 바위 위로 올려 준다.

"어때요 형수, 너무 멋있지 않아요?"

나는 돌침대 위에 앉아서 주변을 둘러보았다. 진한 숲 냄새와 함께 물소리와 풀벌레소리가 어우러져서 정신이 혼미할 지경이었다. 눈을 들어 보니 머리 위에는 계곡 바로 옆에 있는 커다란 소나무가 이쪽으로 구부정하게 뻗어서 햇빛을 가려주고 있었다. 그건 그야말로 훌륭한 양산이었다.

"어쩜 이런 곳이 다 있을까? 자기는 여기 이런 곳이 있는지 어떻게 알았어?"

"아, 이 김학준이가 누굽니까? 화천 산골 구석구석 모르는 곳이 없지요. 더군다나 우리 귀여운 형수님을 모시는 자리인데 엉성한 침대를 준비해서야 되겠습니까?"

말을 마치고 그는 호탕하게 한바탕 웃어댔다. 나도 기분이 우쭐해졌다. 시계를 보니 열두시가 조금 넘어 있었다. 저 앞쪽으로 보이는 산이 백암산인 모양이다. 정말 하늘 끝까지 마주 닿아 있었다.

"삼촌, 저게 백암산이야?"

"아니, 그건 수동령이라고 백암산의 자락이에요. 그래도 한 일천 미터 정도는 되지. 백암산은 그 뒤에 있어. 자, 형수님, 그럼 우선 이곳까지 온 기념으로…"

그가 빙그레 웃으면서 내 허리를 끌어안고 깊게 입맞춤을 했다. 나도 입을 벌리고 그의 혀를 깊숙이 받아 들였다. 입에서는 담배 피우는 사람 특유의 씁쓰름한 냄새가 났다. 그 냄새조차도 좋았다.

잠시 후 그가 허리를 잡은 손에 힘을 풀더니 배낭을 풀기 시작했다. 버너를 꺼내어 틀고 그 위에 프라이팬을 올려놓는다. 나도 주섬주섬 밥과 반찬을 꺼냈다. 바위는 내 허리 정도의 높이밖에 되지 않아서 내가 올라가고 내려가기에 그다지 어려울 정도는 아니었다. 평소에 잘 입어보지 않았던 두꺼운 청바지가 너무 무겁게만 느껴진다. 나는 청바지를 벗고 팬티만 걸친 채로 야채를 씻기 시작했다. 발바닥에 물이 닿자 한 순간에 머릿속까지 시원하다.

사람이라고는 하나도 없는 깊은 산 속, 더군다나 바로 밑에서는 계곡물이 졸졸 흐르고 그 위에 앉아서 고기를 구워 먹으니 이게 바로 신선이구나, 하는 생각이 들었다. 간간히 저 밑에서 차가 지나가는지 차 소리가 희미하게 들려 올 뿐이었다.

그는 종이컵에 소주를 듬뿍 따라서 한 숨에 들이켰다. 내가 잘 익은 고기를 상추에 싸서 그의 입에 넣어 주었다. 그가 이번에는 종이컵에 절반 정도를 따라주더니 날보고 마시란다. 술이 너무 많이 담겨 있어서 질리기는 했지만 그래도 시키는 대로 했다. 소주가 목구멍을 타고 내려가는 맛이 달콤하다. 그가 고기를 집어 들더니 날보고 입을 벌리라고 했다.

"삼촌 덕택에 오늘은 내가 신선이 되었네."

"웬 여자 신선?"

그가 귀엽다는 듯이 내 귀 밑을 쓰다듬어 준다. 술을 마시는 우리 둘을 가만히 살펴보니 그 차림새가 가관이다. 그는 웃통은 모두 벗어 놓은 채로 검정 바지만 입고 있었고, 나는 그와 정반대로 위에는 흰색 면 티만 입고 아래는 파란 팬티만 걸치고 있었다. 우리는 술을 마시면서 밥도 꽤 많이 먹었다. 김치 맛이 어쩌면 그렇게도 고소하던지, 정말 자연의 신선한 공기와 함께 먹으니까 반찬이 별로 필요 없었다. 소주도 두 병이 다 비워졌다. 아마도 반병 정도는 내가 마신 것 같았다.

서울의 친구들이 생각났다. 그래. 너희들은 호텔 레스토랑에서 한 손에 포크 들고 또 한 손에 나이프 들고 고기 싫건 썰어 먹어라. 나는 이렇게 무릉도원에서 도사님과 함께 즐길 테니까.

식사가 끝나기가 무섭게 그가 나머지 옷을 벗었다. 나도 위아래를 다 벗고 물속으로 들어갔다. 그가 따라 들어오면서 주의를 준다.

"형수, 술 먹고 찬물에 들어가면 안 돼. 그러니까 아랫도리만 닦으라고."

나는 비누칠을 해서 그의 사타구니를 닦아 주었다. 우리가 서 있는 곳은 물이 무릎 정도밖에 되지를 않지만 저 앞에 작은 폭포가 있는 곳은 물 색깔이 검푸른 빛을 띠고 있었다. 모르긴 해도 꽤나 깊을 것 같았다. 8월 중순의 오후 한 시 땡볕이라고는 하지만 계곡물은 소름이 돋을 정도로 차가웠다.

먼저 돌침대 위로 올라간 그가 손을 뻗어서 나를 끌어 올려 주었다. 벗어 놓은 옷들을 수건으로 돌돌 말더니 그것을 내 머리 밑에 고여 준다. 누워서 하늘을 보았다. 소나무 가지 사이사이로 뭉게구름이 두둥실 흘러간다. 어렸을 때 읽었던 '흰 구름 흘러가는 곳'이라는 소설책의 한 장면을 생각나게 하는 풍경이다. 매미, 쓰르라미, 여치, 그리고 이름 모를 풀벌레까지도 가는 여름을 잡으려는 듯 숲속이 떠나갈 정도로 요란하게 노래하고 있었다.

야외용 매트 두 장을 깔았더니 등이 조금도 아프지를 않다. 오히려 오전 내내 달구어진 바위가 온돌의 역할을 톡톡히 하고 있었다. 우리들은 이를테면 '자연 표 온돌침대' 위에 누워 있는 셈이었다.

서서히 그의 상하운동이 시작되었다. 아랫도리가 꽉 찬 느낌이다. 그의 입에서 뜨거운 입김이 뿜어져 나온다. 눈을 들어보니 바로 머리 위에서 소나무가 빙빙 돌아가기 시작한다. 뭉게구름도 따라서 돌아간다. 눈을 감았다. 이제는 돌침대가 돌아가는 모양이다. 뜨거운 물이 몸 속 깊은 곳으로 들어오는 것과 동시에 내 머리 끝까지 짜릿한 신호가 전해졌다. 아주 가까운 곳에서 뻐꾸기가 울어대다 우리들의 신음소리에 놀랐는지 갑자기 울음소리가 뚝 그쳤다.

잠에서 깨어보니 세시가 넘어 있었다. 그동안 해가 움직였는지 뜨거운 햇볕은 솔가지 사이를 벗어나서 내 허벅지에 사정없이 내리 쪼이고 있었다. 옆에서는 그가 입을 반쯤 벌린 채로 요란하게 코를 골면서 잠을 자고 있었다.

일어나 앉아 눈을 들어 그를 보니 하체가 그대로 드러나 있었다. 그러나 무성한 수풀 속에 쪼그리고 들어앉은 그의 남성은 나를 실망시켰다. 그것은 평소에 내가 늘 보아오던 우람하고 힘찬 물건이 더 이상 아니었다. 나는 수건을 들어 그의 아랫도리를 가려 주었다.

그가 깰 때까지 할일도 없고 보니 다시 돌침대에 누워 눈을 들고 하늘을 보았다. 소나무가지 사이사이로 천천히 흘러가는 흰 구름…. 어디선가 본 듯한 풍경이다. 그래, 고등학교 시절, 윤석이와 함께 있던 전라도의 바로 그 풍경이야.

옛날에 고등학교 시절, 숙영이네 시골집에 가서 지냈던 3일간이 생각났다. 숙영이는 내가 행당동에 있는 M여고 2학년에 다니고 있을 때 전학 왔던 친구였다. 당시 우리 학교는 서울의 여자고등학교들 중에서 중상위권에 속하는 명문이었다. 근처에 있는 성동고등학교와 배명고등학교의 학생들은 우리들을 '돼지 코'라고 불렀다. 우리 학교 빼지가 동그라미 두 개를 옆으로 나란히 붙여 놓은 모양으로 돼지 코를 연상시킨다면서 붙여준 별명이었다.

3월의 어느 날, 담임선생님이 한 학생을 소개했다. 전라도에서 새로 전학 온 학생이란다. 까무잡잡한 얼굴에 단발머리 밑은 파란 색이 날 정도까지 바짝 깎고 있었던 기억이 난다. 그때 우리 반 60개의 의자 중에는 딱 두 개가 비어 있었는데 바로 내 옆자리와 맨 뒤에 있는 자리였다. 선생님은 숙영이의 눈이 나쁘다며 내 옆자리로 자리를 정해 주었다. 당시 나는 2학년 3반 반장을 맡고 있었는데 내 자리는 앞에서

두 번째였다.

　며칠 동안 이야기 해보니 숙영이는 정말 순진한 아이였다. 반 친구들은 너무 촌스럽다며 '촘베 여사' 또는 '깜씨 아줌마'라고 불렀다. 모두가 아프리카와 연관된 별명들이었다.

　나는 너무 순진하고 착한 아이가 친구들에게 따돌림 당하고 놀림 당하는 게 안타까워서 숙영이에게 잘해 주었다. 숙영이도 서울 생활이 처음인지라 나를 잘 따랐다. 숙영이는 작은 오빠의 하숙집에서 함께 살았는데 거기는 무학동이고 우리 집은 신당동이라 거리가 얼마 되지 않았다. 그래서 우리 둘은 급속히 친해졌다.

　그런데 어찌된 일인지 숙영이는 학교에만 오면 꾸벅꾸벅 조는 것이었다. 처음에는 이 아이가 서울 학생들에게 뒤지지 않으려고 밤새워 공부하나보다, 하고 생각했다. 그러나 숙영이는 시험만 보면 언제나 꼴찌였다. 59명 중에서 59등이거나 아니면 58등이었다. 그것도 아니고 그렇다면? 오래지 않아 그 의문이 풀렸다. 바로 그해 여름방학에 숙영이의 전라도 집에서 3일간 함께 지낼 수 있는 기회가 생긴 것이었다.

　김 소장이 눈을 떴다. 날보고 몇 시냐고 묻는다. 세시 반이라고 대답해 주었다. 그가 서둘러서 일어나더니 날보고 빨리 짐을 챙기란다. 벌써 가나? 아직 해가 넘어가려면 멀었는데….

아쉬운 마음을 뒤로 하고 그를 따라서 산을 내려왔다. 그
가 차에 앉더니 차를 더 북쪽으로 몰았다. 어? 집으로 가는
것이 아니었나? 이번에는 어느 산 모퉁이를 돌더니 오른 쪽
으로 핸들을 틀었다. 아마도 아까 갔던 돌침대 계곡과는 반
대편일 것도 같았다. 물론 비포장도로다. 길도 차가 겨우 한
대 지나갈 정도로 좁았다. 나는 이 차가 옆의 도랑으로 빠지
면 어떡하나, 하는 생각에 가슴이 조마조마 하기만 했다. 이
제는 길이 너무 나빠서 거의 걸어가는 수준의 속도밖에 되
지 않았다. 양 옆으로는 울창한 숲만이 보일 뿐이었다.

그가 차에서 내리더니 앞장서서 휘적휘적 걷기 시작했다.
때로는 나뭇가지를 헤치면서 올라갔다. 또 어떤 곳에서는
나무뿌리를 움켜잡고 올라가기도 했다. 아주 험한 곳에서는
그가 먼저 올라가서 나를 끌어 주기도 했다.

이제는 정말 무서웠다. 나를 죽이기 전에 마지막 기쁨을
맛보게 하려고 돌침대 계곡에서 육체의 향연을 벌이고, 이
제는 정말로 죽이려고 이렇게 깊은 산속으로 끌고 가는 모
양이다. 온몸을 땀으로 목욕했다. 벌써 돌침대 계곡을 떠난
지 한 시간 가까이 지난 것 같았다.

"형수, 조금만 더 가면 돼요. 힘내요."

그렇게 따뜻하게 말하는 것을 보면 죽이려고 하는 것 같

지는 않고, 도대체 이 사람이 무엇을 하려고 이렇게 자꾸 산 속으로 끌고 가는 것일까. 땀이 줄줄 흘러내리는 것은 참을 수 있겠는데 바람 한 점 없는 숲 속을 나뭇가지를 헤치면서 걷는 일은 정말 고역이었다. 나뭇잎과 거미줄이 수시로 달라 붙었다.

"자, 형수님. 다 왔습니다."

눈을 들어 보니 바로 코 앞 바위 위에 그의 등산화가 보인다. 그가 나를 힘차게 끌어 주었다. 그곳에 올라가자 거기에는 아주 넓게 자리 잡은 산소가 있었다. 어느 사이에 산소의 상석 위에 올라 선 그가 자기 쪽으로 오라고 나를 손짓한다. 거기에 나란히 서서 그가 가리키는 방향을 바라보던 나의 입에서 저절로 탄성이 터져 나왔다.

"아~."

이거야 말로 명당이구나. 풍수지리에 전혀 문외한인 내가 보아도 이곳은 명당자리임에 분명했다. 내가 내려다보는 앞으로는 계곡이 끝없이 이어져 있었고, 그 양 옆에는 이 산소 자리 보다 낮은 산이 죽 이어지고 있었다. 마치 사람이 다리를 벌리고 앉아있는 자세 그대로였다. 그러니까 내가 서 있는 지금 이 자리가 사타구니에 해당되는 모양 세였다.

"자, 바로 여기가 화천 제일의 천하명당 자리입니다. 어쩌면 대한민국 제일의 명당자리인지도 모르지요."

그가 자랑스레 나를 돌아보면서 말했다. 나는 그의 이마에 붙어 있는 나뭇잎을 떼어 주었다. 탁 트인 앞쪽에서부터 시원한 바람이 불어와 이마의 땀을 씻어주고 갔다.

"형수님, 내가 왜 여기까지 데리고 왔는지 아직도 모르시겠어요?"

나는 대답대신 그의 뺨에 키스를 해 주었다. 이렇게 멋진 곳을 보여주려고 고생하며 나를 여기까지 데리고 오다니, 나는 그런 것도 모르고 공연히 걱정만 하고 있었네. 그런 생각을 하자 속으로 웃음이 나왔다.

그는 산소 위의 잔디밭에 서둘러 야외용 피크닉 매트를 깔더니 등에서 골프 우산을 꺼냈다. 폴 대를 땅 위에 깊숙이 꽂고 나서 거기에 골프 우산을 고정시키니 그건 그야말로 훌륭한 야외 파라솔이 되었다. 그가 내 온 몸에 선크림을 발라주고는 날보고 그 위에 누우라고 한다.

얼굴을 골프우산 속에 가리고 누우니 가슴에서부터 하반신이 따뜻하다. 이 산소자리는 아마도 서남향인 모양이다. 오후 네 시가 훨씬 넘은 시간에 해가 내 다리 쪽에서부터 비추는 것을 보니.

"자, 형수님. 천하의 명당에 와서 누었으니 이제부터 이 명당의 기를 다 받아들이세요. 그러면 소인은 먼저 자겠습니다."

말을 마치자 그는 특공대용 모자를 깊이 눌러 쓴 채로 무덤에 기대어 잠을 자기 시작했다. 모자 차양이 얼마나 넓은지 그것만 해도 충분한 햇빛 가리개가 될 것이었다.

  여자의 자궁모양과 똑 같이 생긴 게 명당이라더니 어쩌면 이 자리가 그것과 똑 같이 생길 수가 있을까. 나는 배낭을 베고 누워서 내 양 발가락 끝을 보았다. 길게 뻗은 산의 모양이 내 다리 모양과 그대로 겹쳐졌다. 저 끝으로는 도로가 보였지만 거기서는 너무나 멀어 우리들이 누워있는 모습이 보일 리 만무했다. 파라솔은 보일지도 모르지만.

  또다시 숙영이와의 일이 생각났다. 냇가에서 8월의 한여름 땡볕에 발가벗고 젖은 팬티와 브래지어를 말렸었지. 그땐 검정우산으로 앞을 가렸었는데….

9.
추억 - 별이 빛나는 밤에

　나는 숙영이와 약속한 바로 그 날짜에 용산 시외버스터미널에서 광주행 버스를 탔다. 아마도 8월 1일이었을 것이다. 숙영이는 만약에 사정이 생기면 이장 집으로 연락하라고 하면서 내게 전화번호를 가르쳐 주었다. 당시 서울에도 세 집에 하나 꼴로 전화가 있던 시절이었다. 물론 우리 집에는 전화가 있었다. 그렇지만 숙영이에게 전화를 할 필요는 없었다. 나는 약속한 바로 그 날짜, 그 시간에 광주행 버스를 타고 떠났으니까.

　내 생전에 그렇게 오랫동안 버스를 타보기는 처음이었다. 광주까지만 다섯 시간도 더 걸렸던 것 같다. 광주 버스터미널에서도 무려 한 시간을 넘게 기다린 끝에 영광 행 버스를 탔다. 버스에 오르자마자 숙영이가 일러 준 대로 차장에게 해보라는 동네에서 내려 달라고 했다. 1975년 당시 서울에는 버스 차장들이 다 없어졌지만, 아직도 여기는 시골인지 차장 언니의 오라이! 소리가 나고 나서야 버스가 떠났다.

해보라는 동네에 내리자 정말 숙영이가 기다리고 있었다. 우리 둘은 부둥켜안고 얼마나 울었는지 모른다. 헤어진 지 불과 일주일 밖에 되지 않았는데 이렇게 반가울 수가 없었다. 숙영이네 동네는 여기서 다시 한 시간 가량을 걸어 들어가야 한다고 했다. 그때 만약에 숙영이가 기다려주지 않았더라면 어떻게 됐을까?

우리들은 서울에서 헤어지기 전에 이번 여름방학을 위하여 청계천 평화시장에 가서 옷도 똑같이 사 입었다. 숙영이는 흰 바지에 분홍색 가로무늬가 있는 티셔츠, 나는 흰 바지에 연두색 가로무늬가 있는 티셔츠. 운동화도 똑 같은 왕자표 하얀 운동화를 사 신었다.

한참을 끌어안고 있다 보니 해보약방이라는 간판 옆에 중학생으로 보이는 아이가 자전거를 세우고 우리를 물끄러미 쳐다보고 있었다. 숙영이의 동생 윤석이, 중학교 3학년이란다. 한 여름 땡볕에 검정색 겨울 교복을 입고 있는 모습이 이상했지만 눈만큼은 초롱초롱 했다.

윤석이가 우리를 보고 자전거에 타란다. 자전거는 짐을 신는 자전거였다. 나는 뒤에 짐을 싣는 곳에 탔고 숙영이는 자전거 앞에 앉았다. 윤석이의 키는 우리 정도 밖에 되지 않았지만 몸매는 아주 다부져 보였다. 우리 두 명을 앞뒤로 태우고도 곧잘 달렸다. 고개 길에서는 내려서 걸었고 비탈길이나 평지에서는 다시 자전거를 탔다.

조금 가더니 숙영이가 자리를 바꾸잔다. 궁둥이가 너무 아파서 도저히 더 이상 못 가겠다는 것이었다. 내가 앞에 타 보니 정말 이건 차라리 걷는 게 더 나을 것 같았다. 그냥 맨 자전거 뼈대 위에 궁둥이를 걸치고 떨어지지 않도록 핸들을 힘껏 잡고 가는, 일종의 곡예였다. 우리들은 그렇게 타기도 하고 걷기도 하면서 거의 한 시간 가까이를 와서야 마침내 숙영이의 동네에 도착했다.

50호 정도나 될까? 작은 동네였다. 절반은 초가집이었고 나머지는 지붕 개량을 해서 붉은 지붕도 있었고 푸른 지붕도 있었다. 숙영이네 집은 동네 끝자락에 있었다. 붉은 색 양철지붕에 벽은 누런 흙벽돌로 만든 집이었다. 집에는 아무도 없었다. 숙영이가 자기 방이라며 문을 훌쩍 열더니 내 가방을 안으로 집어 던졌다. 새로 도배를 했는지 벽도 창호지도 모두 깨끗했다.

첫날은 너무나도 피곤해서 어떻게 잠이 들었는지조차도 기억이 없었다. 저녁 무렵에 숙영이네 집에 도착해서 씻고 저녁을 먹고 그리고 무슨 이야기를 하다 잔 것 같았다. 아, 저녁을 먹기 전에 엄마가 준비해 주신 선물을 숙영이 부모님께 드렸던 기억이 난다.

며칠 전에 어머니가 명동의 코스모스 백화점에 가셔서 선물을 준비해 주셨다. 숙영이 어머니를 위해서는 집에서 편안히 입을 수 있는 원피스를, 그리고 숙영이 아버지 것으로는 양말을 여섯 켤레 사 주셨다. 아무리 친한 친구지만 친구 집에서 3일씩이나 신세지고 오는데 어떻게 맨 손으로 갈 수 있겠느냐는 것이었다. 과연 우리 엄마다. 나는 엄마의 이런 남을 배려하는 마음씨가 좋았다. 어머니는 그 옛날 1940년대에 진명학교를 졸업하신 인텔리셨다.

별로 비싼 선물도 아니었는데 숙영이 엄마는 너무 좋은지 연신 선물을 품에 꼭 끌어안았다.

"이 신세를 워찌 다 갚는다냐. 참말로 곱기도 하시. 잔치집에 갈 때만 입어야 쓰겄네."

다음 날 아침 윤석이가 부르는 소리에 잠을 깼다. 숙영이는 여전히 깊이 잠들어 있었다. 서둘러서 옷을 입고 나가니 마당에서 윤석이가 기다리고 있었다. 시계를 보니 여섯시 반이었다. 함께 간 곳은 이장 집이었는데 꽤 넓은 마당에는 20여명쯤 되는 사람들이 빗자루를 들고 서성이고 있었고, 지붕 위에 있는 확성기에서는 새마을 노래가 계속 흘러나오고 있었다. 윤석이 또래나 그 위아래의 아이들이 10여명, 나머지 10여명은 동네 어른들이었고 두 세 명의 청년들도 보였다.

이장이라는 사람의 일장 훈시가 있고 나서 각자 맡은 구역을 청소하기 시작했다. 나는 시골의 여름 아침이 이렇게까지 추운지는 모르고 얼떨결에 따라 나와서 오들오들 떨고 있었다. 그러자 윤석이가 겨울 학생복을 내게 벗어 주었다. 윤석이는 러닝셔츠 차림이 되었다.

사실 내가 나올 필요도 없는 일이었다. 그렇게 30분 정도 청소를 한 것 같았다. 다시 모여서 이번에는 젊은 청년이 무어라고 선창을 하자 사람들이 모두 따라서 구호를 외쳤다. 그리고는 각자 뿔뿔이 헤어졌다. 내가 한 일은 아무 것도 없었다. 단지 윤석이를 졸졸 따라다닌 것 밖에는.

방안에 들어가니 숙영이는 그때까지도 쿨쿨 자고 있었다. 나도 너무 졸려서 모기장 속으로 들어가 숙영이의 옆에서 다시 잠을 잤다.

"아그들아, 싸게 일어나야제. 누가 나하고 새참 날라주고 올랑가?"

고함소리에 벌떡 일어나서 밖으로 나와 보니 숙영이 엄마가 어느 사이에 광주리 하나 가득 밥과 반찬을 담아 놓았다. 시계는 벌써 10시를 넘어 있었다. 이 음식을 들에 내다 주어야 한다는 것이다. 숙영이 엄마가 아주 못마땅한 얼굴로 나를 바라보면서 버럭 소리를 질렀다. 어제의 선물을 받을 때의 좋아하던 모습은 온 데 간 데 없었다. 아마도 이게 평소 숙영엄마의 얼굴인 모양이다.

"그년은 아직도 잔다냐?"

"네."

나는 마치 내가 잘못하기라고 한 것 마냥 기어들어가는 목소리로 대답했다. 부엌을 보니 여기 저기 시커먼 그을음이 묻어 있었다. 부뚜막에는 가마솥 두 개가 걸려 있었고 아궁이에는 커다란 양은 냄비가 있었다. 그 옆으로는 3단으로 박은 나무판자 위에 그릇들이 아무렇게나 놓여 있었다. 다른 쪽 벽에는 광주리와 소쿠리가 세 개쯤 걸려 있었다.

어쩌면 이렇게도 살림이 궁색할까. 보아하니 우리가 묵고 있는 방만 도배를 한 모양으로, 안방 문에는 구멍이 숭숭 뚫려 있었다. 이런 속에서도 두 명의 오빠들을 서울에서 대학 공부를 시키다니…. 그런 생각을 하고 있는데 아줌마가 버럭 고함을 지르는 통에 정신이 번쩍 들었다.

"그럼 서울 처녀가 나랑 갈랑가?"

"네…"

또다시 얼떨결에 대답했다. 숙영이 엄마는 혼자서 끙! 소리를 내더니 그 광주리를 머리 위에 이었다. 머리 위에 얹어 놓은 지푸라기로 되어 있는 동그란 것 위에 커다란 광주리가 묘하게도 정확히 중심을 잡고 올라앉았다. 그건 마치 서커스를 보고 있는 기분이었다. 날보고 주전자 두 개를 들고 따라 오란다. 대문간을 막 나서면서 숙영엄마가 또다시 버럭 고함을 지른다. 고개는 앞쪽으로 향한 채로.

"오매, 뭔 오살할 년이 해가 중천에 뜨도록 잠만 처 자빠져 잔다냐?"

나는 숙영이 엄마의 기세에 눌려 아무 소리도 하지 못하고 주전자 두 개를 들고 그 뒤를 따랐다. 하나에는 막걸리가 들어 있고 또 다른 하나에는 물이 들었단다. 그런데 그 무게가 장난이 아니었다. 조금 가자 팔이 떨어져 나가는 것만 같았다.

주전자를 땅 바닥에 내려놓자 어느 사이에 숙영이 엄마와의 간격이 까마득하게 벌어져 버렸다. 나는 달음박질하여 그 간격을 좁혔다. 도저히 더 이상 못 가겠다고 할까? 아니면 좀 쉬었다 가자고 할까? 말을 하자니 거리가 너무나도 멀었다. 크게 고함을 쳐야만 할 것 같았다. 이를 앙다물고 주전자 두 개를 들고 뛰었다.

어느 사이에 숙영이 엄마는 동네를 벗어나서 들판을 향하여 내 닫고 있었다. 하얀 저고리에 누런 치마 차림이었다. 작은 고개를 하나 넘었다. 그러자 눈앞에 끝없이 넓은 논이

펼쳐졌다. 앞도 옆도 오로지 파란 논이었다. 갑자기 가슴이
탁 트이며 힘이 솟았다. 저 앞으로 흰 점들이 총총히 보인다.
논에서 일하는 사람들이다. 거기까지만 가면 되나보다. 또다
시 죽어라고 뛰었다. 숨이 턱에 닿았다. 사람들의 모습이 또
렷하게 보이기 시작한다. 이제 다 왔거니 생각하고 있을 때,
일하던 노인 한분이 허리를 펴더니 아줌마에게 인사를 건네
는 것이었다.

"윤석이네, 원미뜰 가능감?"

"그려요."

"이 처자는 뉘 집 딸내미랑가?"

"어제 서울서 왔당께로. 숙영이 친구지라우."

"잉, 그려? 그럼 잘 가드라고."

어? 그러면 여기가 아니었나? 나는 그 자리에 그냥 주저앉
고 싶었다. 아줌마, 어제 선물도 사다 드렸잖아요. 처음 오자
마자 한여름 땡볕에 너무하시는 것 아닌가요? 내가 잠시 그
런 생각을 하는 사이에 숙영이 엄마는 벌써 새까맣게 앞서
서 걷고 있었다.

저 앞에서 윤석이가 뛰어오는 게 눈에 보였다. 나는 너무
나도 반가워서 하마터면 소리를 지를 뻔했다. 그 아이는 엄
마를 지나쳐서 내게로 오더니 물 주전자와 술 주전자를 넘
겨받았다. 손들 들어 보니 어느 사이에 손바닥에는 빨갛게

물집이 잡혀 있었다.

"아, 이 육실헐놈아. 네 눈깔에는 서울 처녀만 보인다냐? 이 에미는 뒈져도 좋단 말이시?"

숙영이 엄마의 욕지거리를 들으면서 눈을 들어보니 앞에 숙영이 아버지와 동네 남자 두 명, 그리고 여자 두 명이서 논에서 무엇인가를 뽑아내고 있었다. 일행은 윤석이까지 모두 여섯 명이었다. 날보고 함께 밥을 먹자며 자리에 앉으란다.

특별히 앉을 곳도 없는 그냥 논두렁의 맨 땅 위였다. 내가 잠시 주춤거리자 윤석이가 잽싸게 뛰어가서 벗어놓은 옷을 가지고 오다니 흙 위에 깔아주었다. 나는 얼떨결에 당한 중노동이 분해서 별로 먹고 싶은 생각이 없었다. 내가 샐쭉하게 있으니 윤석이가 내 손을 잡아끌며 자리에 앉으란다. 내키지는 않았지만 그래도 먹어보니 들판에서 먹는 밥은 생각보다 훨씬 더 맛있었다. 특히 꽁치조림의 맛은 일품이었다.

집으로 돌아오는 길은 한결 쉬웠다. 빈 주전자 두 개를 들고 오는데 내가 팔을 흔들 때마다 덜렁덜렁 소리가 났다. 너무 흔들다가 그만 빈 주전자 뚜껑이 논두렁 밑으로 굴러 떨어져 버렸다. 나는 숙영이 엄마에게 혼날까봐 살그머니 내려가서 주워 왔다. 파란 메뚜기 새끼들이 여기저기로 뛰었다. 넓고 넓은 들판에는 백로들이 한가롭게 날아다니고 있었다. 참으로 평화로운 풍경이었다.

점심에는 숙영이가 갔고 오후 새참 시간에는 나와 숙영이가 함께 갔다. 윤석이는 내가 나타나기만 하면 어느 사이에 나에게로 뛰어 와서 내 주전자부터 뺏어 들었다. 자기 누나의 짐은 그 다음이었다.

우리들은 집에 돌아 와서 펌프 물로 목욕을 했다. 자세히 보니 숙영이네 집은 디귿자 형태로 지은 집이었다. 서울 우리 집에 비해서 지붕이 무척 낮다는 생각이 들었다. 마당 가운데에 펌프가 있었는데 펌프와 집 사이에는 칸막이 같은 판자로 가려져 있었고 그 밑으로는 여름 꽃들이 심겨져 있었다. 하얀색과 보라색 나팔꽃들이 줄을 타고 올라가며 피어 있던 광경이 지금도 눈에 아른거린다. 목욕을 하고 나니 살 것 만 같았다.

해가 넘어갈 때 쯤 숙영이의 아버지가 돌아오자 마루에 둘러 앉아 저녁을 먹었다. 다섯 명이 빙 둘러 앉으니 마루가 꽉 찼다. 나는 마루 끄트머리에 앉아 있었는데 자리가 비좁아서 하마터면 마루 밑으로 굴러 떨어질 뻔 했다. 저녁은 닭고기를 넣어서 만든 칼국수였다. 어찌나 맛이 있던지 두 그릇이나 먹었다.

사방이 컴컴해질 무렵에 대문 밖 앞마당에 멍석을 깔아 놓고 수박을 먹으면서 이야기꽃을 피웠다. 숙영이 아버지께서 멍석 옆으로 매캐한 냄새가 나는 풀을 태워 주셨다. 그것이

쑥이란다. 쑥을 태워야만 모기들이 도망간다는 윤석이의 설명이었다.

숙영이 아버지와 어머니는 조금 있다가 집안으로 들어가고 우리 셋만 남았다. 하늘에는 별이 정말 쏟아질 정도로 많이 떠 있었다. 가끔씩 유성이 떨어졌다. 그럴 때마다 윤석이는, 별똥별의 떨어지는 방향을 보니 영광이나 해보에서 누군가가 죽었을 것이라고 했다. 그럴 때는 영락없는 점쟁이였다. 개똥벌레들도 많이 날아다녔다. 나는 지금껏 자연책이나 생물도감에서만 보았지 실제로 이렇게 가까이에서 날아다니는 반딧불들을 보기는 처음이었다. 그 놈들은 천천히 우리 주변을 맴돌다 사라지곤 했다.

시계를 보니 아홉시가 넘어 있었다. 윤석이가 좀 더 있었으면 하는 눈치였지만 나는 너무 피곤해서 방으로 돌아왔다. 아침 꼭두새벽에 윤석이와 새마을 운동한다고 나갔다왔지, 또 한 여름 땡 볕에 그 먼 들까지 주전자를 들고 두 번씩이나 다녀왔으니 피곤할 수밖에.

이 방은 아마도 윤석이가 쓰는 방인 모양이다. 한 쪽 구석에 있는 책상 위의 책꽂이에 중학교 교과서가 있는 것을 보니.

숙영이가 따라 들어오더니 방에 모기장을 다시 쳤다. 우리들은 형광등 불빛 아래에서 책을 읽기 시작했다. 나는 서울

서 읽다가 만 톨스토이의 〈전쟁과 평화〉 제2권을 읽었고 숙
영이는 무언지 모를 책을 읽는다고 나와는 반대방향으로 돌
아 누었다.

그런데 책을 읽고 있는 숙영이가 이상했다. 수시로 몸을
비비 틀면서 뒤척였다. 나는 그런 숙영이의 태도가 신경 쓰
이기도 하고 또 이상한 생각이 들기도 해서 벌떡 일어나 친
구의 책을 빼앗았다.

"아, 안 돼!"

옆을 보니 김 소장은 여전히 깊은 잠에 빠져 있었다. 덥지
도 않은가? 나는 다시 그 옛날의 추억 속으로 빠져 들었다.

아래 사타구니가 너무 뜨거웠다. 검은 색은 햇빛을 유난
히 잘 받는다며 볼록렌즈를 가지고 실험을 했던 기억이 났
다. 아마도 국민학교 4학년 때 '자연'시간이었을 것이다. 검
정 먹지 위에 볼록 렌즈로 햇빛을 모아 불을 붙이는 실험이
었다. 조금 지나자 연기가 나면서 불이 붙었다. 내 사타구니
에도 불이 붙지나 않을까?

"뭔데 그러니?"

"아이, 얘. 은영아. 이리 줘. 달란 말야."

숙영이는 거의 울상이 되어서 내게 책을 달라고 통 사정

을 했다. 그러면 그럴수록 나의 호기심은 점점 더 커져만 갔다. 내가 책을 빼앗아 보니 표지가 누런 시멘트 포장 종이로 되어있는 꽤 두꺼운 만화책이었다. 다음 장을 넘기자 제목이 나타났다. 〈만화 꿀단지 3〉이라고 씌어 있었다. 목차를 보니 1. 하숙집 아줌마 낮잠 자네, 2. 옆집 여대생의 속옷, 3. 꿀 빨아먹기, 4. 나 미쳐! … 대충 이런 제목들이었다.

숙영이는 얼굴이 빨개진 채로 고개를 푹 숙이고 있었다. 책장을 넘기자 그 속에는 남자와 여자가 뒤엉켜 있는 낯 뜨거운 장면들이 널려 있었다. 아마도 삼류 만화가가 그린 모양으로 그림도 아주 조잡했다.

"숙영아, 너 이 책 재미있니?"

"응."

"너 이런 책들 읽느라고 날마다 수업시간에 그렇게 졸고 그러는구나."

"응."

숙영이는 울먹울먹하면서 내 말에 순순히 대답했다. 나는 숙영이가 역겨워졌다. 이런 추잡한 만화책이나 보는 아이가 내 친구라니. 당장 내일이라도 날이 밝으면 떠나야지….

"미안해, 은영아. 앞으로 다시는 이런 책 보지 않을게."

숙영이는 마치 자신이 큰 죄를 지은 것 마냥 연신 손을 비비며 쩔쩔맸다. 그래. 내가 용서해주자. 어쨌든 착한 아이니까. 우리들은 나란히 누워서 라디오를 들었다. 당시 제일 인기 있었던 '별이 빛나는 밤에', 흔히 우리들이 '별밤'이라고 부르던 프로가 진행되고 있었다.

라디오는 아버지가 일본에 가셨을 때 막내딸인 나에게 선물로 주려고 사 오신 일제 내셔널 트랜지스터 라디오였다. 껍데기를 밤색 가죽으로 씌운, 국내에서는 좀 체로 구하기 힘든 제품이다. 나는 언제나 밤이면 이 라디오를 끼고 잤다. 싫긴 했으나 숙영이가 상처를 받을 것 같아서 숙영이의 손을 꼭 잡고 음악을 들었다. 라디오는 나중에 잠드는 사람이 끄기로 했다.

한참을 자고 있는데 가슴이 너무 답답했다. 눈을 뜨고 정신을 차려보니 숙영이가 내 젖 가슴께를 더듬고 있었다. 다른 손으로는 자기의 사타구니를 만지는 모양이었다. 자위를 하고 있는 게 틀림없어 보였다.

나는 너무나 놀라서 가슴이 쿵쾅거렸다. 어떻게 해야 할까, 하고 생각하다가 그래도 숙영이가 눈치 채지 못하게 살며시 옆으로 몸을 돌렸다. 숙영이는 자위가 이제 막 절정에 이른 모양이었다. 숨이 점점 가빠지더니 끙끙~ 하는 신음소리도 냈다.

내일은 무슨 일이 있어도 떠나야지, 하면서 다시 잠을 청했다. 아까 자기 전에 용서해 주리라고 마음먹었던 것도 후

회되었다. 숙영이가 이런 아이인지도 모르고 여기까지 찾아온 내가 한심하게만 느껴질 뿐이었다.

한참을 자다가 다시 잠에서 깼다. 저녁에 닭 칼국수를 많이 먹었는데 그게 너무 짰던 생각이 났다. 자기 전에 물을 몇 번이나 들이켰는지 모른다. 그래서 오줌이 마려웠던 모양이다. 숙영이네는 화장실을 뒷간이라고 불렀는데 그곳은 집을 돌아서 한참을 가야만 있었다. 밤에 거기까지 무서워서 어떻게 가느냐고 했더니 숙영이가 손전등을 준비해 주었다.

이리저리 손을 더듬어 손전등을 찾았으나 어디 있는지 손에 잡히지 않았다. 이번에는 벽을 더듬어 형광등 스위치를 찾았다. 불을 켜자 몇 번을 껌벅껌벅 하더니 마침내 형광등에 불이 들어왔다. 갑자기 밝은 불빛에 나는 잠시 눈을 찡그리고 있어야만 했다.

도저히 화장실까지 갈 자신이 없어서 문을 살며시 열고 운동화를 집어 들었다. 뒤란 쪽으로 나 있는 쪽문을 열고 뒤란의 장독대 앞까지 와서 쪼그리고 앉아 오줌을 쌌다. 오줌은 한참이나 나왔는데도 도대체 그칠 줄을 몰랐다. 소리도 너무 요란했다. 나는 집안 식구들, 특히 부모님과 함께 안방에서 잔다는 윤석이가 들을까봐 걱정이 되어 중간에 몇 번이나 찔끔거려야만 했다.

방안에 들어와 보니 숙영이는 하얀 궁둥이를 모두 드러내

놓은 채로 홋 이불도 걷어차 버리고 잠들어 있었다. 모기장을 들추고 누우려고 하는데 숙영이의 하얀 허벅지 옆에 무언가 시커먼 것이 보였다. 고개를 숙여서 보니 손가락 세 개 정도 굵기의 가지였다. 다시 내 가슴이 쿵쾅거렸다. 불을 끄고 누웠는데도 여간해서 잠이 오지를 않았다.

다음 날 아침은 내가 숙영이 보다도 더 늦게 일어났다.

햇볕에 너무 오랫동안 노출된 것 같아 혹시 화상을 입지나 않을까 걱정이 되어 일어나서 옷을 챙겨 입으려고 생각하니 너무 아쉬운 마음이 들었다. 이대로 가야 하나? 이 좋은 곳에서 그냥 떠나다니. 아무렴, 그냥 갈 수가 있나. 아직도 해가 넘어가려면 한 시간 이상은 더 남았는데. 나는 김 소장을 흔들어 깨웠다.

그가 끙! 소리를 내면서 힘겹게 눈을 떴다. 그는 나의 벌거벗은 몸을 보더니 손사래를 치고는 다시 눈을 감았다. 곧바로 코고는 소리가 또다시 요란하게 들리기 시작했다. 어제 밤에 신규 공사 관계로 군인들과 밤을 새워가면서 술을 먹었다는 말이 거짓은 아닌 모양이었다. 나는 하는 수없이 옷을 입고 파라솔 밑에 편하게 앉았다. 다시 고등학교 시절 숙영이네 집에서의 여름방학 추억 속으로 빠져들었다.

아침을 먹고 떠날까 말까 망설이고 있는데 윤석이가 산에 나무를 하러 가는데 함께 가지 않겠느냐고 한다. 숙영이도 같이 가자고 했더니 나보고 혼자만 다녀오란다. 숙영이는 밥을 먹는 내내 고개를 들지 못하고 있었다. 친구가 너무 안돼 보여서 계획대로 내일 떠나기로 했다. 오늘 밤에 함께 자면서 좀 더 자세히 물어 보아야지. 그래도 내가 도와주지 않으면 누가 도와줄까.

집 뒤로 가자 작은 산이 나왔다. 윤석이가 지게를 지고 앞장서고 나는 그 뒤를 따랐다. 나는 민소매의 흰색 면 티와 흰색 치마를 입었다. 밑에서 볼 때는 작은 산인 것 같았는데 올라가면서 보니 그래도 꽤 큰 산인 모양이다. 한참을 올라가니까 앞과 옆이 탁 트인 넓은 마루터기가 나왔다. 밑에는 솔잎이 푹신하게 깔려 있고 위에는 아름드리 소나무들이 빽빽하게 자라 있었다.

윤석이가 검정색 학생복을 벗어서 깔고 앉으라며 내게 건네주었다. 그 아이를 처음 보았을 때는 한여름에 웬 겨울옷을 입고 있을까 하고 의아해 했지만, 지내보니 겨울 학생복이 이래저래 꽤 쓸모가 많다는 사실을 알게 되었다.

눈을 들어보니 바로 앞에는 구불구불 냇물이 흐르고 있고, 냇물 건너편으로는 끝도 없이 넓은 들판이 펼쳐져 있었다. 파란 들판을 보면서 한 시간가량을 있었던 것 같다. 웅얼

거리는 노랫소리가 들려오는가 싶더니 어느 사이에 지게 하나가득 나무를 해서 짊어진 윤석이가 나타났다. 나무를 베면 잡혀 간다고 했다. 그래서 나무는 벨 수 없고 바닥에 떨어진 낙엽이나 죽은 나무의 뿌리 같은 것들을 모은다는 것이다. 그래도 슬쩍슬쩍 조금씩은 나무 가지를 베기도 한단다.

　윤석이는 지게를 받쳐놓고 내 앞에 섰다. 검정 학생복 바지에 러닝셔츠는 누렇게 땀에 절어 있었어도 얼굴만은 구김살이 없이 천진스러워 보였다. 나와 함께 있는 것이 마냥 기쁜 모양이었다.

　"누님, 나가 시방 노래를 불러보고 잡은 디, 한 가락 뽑을 것잉 게 들어 보실랑가요?"

　"그려. 뽑아 보드라고."

　"워매. 누님은 원제 고로코롬 사투리를 배워 뿌러써야?"

　"느그 누님에게서 배워 뿌랐제."

　우리들은 배꼽을 잡고 깔깔거리며 웃어 제쳤다. 잠시 후 윤석이가 내 앞에 서서 자세를 바로 잡더니 헛기침을 두어 번 했다. 그리고는 굵직한 목소리로 노래를 뽑아댄다.

　"물위에 떠어 있는 황혼으 조오각 배 말없시 거어니는 해변으 여어인아~."

　내가 박자를 맞추어 주자 신이 나는 모양이다. 노랫소리가 더욱 커졌다. 마치 온 산이 떠나갈 것만 같다.

"바람에 나부끼는 머리카락 사아이로 황호오네 무울들은 여어어인으 누운동자 조용히 속삭이는 조개들으 옛이야 그…"

윤석이의 노래는 '해변의 여인'의 전라도 버전이었다.

대문을 막 들어서자마자 어디선가 요란한 새소리와 함께 새 한 마리가 날아오더니 윤석이의 어깨위에 앉았다. 윤석이가 나를 보고 씩 웃었다. 그 웃음은, 어때요? 나 대단하지요? 라고 말하고 있었다.

나무 짐을 부엌에 들여 놓더니 날보고 뒤란으로 가잔다. 새는 부엌으로 들어가기 전에 어디론가 날아가 버렸다. 집에는 아무도 없었다. 외양간 앞을 지나서 뒤란으로 갔다. 외양간에서 퀴퀴한 냄새가 났다. 소는 끌고 들로 나갔는지 집에 없었다. 이렇게 불과 스무 걸음 정도밖에 되지 않는 가까이에서 소와 사람이 함께 살고 있다는 게 신기하게 느껴지기만 했다.

나는 뒤란 장독대를 지나면서 어제 밤에 내가 싼 오줌의 흔적이 있을까봐서 가슴이 조마조마 했다. 낮에 보니 장독대 앞은 가지 밭이었다. 다행히 그 아이는 가지 밭을 그냥 훌쩍 지나쳤다. 내가 곁눈질로 보니 오줌자국은 보이지 않았다. 어쩌면 내가 오줌 눈 자리를 정확히 알지 못하고 있는지도 모를 일이다.

가지 밭 옆으로는 꽤 넓은 배추밭이 있었다. 윤석이가 배추 밭에서 무엇인가를 잡아내고 있었다. 치마를 걷고 쪼그리고 앉아 자세히 살펴보니 배추 잎 사이사이에 배추색깔과 비슷한 벌레가 꽤 많이 붙어 있었다. 벌레잡기를 마친 윤석이가 앞마당으로 가면서 휘파람 소리를 냈다.

그러자 어디서 있다 왔는지 조금 전의 그 새가 때깟! 때깟! 소리를 내면서 다시 윤석이의 어깨 위에 내려앉았다. 손가락을 내밀자 신기하게도 그 위로 옮겨 앉는다. 지금껏 이렇게 가까이서 새를 바라보기는 처음이었다.

새는 고개를 한쪽으로 돌리더니 한 눈으로 나를 바라보았다. 마치 '아가씨는 누구세요?'라고 묻고 있는 것만 같았다. 윤석이가 손바닥 안에 있는 배추벌레를 새의 주둥이 앞에 내 밀었다. 그러자 그 놈은 순식간에 열댓 마리나 되는 배추벌레를 콕콕 찍어먹더니 또다시 어디론가 날아가 버렸다.

"저건 때까치라고 하는 새랑게. 나가 올 봄에 저그 까마득허니 높은 버드나무 위에서 잡았지라. 아조 빨간 놈을 데리고 와서 내가 키웠어야."

나는 숙영이의 방문을 열어 보았다. 숙영이는 또 쿨쿨거리며 낮잠을 자고 있었다. 덥지도 않은가? 방문도 꼭꼭 닫아 놓은 채로. 우리들은 자고 있는 숙영이를 깨웠다. 잠만 잔 것이 미안했는지 점심은 숙영이가 하겠다고 나섰다. 커다란 양푼에 보리가 절반쯤 들어간 밥과 열무김치를 넣더니 장독에서 퍼온 고추장을 듬뿍 넣고 썩썩 비볐다. 거기에 참기름을 한 숟가락도 넘게 넣었다.

우리들은 툇마루에 걸터앉아 비빔밥을 게걸스럽게 먹어대기 시작했다. 윤석이가 시뻘건 고추장이 묻은 입을 손으로 쓱 문질러 닦더니 우리들 앞에 섰다. 오후에는 물놀이를 가잔다. 숙영이가 양푼을 두드리며 '그거 조오체' 하고 장단을 맞추어 주었다.

윤석이가 집 앞에 가서 어느 틈에 자기 머리통만한 수박을 따가지고 들어왔다. 윤석이는 족대와 수박을 들고 앞장섰고 나와 숙영이는 깡통과 검정 우산을 들고 그 뒤를 따랐다. 우리들은 모처럼 서울 평화시장에서 산 줄무늬 티셔츠와 흰바지를 세트로 입었다. 한 여름의 시골 동네는 정말 쥐가 죽은 듯이 고요하기만 했다. 사람들도 눈에 띄지 않았다. 모두 논으로 밭으로 나간 모양이었다.

동네를 지나 작은 산을 끼고 빙 돌아가니까 앞으로 커다란 제방이 나타났다. 한 30분은 온 것 같았다. 해는 무척 따가웠으나 밀짚모자를 쓰고 있어서 견딜 만 했다. 제방 위에 올라서자 앞에 푸른 냇물이 보인다. 냇가의 건너편으로는 하얀 모래사장이 넓게 펼쳐져 있었다.

주변에 사람들이라고는 우리 밖에 없었다. 윤석이가 앞장서서 걸어가며 설명해 주었다. 여기는 너무 깊어서 건널 수가 없고 얕은 물을 찾아 가려면 20분 정도를 더 올라가야 한다는 것이었다.

드디어 우리들이 놀 장소에 다 왔단다. 냇가의 건너편을 보니 지금까지 우리들이 지나쳐 왔던 냇가보다 훨씬 더 넓게 모래가 깔려 있었다. 제방을 아슬아슬하게 뛰어내려와 바로 앞에 물이 찰랑거리는 둑까지 왔다. 윤석이가 먼저 물속에 들어가더니 숙영이보고 무등을 하란다. 물은 그 아이의 어깨 위에서 찰랑거렸다.

숙영이는 그 자리에서 바지를 홀떡 벗더니 팬티만 걸친 채로 자기 동생의 어깨 위에 올라탔다. 물의 깊이가 들쭉날쭉한지, 어떤 곳에서는 물이 바로 윤석이의 목에까지 차기도 했다. 한손에는 신발을 들고 다른 손에는 검정 우산을 든 숙영이의 모습도 아슬아슬하기만 하다. 윤석이의 몸이 점점 더 많이 드러나기 시작하더니 드디어 건너편에 자기 누나를 내려 주었다. 숙영이가 나를 보고 빨리 건너오라고 손짓한다.

이번에는 내 차례다. 나는 바지를 무릎까지 걷어 올린 채로 윤석이의 어깨 위에 앉았다. 윤석이가 발을 움직일 때마다 찰랑대는 물이 얼마나 무섭던지 빡빡이 머리통을 부서져라하고 힘껏 붙잡았다. 윤석이의 이마에서 울퉁불퉁한 여드

름이 느껴졌다. 그래도 물은 맑기만 했다. 물속에 있는 하얀
자갈과 모래가 또렷하게 보였다. 이번에는 아까보다 시간이
훨씬 더 많이 걸렸다. 윤석이가 일부러 천천히 걷고 있는 모
양이었다. 내 발목을 꼭 잡고 있는 따스한 체온이 느껴졌다.

"누님은 어찌코롬 발이 이다시 귀엽다냐. 아마도 누님이
핵교에서 젤로 이쁠 것이고만."

드디어 철벅거리는 소리가 나더니 나를 하얀 모래사장에
내려주었다. 윤석이는 그 후에도 두 차례나 더 냇가를 건너
가서 수박과 족대를 가지고 왔다.

윤석이가 한쪽에 옷을 벗어 놓고 팬티만 걸친 채로 우리
에게로 왔다. 고기를 잡으러 가잔다. 벗은 몸매는 아주 단단
해 보였다. 떡 벌어진 가슴은 우리들의 젖가슴만큼이나 나
왔다. 날마다 역기를 해서 그렇단다. 숙영이는 우리 둘이만
다녀오라면서 자기는 우산 밑에서 잠을 더 자겠다고 했다.
그 소리를 듣자 윤석이가 퍽이나 좋아했다.

나도 팬티와 브래지어 차림으로 윤석이를 따라갔다. 윤석
이가 냇가 가장자리 풀이 있는 곳을 뒤지기 시작했다. 나는
그 아래쪽에서 깡통을 들고 서 있었는데 발뒤꿈치 사이로
모래가 살며시 빠져 나가는 느낌이 참 좋았다.

한 번 족대를 뜰 때마다 고기가 열 마리도 넘게 잡혔다. 그
럴 때마다 나는 소리를 질러댔다. 윤석이는 내가 호들갑을

떠는 게 퍽이나 좋은 모양이다. 깡통 속에 고기를 넣으면서 하나하나 설명해 주었다.

"요놈은 붕어, 요놈은 피라미, 요놈은 버들치라고 하지라."

"버들치? 참 예쁘기도 하네."

"요놈은 물방개인디 발이 아주 날카롭당게. 만지면 물어야."

우리들은 그렇게 한참 동안이나 냇가를 거슬러 올라갔다. 냇가 주변으로는 3면이 온통 끝없이 펼쳐진 초록색의 논이었다. 남쪽 편만 제방과 산에 가려서 보이지 않을 뿐이었다.

"누님, 내일 가실랑가요?"

"응."

"쪼개 더 있다 가시제라우. 내는 누님과 더 많이 있고 잡은디…"

윤석이는 나와 헤어지는 것이 많이 섭섭한 모양이었다. 말을 듣지 않아도 그 마음을 이해할만 했다. 나는 좋은 말로 달래 주었다.

"내년에 또 올게. 윤석아."

"나가 서울 가면 만나 줄랑가요?"

"그럼. 언제든지 환영이지."

윤석이의 표정이 밝아졌다. 이때 숙영이가 우리 쪽을 보고 소리 질렀다. 아마도 더위에 잠은 오지 않고 혼자서 심심했던 모양이다.

"야! 느그들 거그서 뭐 한다냐? 싸게 와서 수박 먹드라고."

우리들은 숙영이가 있는 곳으로 와서 우산 밑에 앉았다. 숙영이가 깡통 속을 들여다보더니 소리 지른다.

"워메! 징하게 많이도 잡았어야. 뭔 고기가 요로코롬 많다냐?"

윤석이가 냇물 속에 넣어 두었던 수박을 가지고 와서 우리 앞에 놓더니 주먹으로 내리쳐서 단번에 박살을 냈다. 그 중 제일 큰 것을 내게 주었다. 정말 수박 맛이 꿀맛이었다.

우리들은 수박씨를 훌훌 뱉어 내면서 수박을 먹었다. 윤석이는 모래사장 속에 수박 껍질을 모두 파묻더니 자기는 저 밑 깊은 곳에 가서 수영을 하고 오겠단다. 동생이 저만큼 내려가자 나와 숙영이는 팬티와 브래지어를 벗고 알몸이 되어 옷을 말리기 시작했다. 멀리서 보이지 않도록 우산으로 앞을 가려 놓았다. 그렇게 또 한참을 지나자 윤석이도 혼자서 노는 게 심심했는지 우리 쪽으로 어슬렁거리며 올라오기 시작했다.

"야, 안돼야. 쪼깨 천천히 올라 오랑께로."

숙영이가 고래고래 소리치고 있었다. 우리들은 서둘러서 옷을 입었다. 팬티와 티셔츠는 어느 사이에 다 말라 있었지만 바지와 브래지어는 아직도 물기가 많이 남아있었다.

오는 길에 제방 위 파란 풀이 빽빽하게 나있는 곳에 앉았다. 윤석이와 숙영이는 토끼풀이란다. 서울에서는 크로버라고 하는데. 하늘에는 흰 구름이 두둥실 흘러가고 있었다. 숙영이가 '노래 말 이어가기'를 하자고 하더니 자기가 먼저 선창을 하기 시작했다.

"동구 밖 과수원길 아카시아 꽃이 활짝 폈네. 하얀 꽃 잎사귀 눈송이처럼 날리네."

응? 아카시아? 그렇다면 이번에는 내가 해야지.

"고향 땅이 여기서 얼마나 되나. 푸른 하늘 맞닿은 저기가 거긴가. 아카시아 꽃잎이 바람에 날리니 고향에는 지금쯤 뻐꾹새 울겠네."

누가 먼저 선창을 하면 곧바로 모두가 따라서 합창을 했다. 이번에는 윤석이가 나섰다.

"코스모스 피어있는 정든 고향역, 이쁜이 꽃분이 모두 나와 반겨 주겠지."

역시 윤석이는 뽕짝 체질인 모양이다. 발도 까딱까딱하면서 어쩌면 그렇게도 박자를 잘 맞추는지 옆에 있는 우리까지도 저절로 흥이 났다. 그렇게 열곡 가까이를 한 것 같았다.

정말 지금 생각해 보아도 내 일생에서 가장 평화로웠던 때라고 기억되는 오후였다.

천하제일 명당을 뒤로하고 해가 뉘엿뉘엿 넘어갈 즈음에 우리는 산을 내려왔다. 차로 30분가량을 오니까 길옆에 '승리가든'이라는 고기집이 보였다. 김 소장이 차를 그쪽으로 대면서 저녁을 먹고 가잔다. 주차장에는 군용 앰뷸런스 한 대와 아반떼 승용차 한 대가 서 있었다. 나는 별로 생각이 없었으나 말없이 그의 뒤를 따라 들어갔다.

이런 산 속에서도 장사가 될까? 그런 나의 의구심과는 반대로 홀 안에는 두 테이블에 군인들이 앉아서 고기를 구워 먹고 있었다. 에어컨 바로 앞에는 중위 한 명과 병사 두 명이 앉아 있었고, 거기서 몇 테이블 건너 쪽에는 부사관이 병사와 마주보며 고기를 뒤척이고 있었다.

식당 안은 꽤 넓었으므로 우리들은 그들과 멀찍이 떨어져서 창가 쪽에 자리를 잡고 앉았다. 나는 물냉면을 시켰고 그는 비빔냉면을 시켰다. 어떻게 이런 산 속의 구석구석까지도 다 알고 있을까? 궁금해서 그것부터 물어 보았다.

그의 대답인 즉, 이 사장이 3년 전에 이쪽의 현장소장으로 가라고 발령을 내더니 따로 불러 은밀히 지시하더란다. 가서 될 수 있으면 전방 쪽으로 경치 좋은 산을 물색해 놓으라고.

이 사장의 말에 의하면 앞으로 10년 내에 남북한이 틀림없이 통일된다는 것이었다. 그래서 평일은 물론이고 휴일에도 화천과 양구 일대의 산을 보러 쏘다녔는데 그 중에서 가장 좋은 곳 몇 군데를 골라 그에게 추천했다는 것이다. 그 산들을 샀는지 어쩐지 그 후의 일은 모른다고 했다. 윗사람이 시키지 않은 일은 알려고 하면 안 되는 게 그들 조직의 불문율이란다.

냉면을 먹으면서 이런 저런 이야기를 하며 TV도 보다보니 어느 사이에 여덟시가 되어 있었다. 이제 식당에는 우리 밖에 없었다. 솔직히 냉면 맛은 빵점이었다. 우리들은 차에 올라타서 집으로 향했다. 이제 30분만 더 가면 우리 집이다. 왠지 그와 이대로 헤어지기가 섭섭하다는 생각이 들었다. 뭔가 좀 덜 채워진 느낌이었다. 다시 내 안에 있는 악마가 고개를 들기 시작한 것이었다.

지난주에 준영이가 왔을 때 최 목사님 앞에 가서 축복기도를 받던 아들과 며느리를 생각했다. 가평에서도 일 년 동안이나 발길을 끊었던 교회였다. 여기에서도 교회 근처에는 얼씬도 하지 않았었다.

최 목사님은 준영이와 수정이가 무릎을 꿇고 서로 손을 꼭 잡게 한 후 준영이의 머리에 손을 얹고 축복기도를 해 주셨다. 하나님 아버지, 이들이 앞으로 한 세상 살아갈 때에 모진 풍파 있으면 손잡고 이끌어 주시고, 평탄할 때는 감사기도하게 해 주소서. 늘 집에서 이들을 위해서 기도하시는 두 분 집사님들의 기도를 잊지 않고 살아가는 자녀들 되게 해 주소서.

그 순간 나도 모르게 눈물이 뚝뚝 떨어졌다. 이제 다시 교회에 나가야 하겠다는 마음도 들었다. 그러나 그런 감동도 그날 하루뿐이었다.

며칠 전 화요일에도 몸을 섞지 않았던가. 그날은 남편이 서울을 간 날이었다. 남편은 출판관계 일로 한 달에 한번 씩 서울을 간다. 사람들을 만나기도 하고 파주 창고에도 다녀온다. 보통 아침 일찍 떠났다가 밤 12시 가까이나 돼서 돌아오곤 하는 고된 일정이었다.

오랜만에 남편도 없으니 얼마나 홀가분한지 몰랐다. 항상 감시카메라가 여기저기서 비추고 있는 것 같았는데, 모처럼만에 남편이 집에 없다 생각하자 내 세상이 된 기분이었다.

은미도 학원에 가고 없는 오후 시간이었다. 지금껏 그와 수없이 육체관계를 가졌지만 그날처럼 내가 적극적으로 몸을 내맡긴 적도 없었다. 얼마나 소리를 질러댔는지 모른다. 아마 큰 길 도로가에서도 다 들렸을 것이다.

준영이와 수정이가 목사님으로부터 축복기도를 받던 그날의 감격을 생각했더라면 화요일에 그 짓을 했어도 안됐을 것이고, 오늘 김 소장과 이렇게 산을 마구 헤집고 돌아다녀서는 더더욱 안 될 일이었다. 또다시 하나님께 큰 죄를 지었구나, 하는 자책감이 밀려왔다. 내 마음대로 되지 않는 내가 너무 미웠다. 아, 내 몸 속에는 정말 악마가 들어 있나 봐.

그 말! 그 말은 바로 삼십 몇 년 전 여름 방학 때, 숙영이가 내게 한 고백이었다.

"은영아, 내 몸 속에는 악마가 들어있나 봐. 나 정말 나쁜 아이지, 그렇지?"

숙영이네 집에서 자는 마지막 밤이었다. 저녁은 마당에서 멍석을 깔고 호박푸래기라고 하는 호박죽을 먹었다. 설탕을 넣지 않고 만들었다는 데도 어쩌면 그렇게도 달콤하던지, 정말 꿀맛이라는 표현이 딱 들어맞는 별미였다. 이런저런 이야기를 하다가 윤석이와 헤어져서 방으로 왔다.

방에는 이미 모기장도 쳐있었고 모기약도 잔뜩 뿌려 놓았다. 모기약은 유리병 속에 든 것을 빨대 같은 것에 입을 대고 뿌리는 방식으로 서울에서는 쓰지 않는 구식이었다. 여기저기 죽은 모기와 파리들이 뒹굴고 있었고 어떤 놈들은 아직 덜 죽은 모양인지 윙윙거리며 바닥에서 버둥대고 있었다. 그 중에는 꽤 큰 풍뎅이도 보였다.

오늘 밤에는 숙영이와 깊이 있는 이야기를 해 보리라 마음먹고 일찍 불을 끄고 누웠다. 별밤도 듣지 않기로 했다. 서로 손을 꼭 잡았지만 먼저 말을 꺼내기가 어려웠다. 마치 내가 짓궂은 아이처럼 친구의 아픈 곳을 일부러 건드리는 것만 같았다. 그래도 혹시 내가 도움을 줄 수도 있지 않을까?

"숙영아, 너 그 짓 언제부터 했니?"

"꽤 오래되었어…. 중학교 2학년 때부터."

"그게 재미있어?"

"…… 응. 요즘은 하루라도 안하면 참을 못자."

아, 내 친구가 자위에 아주 중독이 되었구나. 이 일을 어쩌면 좋을까. 그래도 좀 더 알아야지 어떤 해결방법도 찾아 낼 수 있지 않을까? 꼬치꼬치 묻기가 힘이 들었는데 뜻밖에도 숙영이가 자진해서 털어 놓는 것이었다. 아마도 아무에게도 이런 고백을 하지 못하다가 모처럼 절친한 친구에게 이야기를 꺼내다 보니 자신도 모르게 술술 나오는 모양이었다.

"처음에는 일주일에 한 두 번씩 했었어. 그것도 그냥 손가락만 가지고. 그런데 고등학교에 올라오고 나서부터는 무언가를 그 속에 집어넣지 않으면 쾌감을 느끼지 못하는 거야. 그래서 네게는 정말 부끄럽지만… 가지나 오이 같은 것을 가지고 할 때도 있고, 어떤 때는 연필이나 고무지우개 같은 것을 넣을 때도 있어. 아무리 안 하려고 해도 도저히 그 유혹을 뿌리칠 수가 없어. 은영아, 내 몸 속에는 악마가 들어있나 봐. 나 정말 나쁜 아이지, 그렇지?"

숙영이는 거기까지 말을 해 놓고는 기어코 훌쩍거리며 울기 시작했다. 갑자기 동네에서 개 한 마리가 컹컹거리며 짖기 시작하자 온 동네의 개들이 따라서 짖어댔다. 한 밤중에 개들이 마치 합창대회라도 하는 모양이었다.

나는 숙영이가 가련해서 어깨를 꼭 끌어안아 주었다. 그런 후에 나의 얄팍한 성지식을 총 동원해서 숙영이를 위로해 주었다. 어쩌면 숙영이도 다 알고 있는 내용일지도 몰랐다.

"숙영아, 그게 꼭 나쁜 짓만은 아니라고 들었어. 그런 충동이 일어나는 것은 오히려 몸이 건강하다는 증거래. 그런 내용을 어떤 전문적인 책에서 본 적이 있어."

"정말?"

어둠 속에서도 숙영이의 기뻐하는 모습이 눈에 보이듯 선명하게 떠올랐다. 숙영이는 의외로 이 방면에 지식은 없는 듯 했다. 나는 자신감을 갖고 이야기를 계속해 나갔다. 집으로 매월 배달되는 〈여학생〉이라는 월간지에서 그런 특집기사를 가끔씩 읽었던 기억이 났다.

"응, 그런데 정작 나쁜 것은 그 짓을 하면서 죄책감을 갖고 자신을 학대하는 거라고 들었어. 우선 그런 충동이 일어나기 전에 마음을 잘 다스리는 게 중요하대. 가령 잠을 자기 전에 건전한 책을 많이 읽어서 그런 생각이 날 여지를 사전에 차단해 버리는 것도 하나의 방법이랬어. 눈이 피곤하니까 졸릴 것이고 그러면 곧바로 잠이 들 것 아니겠니? 아니면 라디오를 듣다가 잠을 잘 수도 있고. 그래도 그런 생각이 나

면 다른 건전한 취미를 개발해서 자위하는 횟수를 점차 줄
여보는 것도 방법이랬어."

"어쩜 은영이 너는 모르는 게 없니."

"우리 집에 아주 좋은 책들이 많아. 너도 읽으면 틀림없이
푹 빠지게 될 거야. 너 서울에 오면 내가 30권정도 빌려줄
게. 그 책들 읽으면서 교양도 쌓고 그런 나쁜 습관도 끊어버
려."

"고맙다, 은영아. 그래. 그건 분명히 나쁜 버릇이지?"

"응. 장차 우리들의 2세가 들어서서 열 달 동안 지내게 될
아기집을 그런 식으로 마구 학대 하면 좋지 않겠지. 특히 정
신적으로 말이야."

그러다가 나는 스르르 잠이 들었다. 숙영이가 그 밤에도
자위를 했는지, 또 그런 행위가 그 이후에도 계속됐는지는
알 수 없다. 왜냐하면 3학년에 올라가면서 숙영이는 취직반
으로, 나는 진학반으로 갈려서 더 이상 깊이 있는 대화는
해 보지 못했기 때문이다. 그러나 내가 기억하는 사실 하나
는, 2학년 겨울 방학이 시작되기 며칠 전 숙영이가 그 책들
을 다 읽었다면서 우리 집으로 가지고 왔다는 것이다. 그날
숙영이는 내 서가 여기저기에서 한 참을 고르더니 또다시 많
은 책들을 빌려갔다.

10.
최악의 결혼기념일

"흥, 다 때려 치워! 누가 이따위 케이크 먹고 싶대?"

대리석 식탁 위에 놓여있던 작은 케이크가 사방으로 나가 떨어졌다. 하얀 크림이 싱크대 문짝과 다리에 묻고 부엌바닥은 크림으로 엉망이 되었다. 작은 초 30개는 불도 붙여보지 못한 채 여기저기에 나뒹굴었다.

"내가 그랬지? 결혼기념일 선물 같은 것 필요도 없다고. 흥! 이게 다이아반지고 크루즈 여행이야?"

그 소리와 동시에 이번에는 쇼핑백 속에 있던 잠옷이 모노륨 바닥으로 떨어졌다. 비비안이라는 상표가 인쇄된 쇼핑백은 부엌 한쪽 구석에 있는 쌀통 옆으로 처박혔다. 결혼 30주년 기념선물이라고 오전에 내가 춘천에 가서 고르고 또 골라 사온 핑크빛 잠옷이었다. 케이크와 잠옷이 바닥에 나뒹굴듯이 내 자존심도 무참히 짓밟혔다.

이번 결혼기념일을 앞두고 많이 고민했었다. 더 큰 선물을 할 수도 있었지만 아직은 그럴 때가 아니라고 생각하고, 그래도 내 나름으로는 정성껏 준비한 선물들이었다.

사업을 시작하면서 앞으로 돈을 많이 벌어 1캐럿짜리 다이아 반지를 사주겠다고 큰소리쳤었다. 또 30주년 기념일에는 유럽의 지중해 연안을 한 달간 크루즈로 여행하자고 한 것도 다 내 입에서 나온 말이었다. 그러나 사업은 내가 큰 소리치고 시작한 것만큼 잘 되지 않았다. 그래서 2년 전부터는 더 이상 결혼 30주년 기념일에 대해서 말하지 않았다.

아내는 벌떡 일어나더니 찬바람을 일으키면서 밖으로 나가버렸다. 힐끗 돌아보는 눈에 담겨있는 심한 멸시! 나는 얼마간을 그렇게 멍하니 케이크와 잠옷을 바라보고 있었다. 심장이 터져나갈 듯이 마구 방망이질 해댔다. 잠시 후 나는 부들부들 떨리는 손을 움켜쥐고 휘청거리며 여관 옥상으로 향했다.

9월 15일, 밖에는 가을비가 추적거리며 내리고 있었다. 옥상 시멘트 바닥에 철썩 앉자 궁둥이에 차가운 빗물이 스며들었다. 머리로 얼굴로 빗물이 흘러내렸다. 눈물도 따라 흘렀다. 아, 내가 왜 이렇게 되었을까? 아내는 왜 그렇게 변했을까? 나의 입장을 이해해주고 함께 노력할 수는 없는 것인가?

열 시도 훨씬 넘은 시간이었다. 사실은 초저녁에 선물도 주고 케이크도 자를 생각이었지만 주말이고 보니 손님들이 계속 밀려들어서 눈코 뜰 새 없이 바쁘게 지내야만 했다.

8월 말에 김 소장 네 인부들이 쓰던 방 세 개를 내보내고 수리를 했다. 그동안 저축했던 돈 천 만원 가까이를 모두 투입한 공사였다. 도배도 새로 했고 화장실의 변기나 타일, 세면대, 샤워꼭지도 모두 바꿨다. 침대와 매트리스는 물론 TV도 LCD로 새로 들여 놓았다.

그러자 벌써 서울여관의 시설이 좋다고 소문이 나면서 단골손님들이 생겨났다. 주말은 물론이고 평일에도 이번에 새로 단장한 방 세 개는 공실이 없었다. 이제 여관으로 돌리는 방은 모두 아홉 개가 되었고 월정으로 세놓은 방은 일곱 개로 줄어들었다. 앞으로도 여유가 되는 대로 김 소장네 식구들을 더 내 보내고 여관방으로 돌릴 계획으로 있었다.

여관 방 아홉 개를 모두 채우고 나니까 밤 아홉시가 넘었던 것이다. 게다가 오후에는 시간 손님도 세 명이나 있었다. 이래저래 오늘은 수입이 괜찮은 날이라고 내심 기분이 들떠서 지냈다. 아내도 내 선물을 받으면 기뻐하겠지, 하고 기대에 부풀어 있었다. 내가 열심히 하는 것을 누구보다도 잘 알고 있는 사람이니까.

아내는 오늘 아침 늦게까지 잠을 자더니 오후에는 미장원을 다녀온다면서 집을 나갔다. 한 달 쯤 전에 우리 동네에도 미장원이 생겼다. 그보다 또 열흘 전, 그러니까 8월 초순경에 꽤 큰 룸싸롱이 문을 열었다. 이제 이곳 찰방거리에는 술집 아가씨들과 노래방에서 일하는 아가씨들만도 100명이 훨씬 넘는단다. 그러자 미장원을 해도 충분히 타산이 맞겠다고 판단한 것인지 곧바로 '파마사랑'이라는 미장원이 문을 연 것이다. 춘천에서 미장원을 하던 여자란다. 우리 집에 떡을 돌릴 때 보니 동글동글한 얼굴이 꽤나 복스러워 보였다.

아내는 머리를 빠글빠글하게 볶아서 돌아왔다. 그러나 기분이 좋은 것 같지는 않았다. 아니, 오히려 가기 전보다 더 기분이 나빠져 있는 것 같았다. 내게 머리 스타일이 어떠냐고 물어보지도 않았다. 서로 간에 원수처럼 지낼 때에도 언제든지 미장원을 다녀온 후 그 질문만은 빼 놓지 않았던 아내였다.

"나 머리 어때?"

나는 쏟아져 내리는 비를 맞으며 엉엉 소리 내어 울었다. 내가 왜 이렇게 되었을까. 도대체 내 꼴이 이게 뭔가. 어찌하여 내가 아내로부터 이런 대접을 받아야만 하는가. 고개를 무릎 사이에 처박고 통곡을 했다.

갑자기 죽고 싶다는 생각이 들었다. 이렇게 아내로부터 무시를 당하고 사느니 차라리 죽는 게 더 편할 것만 같았다. 자기 목숨을 스스로 끊는다는 건 하나님께 죄를 짓는 행위라고 믿어오던 나였다. 그러나 지금은 그런 것도 다 귀찮아졌다. 도대체 왜 믿음을 지켜야 하는가, 하는 회의까지도 들었다. 나 한 목숨 끊으면 모든 것이 다 해결될 것만 같았다.

일어나서 도로가 보이는 옥상 모서리까지 왔다. 건너편으로는 휘황찬란한 술집들의 간판만이 보일 뿐이다. 아래를 내려다보았다. 여기서 떨어져서는 죽지 않을 것 같았다. 다시 눈을 감았다. 아들 준영이가 떠올랐다. 수정이의 얼굴도 보였다. 그래도 나를 대단한 사람이라고 믿고 있는 아이들이 있는데 내가 그러면 안 되지.

어디에서부터 잘못 되었을까? 아무리 생각해도 모를 일이었다. 나처럼 열심히 하는 사람도 없는데. 내게 잘못이 있다면 출판업이라는 사양 산업에 뛰어든 잘못밖에 더 있을까? 그래도 출판사를 해서 돈을 버는 사람들이 얼마든지 있는데. 그렇다면 그것도 이유는 아닌 것 같았다. 도대체 무엇이 잘못 되었기에 우리 집안이 이다지도 편치 못할까.

그렇다. 그 대답은 바로 둔촌동 아파트에 얽힌 아내의 쓴 뿌리에 있었다. 벌써 25년 가까이 되었지만 결코 뿌리 뽑히지 않는 그 쓴 뿌리.

현대자동차에서 자동차 해외세일즈맨으로 있어 보았자 월급 외에는 나오는 것이 없었다. 해외출장을 자주 다닌다는 허울 좋은 구실밖에는. 그래서 기왕이면 빨리 집장만을 하자고 결심하고 건설회사로 옮겨서 사우디아라비아 리야드의 건설현장에서 꼬박 5년간을 근무했다.

아내는 내가 사우디에 간지 꼭 2년 만에 둔촌동에 있는 34평짜리 주공아파트를 샀다. 전세 돈에 결혼 반지와 패물까지 모두 처분하여 2,600만원을 주고 샀다고 했다. 은행융자는 400만원이 있었다. 그런데 그 아파트가 문제였다.

우리 형제는 맨 위로 누나가 있고 그 밑으로 큰형 그리고 작은 형이 있다. 누나는 당시 아모레 화장품 대리점을 하고 있었는데 나는 누나 집에서 지내면서 대학을 다니고 있었다. 누나가 나를 먹여주고 재워주며 용돈까지 주면서 대학 4년간을 공부시킨 것이었다. 내게 누나는 곧 엄마나 마찬가지였다. 어머니는 내가 아홉 살 때 돌아가셨으니까.

내가 사우디에서 마지막 휴가를 나왔을 때 누나가 우리 아파트를 담보로 넣게 해달라고 부탁해 왔다. 1985년이었나 보다, 물론 아내는 펄펄 뛰고 난리였다. 죽어도 안 된다는 것이었다. 겨우 아장아장 걷는 아들과 둘이서 남편 없이 얼마나 고생하면서 마련한 집인데, 절대로 이 집을 날릴 수는 없다는 것이었다. 나 역시도 별로 달갑지 않았다.

그러나 형들까지 가세해서 졸라대고 협박하는 데는 견딜 수가 없었다. 배은망덕도 유분수지, 누나가 너 학비 다 대주며 공부시켰는데 이제 와서 네가 누나의 공을 모른 체 하다니 그럴 수가 있느냐는 것이었다. 더군다나 그 담보는 태평양화학에 그냥 넣어만 두는 것이기 때문에 안전하다고 했다. 만약에 네가 누나의 청을 거절한다면 너는 형제도 아니라고 했다.

안 된다고 울고불고 매달리는 아내를 때려가면서까지 해서 겨우 집문서를 빼앗아냈다. 그리고는 그길로 가서 담보서류에 인감도장을 찍어 주었다. 보증금액은 2천만 원이었다. 당시 둔촌아파트의 시세가 5천만 원도 되지 않았기 때문에 그 금액이 최대한 보증을 선 금액이었다. 내가 지금껏 아내와 30년 동안 살면서 아내를 때려 보기는 그때 딱 한 번뿐이었다.

귀국해서는 사우디에서 근무할 때 미국 사람들과 일한 경험을 인정받아 미국계 무역회사에 취직이 되었다. 1980년대 당시 주5일만 근무하는 아주 좋은 직장으로 월급도 꽤 많았다. 남들이 모두 근무하는 토요일에 아내와 아들을 붉은 색 포니 엑셀에 태우고 여기저기 놀러 다닐 때 남들이 얼마나 부러워했는지 모른다. 누나의 사업도 별 탈이 없는 것 같아서 보증 서 준 것도 크게 개의치 않고 지냈다.

그러나 아내의 말이 맞았다. 그때 무슨 일이 있었어도 보증을 서지 말았어야만 했다. 그 회사에 취직하고 나서 한 다섯, 여섯 달쯤 되었을까? 어느 날 누나의 화장품 대리점이 부도났다는 청천벽력 같은 소식을 듣게 된 것이었다. 곧바로 태평양화학에서 담보권 행사를 하기 위해서 아파트를 처분하겠다는 통지서를 내용증명으로 보내왔다.

나는 태평양화학에 찾아가서 사정했다. 두 달만 참아주면 2천만 원짜리 적금을 타는 것이 있으니 그것을 타면 빚을 갚겠다는 각서를 쓰고 나왔다. 그 적금은 아내가 아파트를 사고 난 이후부터 3년간을 거의 월급 전액을 저축하여 꼬박꼬박 모은 돈이었다.

결국은 적금을 타는 날, 우리들은 손에 돈 한 푼 쥐어보지도 못하고 2천만 원이라는 거액을 누나의 담보금액으로 빼앗길 수밖에 없었다. 그때 아내의 나이는 겨우 스물아홉이었다. 아내의 심정이 오죽했을까? 어린 아들과 먹을 것 먹지 않고 아끼고 아껴가면서 꼬박 3년을 저축한 돈이다. 한참 재미있게 살아야 할 신혼 초에 말이다.

그때 둔촌아파트 34평은 5천만 원이었다. 지금은 시세가 10억이다. 단순계산으로만 하자면 지금 돈 4억에 해당되는 돈이다. 굉장히 큰돈임에는 틀림없다. 당시 사우디에서는 국

내봉급의 2.5배가량을 주었다. 지금 건설회사 과장급 3년분의 연봉에 2.5를 곱하면 얼추 비슷한 계산이 나온다. 만약에 그 돈이 있었다면 꽤 넓은 땅을 살 수도 있었을 것이고, 또는 그 돈이 씨앗이 되어서 이렇게 저렇게 꽤 큰 밑천이 되었을 지도 모를 일이다.

그러나 후회해도 소용없는 일, 나는 그 일 이후로 아예 그 돈은 없었던 것으로 치부하고 살았다. 그러나 여자는 그게 쉽지 않은 모양이다. 아내는 그것이 가슴 속에 쓴 뿌리가 되어서 시집 식구들을 두고두고 미워하고, 결과적으로는 나까지도 미워하게 된 것이다. 그 쓴 뿌리는 25년 가까이가 지난 지금까지도 뽑힐 줄을 몰랐다.

아내가 둔촌아파트를 사면서 시집올 때 받은 패물이건 다이아반지건 모두 처분했기 때문에 나는 기회가 날 때마다 돈 벌면 다이아반지를 다시 사 준다고 입버릇처럼 말했었다. 그런데 결혼 30주년이 될 때까지도 결국은 그 약속을 지키지 못한 것이다. 그것이 바로 아내가 케이크와 잠옷을 패대기 쳐 버린 이유였다.

여관에서는 이제 300만원 가까이 수익이 난다. 이번에 쓰는 소설 〈여우사냥〉이 웬만큼만 팔려주면 출판에서도 수익이 날 것이다. 그러면 더 많은 돈을 저축 할 수 있을 것이고 몇 년 내로 다시 가평으로 돌아갈 수도 있을 것이다. 아들과 수정이가 살 집은 처갓집에서 마련해 준다고 했으니까 염치 불구하고 좀 신세를 지면 될 일이다. 별로 떳떳한 일은 아니지만.

나의 이런 노력을 알아주지 않는 아내가 원망스러웠다. 시간이 꽤 지났나보다. 길에는 차도 별로 다니지 않는다. 일어나야지, 하면서 몸을 일으키는데 일어나기가 너무나도 힘이 들었다. 마치 위에서 누군가가 나를 힘껏 내리 누르고 있는 것만 같았다. 다리가 후들거린다. 여관 카운터 방으로 들어왔다. 몹시 춥다는 생각이 들었다. 계속 기침도 나왔다. 아무렇게나 쓰러져서 잠이 들었다.

집을 뛰쳐나왔다. 미쳐 돌아버릴 지경이었다. 케이크가 싱크대 문짝에 가서 부딪치고 잠옷이 어딘가로 날아갔다. 나도 거의 제 정신이 아니었다. 부엌을 뛰쳐나오면서 뒤를 돌아보니 남편이 하얗게 질려서 부들부들 떨고 있었다.

밖으로 나오니 가을비가 처량하게 내리고 있었다. 찬비를 맞으며 어느 사이에 화천서림 앞에까지 왔다. 불이 환하게 밝혀져 있는 서점 안에는 주인 남자만 혼자서 TV를 보고 있었다. 책장사는 안 되는 거야. 저 사람이나 남편이나 한심할 뿐이지. 그렇게 생각하면서 또 걸었다.

클릭 PC방 앞을 지나는데 뒤에서 삐걱삐걱 하는 요란한 소리를 내면서 장갑차들이 북쪽으로 이동하고 있었다. 한 대, 두 대, 장갑차는 모두 여덟 대가 지나갔다. 야간 훈련인 가? 비를 맞으며 장갑차 위에서 총을 겨누고 있는 국군 아저 씨. 국민학교 다닐 때 국군의 날이 가까워오면 위문편지를 썼던 기억이 났다. 용감한 국군 아저씨, 저는 서울 남산국민 학교에 다니는 윤은영이에요….

비를 맞으며 멍하니 그들의 행렬을 지켜보았다. 이제는 그 런 감동도 없다. 저 군인들은 내 아들인 준영이보다 어린 아 이들이거나 그 또래일 것이다. 길 건너편의 천일슈퍼에서 무 언가를 사들고 나오는 여인이 보였다. 싱싱한 야채도, 신선 한 생선도 없는 산골짜기의 구멍가게. 그 앞에 비를 맞으며 처량하게 서 있는 나.

또 무작정 걸었다. 산영교회의 붉은 십자가가 보인다. 아 까부터 나를 보고 손짓하고 있었는지도 모를 일이다. 어서 빨리 돌아오라고, 이제 방황은 그만 하라고. 교회 앞에 오자 형광등 불빛 아래 안내판이 보인다. 〈예배안내〉 밑으로는 새 벽기도 5시, 주일 낮 예배 11시, 주일 저녁 예배 7시. 그런 예 배시간표가 적혀 있었다. 쓴지 오래 되었는지 검정 매직의 색깔이 흐릿하다.

산영교회의 다리를 건너 집으로 돌아오면서 광주장을 지

나쳤고 그 옆의 승리군복수선을 들여다보았다. 늦은 시간인데도 주인 여자가 미싱 앞에 앉아서 열심히 재봉질을 하고 있었다.

어제와 오늘의 나의 행적을 되짚어 보았다. 어제 저녁에 김 소장을 만났다. 돌침대 계곡을 다녀 온 것이 8월 중순이었으니까 거의 한 달 만에 만나는 것이다. 그 동안 전화 한 통화도 없었다. 어쩌다 마주쳐도 '어? 형수님, 별일 없지요?' 하고는 훌쩍 지나갔다.

처음에는 너무나도 갑작스런 그의 태도 변화에 어안이 벙벙하였으나 뭔가 바쁜 일이 있는 모양이다, 라고만 생각했다. 그러나 1주일, 2주일이 지나면서 그의 그런 행동이 무엇 때문인지 점차 윤곽이 밝혀지기 시작했다.

8월 초순에 '로마'라는 룸싸롱이 문을 열었다. 아가씨만도 20명이 넘는다는, 여기 찰방거리 또는 더 넓게 산영리의 기준으로 보면 초대형 업소가 탄생한 것이었다. 주인은 화천에서 술집을 두 개나 운영하고 있는 사람이라고 했다. 우리 여관에도 휴지를 큰 상자로 한 박스나 보내 주었다. 그러자 곧바로 미장원이 문을 연 것이다. '파마사랑'이라는 산영리 최초의 미장원이었다.

어떻게 연결된 것인지는 몰라도 그 주인 여자와 김 소장이 자주 만난다는 소문이 돌기 시작했다. 지난 주 월요일인가는 김 소장의 집에서 그 여자가 나오는 것을 보았다.

밤 10시 쯤 되었을 것이다. 남편에게 수박을 몇 조각 갖다 주려고 계단을 내려와서 막 여관으로 향하는데 아래층의 문이 열리며 그 여자가 나오는 것이었다. 아, 드디어 올 것이 오고야 말았구나. 나의 가슴은 방망이질하기 시작했다. 저 여자와 만나느라고 나에게 전화 한 번 없었구나.

기어코 내가 참지 못하고 어제 밤에 그를 찾아간 것이었다. 저녁 7시가 좀 넘은 시간에 주차장에서 차 소리가 나고 아래 층 문소리가 들리자마자 다짜고짜로 쳐들어갔다. 그는 바지를 벗고 막 화장실로 들어가려다 말고 나를 보더니 무척이나 놀란 표정을 지었다. 어쩌면 나의 눈에 살기가 있었는지도 모르겠다. 벗어놓은 바지를 집어 들고는 그 속에 다리를 넣으려고 쩔쩔매고 있었다.

"그 여자랑 사귀는 거야?"

"……"

"왜? 내가 싫어졌어?"

"형수, 그런 게 아니고…"

"흥! 단물 쓴물 다 빼 먹고 나니까 이제 나 같은 늙은 년은 필요 없다 이거지?"

"형수, 내 말 좀 들어 봐."

"듣기 싫어. 언젠가는 이런 날이 올 줄 알았어. 그렇지만 이렇게 비참하게 내동댕이쳐질 줄은 몰랐어."

"형수, 여기 앉아서 차분히 내 말을 들어 봐요. 자, 앉으라고."

그가 내 팔을 잡으며 식탁 의자에 앉히려 했다. 나는 그의 팔을 뿌리치고 의자를 거칠게 빼내서 그 위에 앉았다. 그가 담배를 꺼내더니 입에 물고는 내게도 하나를 권했다. 싫다고 거절했다. 언제부턴가 담배가 싫어졌다. 벌써 안 피운지 보름도 넘는다. 그가 담배연기를 천정으로 뿜어댔다. 조금 안정을 찾은 모양인지 그의 반격이 시작되었다.

"형수, 지금 나이가 몇이야?"

"흥! 몰라서 물어?"

"지금 쉰셋이야. 그리고 내년에는 며느리도 맞는다며?"

"그래서?"

"그런데도 계속 그런 짓 할 수 없잖아. 나 그동안 많이 고민했어. 특히 형님과 마주칠 때면 그 선한 눈망울이 내 머리 속에서 떠나지 않는 거야. 아, 내가 참 저렇게 착한 분에게 몹쓸 짓을 하고 있구나, 만약에 내가 형님의 입장이라면 어떨까, 하고."

"흥! 찰방거리에 공자님 탄생하셨네."

"형수, 그럼 내가 하나 물어볼게. 형님과 이혼할 수 있어?"

그가 내 눈을 빤히 들여다본다. 갑자기 말문이 막혔다. 나는 남편과 이혼한다는 생각을 꿈에도 해 본적이 없었다. 지금껏 내가 그렇게 구박하고 멸시해도 남편은 언제나 남편 그 자리에 있는 사람으로만 알았다. 나도 또 그냥 그 사람의 아내려니 하고 살아 왔었다. 갑자기 이혼이라니. 그의 집요한 추궁이 계속되었다.

"이혼하고 나랑 살 자신 있냐고."

"……."

그가 담배를 또 한 개비 입에 물었다. 아까보다는 말의 속도가 훨씬 느려졌다. 이제는 완전히 자신감을 되찾은 모양이다. 아까의 허둥대던 모습은 간 곳이 없다. 창 밖에서는 벌써 가을벌레들의 소리가 들려온다. 찌르르, 지르르.

"이제 내년이면 은미가 중학생이야. 은미에게도 엄마가 필요하단 말이지. 그런 일로 고민하고 있던 차에 미장원 미스 박을 만난거야. 알고 보니 미스 박도 여섯 살 된 딸이 있대. 3년 전에 이혼 했다더군. 한 20여 차례 만나 보니까 서로 의지하고 살만 하겠더라고."

나는 벽에 걸려있는 밀레의 '이삭 줍는 여인들' 쪽으로 시선을 돌렸다. 20차례라면 거의 매일 만난 것 아닌가?

"그래서 우리 다음 달에 결혼 하려고 해."

"그렇게나 빨리?"

이상하게 나의 마음도 차분해져 있었다. 아까처럼 불같은 질투심도 일지 않았다. 남편과 이혼할 수 있느냐고 물어 본 것이 결정타인 모양이었다. 나는 어느 사이에 그의 입장을 동정하는 처지가 되어 있었다.

"응. 뭐 여기저기 알려야 할 곳이 있는 것도 아니고 그냥 두 집 살림 하나로 합치면 되는 거니까. 그러니까 나 같은 조폭 출신 어서 빨리 잊어버리고 형님과 다시 마음 맞추어서 살도록 해. 내가 보기에 형수만 마음잡으면 형님네는 아무 걱정 없이 잘 살 수 있을 것 같아. 미안해요, 형수. 이게 나의 마지막 우정이야. 그동안 은미에게 잘 해준 것도 잊지 않을게."

나는 비틀거리며 2층으로 올라왔다. 밤새 뒤척이면서 잠을 자지 못했다. 그가 떠난다는 것이 분해서 잠을 이룰 수가 없었다. 그래도 올 여름 그 사람 덕분에 여기 산속에서의 지겨움을 잊고 지낼 수 있었는데, 이젠 그것마저도 끝이라니.

그게 바로 어제 밤의 일이었다.

오늘 토요일, 오전을 이리 뒹굴 저리 뒹굴 하다가 기어코 참지 못하고 미장원으로 향했다. '파마사랑'은 길 건너편의 황제 룸싸롱 옆으로 춘천닭갈비 집을 지나쳐서 서너 가게 쯤 떨어져 있는 집이다. 얼마 전까지만 해도 '속초횟집'이라는 간판만 걸어 놓고 영업은 하지 않던 곳이었는데, 어느 사이에 미장원으로 싹 바뀌어 있었다.

문을 열고 들어서자 빗자루 질을 하던 여자가 눈은 쓰레 받기에 둔 채로 건성으로 '안녕하세요.'하고 인사를 한다. 나도 그냥 건성으로 대답했다. 잠시 후 그 여자가 눈을 들어 나를 보더니 호들갑을 떨기 시작했다.

"어머! 난 또 누구신가 했더니 서울여관 사모님 아니세요?"

"나를 알아요?"

"아유, 알다마다요. 여기 산영리, 아니 화천, 아니지 아니야. 화천이 뭐야. 그 옛날에는 대한민국에서 최고의 미녀셨다면서요? 미스 코리아에도 뽑히셨다고 하던데 어쩜 이렇게 뵈니까 정말 미인이시다. 그렇지 않아도 언제 염치불구하고 사모님 뵈러 가야지 하면서 있었는데 이렇게 찾아 주시다니 너무 영광이에요."

나는 미스코리아가 아니라고 할까 하다가 그만 두었다. 미스코리아면 어떻고, 메이퀸이면 어떻고, 또 지붕위에서 낮잠 자다가 떨어진 호박이라면 어떻겠는가. 이미 다 늙은 주제에.

여자는 연신 너스레를 떨며 어쩔 줄 몰라 했다. 정말로 기쁘기는 기쁜 모양이었다. 눈웃음을 살살 치는 얼굴을 보니 웃을 때는 보조개가 쏙 들어간다. 키는 160이 조금 안되어 보였고 약간 통통한 몸매였다. 동그란 얼굴에 살살거리며 웃고 있는 그 모습을 보자니 나도 모르게 한 숨이 나왔다. 흥, 김 소장이 저 웃음에 넘어갔군.

다행히도 미장원에는 손님이 하나도 없었다. 오후 한시가 조금 넘었을 뿐이니까 아직 술집 아가씨들이 머리 손질하기에는 좀 이른 시간일 것이었다. 그래도 꽤 넓은 미장원에 뒤편에는 문이 있는 것을 보니 살림집도 딸려있는 모양이었다.

"사모님, 파마 하실 거예요?"

"응, 그래요. 잘 좀 나오게 해 줘요."

어느 사이에 마음이 풀어져서 그 여자에게 스스럼없이 이것저것을 물어보고 있는 나 자신을 발견하고는 깜짝 놀랐다. 참 속도 없다.

"그래. 장사는 어때요?"

"네, 그런 대로 괜찮아요. 사모님, 아니 언니라고 해야 될까? 제가 마흔 하나 닭띠거든요. 언니라고 불러도 괜찮지요?"

"그래요. 좋을 대로 불러요."

"아이, 언니. 그냥 말 놓으세요. 그래야 저도 편하지요."

"곧잘 되는 모양이네?"

"네, 괜찮아요. 춘천에서는 명동에서 했었거든요. 손님도 꽤 많았죠. 그런데 미용사 한 명 월급에 가게 세 120 주고 나면 남는 게 하나도 없어요. 어떤 달은 100만원 가지고 가

기도 빠듯하다니까요. 그것 가지고 사는 집 월세 주고 나면
한 달 살기가 너무 힘들었어요. 그런데 여기는 우선 월세가
싸서 좋아요. 뒤에 살림집도 딸려 있는데 50밖에 안 해요.
손님도 곧잘 있는 편이에요. 순수입 면에서는 여기가 춘천보
다 배는 좋을 것 같아요. 물론 아직 속단하기는 이르지만."

"딸이 있다고 들었는데 그럼 애도 여기로 옮겼나?"

"네, 벌써 잘 다니고 있어요. 여기 산영분교가 학생 수는
몇 명 되지 않는데 교사가 열 세 명이래요. 그래서 거의 일대
일 수업이 된다나 봐요. 애도 너무 좋아해요."

여자는 손을 바쁘게 놀리면서도 연신 싱글거렸다. 여자의
얼굴표정은 '나 행복해요.'라고 말하고 있었다. 오죽 좋을까.
수입도 두 배로 늘고 또 애인까지도 생겨서 다음 달이면 결
혼을 하니.

"그런데 이혼 했다고 들었는데…"

"네, 남편이 춘천에서 우유대리점을 했어요. 직원도 세 명
이나 두었지요. 그런데 술버릇이 나빴어요. 술에 취했다 하
면 손찌검을 한다니까요. 그것 까지도 참고 지냈는데 그만
거기 어디더라? 응, 정선이라는 데에 빠졌어요. 언제부턴가
수중에 돈만 있다 싶으면 정선을 가는 거예요. 본사 입금시
킬 돈이건 뭐건 가서 다 떨어지기 전에는 오질 않아요. 제가
몇 번이나 찾으러 갔다니까요. 나중에는 대리점도 다 걷어치

우고 집에서 놀고먹기만 했어요. 그것뿐인지 아세요? 며칠 나갔다오면 노름빚까지 지고 오는 거예요."

눈물이 나는 지 휴지로 눈가를 닦아내고 돌아섰다. 공연히 물어보지 말 것을 물어 보았나 싶어 미안했다. 화제를 돌려야겠다.

"그 정선인지 뭔지 하는데 왜 카지노는 만들어 놔서 이렇게 집안을 풍비박산을 내 놓는지 모르겠어요. 그게 다 김대중 대통령 때 정치자금 만들려고 한 것이라던데, 그래요, 언니?"

"그래도 그게 오히려 전화위복이 됐을 수도 있지 않을까? 여기 와서 김 소장도 만나고 했으니."

나는 슬쩍 김 소장의 이야기로 화제를 바꾸면서 그녀의 표정을 살펴보았다. 김 소장 이야기가 나오자 얼굴에 화색이 돈다. 조금 전의 눈물을 찔찔 흘리던 모습은 어디로 갔는지 찾아 볼 수가 없었다.

"어머! 언니, 그건 어떻게 알고 계세요?"

"호호호! 내가 가만히 들어앉았어도 여기 찰방거리의 소식통이라니까."

내친 김에 더 물어 보아야지. 나는 거울에 비친 그녀를 보며 다시 물었다.

"김 소장은 자주 만나나?"

"네, 거의 매일 만났어요. 밥도 먹고 드라이브도 하고…"

응, 그래서 내게는 전화 한 통화도 없었구나. 일이 그렇게 된 거구나. 알 만하다.

"그러면 꽤 깊은 관계까지 갔겠네?"

그 말을 하면서 거울을 보니 붉어지는 내 얼굴이 비친다. 그러나 정작 본인은 대수롭지 않다는 표정으로 말을 받는다. 전혀 부끄러워하는 기색이 없다.

"아이, 언니도 참…. 잘 아시면서. 이혼남 이혼녀가 만나면 뻔할 뻔자지 다른 거 뭐 할 거 있나요?"

그녀는 입을 가리고 깔깔거리며 웃었다. 정작 무안을 당한 건 오히려 내 쪽이었다. 내 얼굴은 홍당무처럼 새빨갛게 달아올랐다. 어? 이러면 안 되는데.

"호호호, 얼굴이 빨개지시네. 언니도 보니까 앙큼한 구석이 있으시다."

"미스 박은 못하는 소리가 없어. 나 그런 사람 아니야."

"농담이에요. 저도 언니 잘 알아요. 그이가 언니 얘기 많이 해 주셨어요. E대 영문과 나오신 최고 인텔리시라고요."

"그래, 또 딴 말은 없었고?"

"네, 그리고 은미에게도 아주 잘 해 주신다고 하셨어요. 은미도 큰엄마라고 부르며 잘 따른다고. 언니, 앞으로 저 결혼해도 계속 그렇게 잘 해 주실 거죠? 제 딸 아이 재순이도 많이 귀여워 해 주세요. 아 참, 그리고 아저씨 있잖아요, 사장님요. 사장님 말씀도 많이 하셨어요. 큰 회사 중역도 하셨고 또 소설도 여러 권 쓰시고 책도 많이 번역하셨다고. 실력이 대단한 분이라면서, 자기가 제일 존경하는 분이라나요?"

내 눈 앞에 코를 바짝 들이대면서 말하는 것이었다. 자세히 보니 얼굴에는 기미가 가득했다. 그동안 꽤 힘들었던 모양이다. 악의는 없어 보였다. 생각보다 훨씬 순진한 아가씨였다. 나는 가슴을 쓸어 내렸다. 그가 나와의 육체관계를 발설하지 않은 것만 해도 얼마나 다행인가.

밤 새 뒤척였지만 좀 체로 잠이 오지를 않았다. 김 소장이 그렇게 내 곁을 훌쩍 떠난다는 게 실감이 나지 않았다. 그러나 오후에 미스 박의 즐거워하는 모습을 떠 올리니 내가 그들의 삶에 축하를 해주지는 못할망정 훼방꾼이 되어서는 안 될 것이란 생각도 들었다.

무엇보다도 나를 잠 못 들게 하는 건 패대기쳐진 케이크와 잠옷이었다. 잠옷을 다시 펼쳐서 얼굴에 대 보았다. 감촉이 부드러웠다. 또 다시 남편에게 미안한 마음이 들었다. 비가 마구 쏟아지는 모양이다. 바람 소리와 함께 프리패브 건물의 여기저기서 흔들리는 소리가 요란하게 들려온다. 남편은 잘 자고 있을까? 카운터 방에 한 번 가 봐야 하나?

침대에 누웠어도 귀신 우는 것 같은 비바람 소리에 잠은 오지 않고 오히려 정신만 말똥말똥하다. 나는 주방으로 나가서 1회용 커피를 타 마시며 식탁 앞에 한 참을 앉아 있었다. 옆방으로 가서 서가 여기저기를 뒤졌다. 최근에 남편이 인터넷으로 구입했다는 〈오 헨리 단편선〉을 뽑아들었다.

책상에 앉으니 어제, 금요일의 주문서가 눈에 띈다. 벌써 새벽 두시니 실은 그제께의 주문서다. 총계 42권이라고 찍혀 있었다. 요즘 주문이 조금씩 늘어나나? 그렇지. 이제는 될 때도 되었지. 그렇게 열심히 하는데 계속 안 된다면 그게 오히려 이상하지.

안방 침대에 엎드려서 책을 펼쳤다. 오 헨리 단편들을 마지막으로 공부했던 때가 언제였던가? 대학 3학년 미국문학사 시간이었나? 꼭 30년 만에 다시 읽게 되는 셈이다. 요즘 책들은 글씨도 띄엄띄엄 있어서 읽기가 너무 편하다. 옛날에는 한 페이지 넘기는 게 그렇게 힘들 수가 없었는데. 어떤 책들은 위에서 아래로 읽도록 되어 있었지.

책을 펼치자 옛날에 읽었던 기억이 떠오른다. 〈마지막 잎새〉도 좋았지만 그의 작품들은 어느 것 하나 그냥 넘길 수 없는 명작들이었지. 〈크리스마스 선물〉 같은 것도 너무 좋았어. 아내는 남편의 시계 줄을 사기 위해 머리를 팔고 남편은 아내의 머리빗을 사기 위해 시계를 팔고. 그러나 머리를 짧게 자른 아내에게는 빗이 필요 없게 되었고, 시계를 팔아버린 남편에게는 시계 줄이 필요 없게 되었지. 이 얼마나 멋진 반전인가. 그런 우연의 일치를 생각해 낼 수 있다니 참으로 대단한 사람이야.

우리 남편도 그런 명작을 쓸 수 있을까? 아침에 남편을 만나면 잘 한다고 칭찬도 해 주어야지. 그래도 60이 다 된 나이에 생전 해 보지도 않은 소설가가 되겠다는 꿈을 꾸고 도전했으니 얼마나 대단한 사람인가. '우리 현대 출신들에게는 도전정신 뿐이야. 우리들의 몸속에는 정주영 회장님의 피가 흐르고 있다고.'라며 언제나 현대출신임을 자랑스러워했던 남편이 아닌가. 아침이 기다려지네. 몇 시야, 벌써 3시? 빨리 자야지.

겨우겨우 잠이 들었다 싶었는데 웬 꿈이 그렇게도 많은지 밤새 악몽에 시달렸다. 누군가가 도끼를 들고 쫓아오는 꿈을 꾸기도 했고, 신발이 벗겨진 채로 도망가는 꿈도 꾸었다. 낭떠러지에서 밑으로 뛰어내리는 꿈도 꾸었고, 내게 날개가 달려 있어서 공중을 훨훨 날아다니는 꿈도 꾸었다. 엄마가 살아 계셨다면 '네가 크려고 하는 모양이다.'라고 하셨을 텐데.

깨어보니 새벽 5시다. 남편은 오늘도 새벽기도를 갔겠지? 다시 깜빡 잠이 들었다 눈을 뜨니 8시가 넘어 있었다. 창문 밖에서는 새소리가 요란하다. 어제 밤의 비바람은 어디로 사라졌는지 온 세상이 평온했다.

나는 여관으로 향하려다 말고 다시 들어가서 얇은 카디건을 걸치고 나왔다. 9월 16일, 제법 서늘한 가을 기분이 느껴졌다.

일요일이라 모두들 늦게까지 자는지 김 소장네 식구들도 아직 일어나서 나다니는 사람들이 없다. 여관 카운터 방문을 열어 보았다. 사람 두 명이 누우면 꽉 찰 것 같은 작은 공간에 남편이 웅크린 채로 새우잠을 자고 있었다. 카운터 방은 창문도 없다. 다행히도 전기장판은 틀어 놓아서 바닥이 제법 따뜻했다.

남편의 몸을 제키자 뜨거운 열기와 함께 쉰 냄새가 훅! 하고 코를 찌른다. 순간적으로 불길한 생각이 들어 그의 머리에 손을 대어 보았다. 이마가 불덩이였다. 벽으로 가서 형광등 스위치를 눌렀다. 밝은 불빛 아래에서 그의 얼굴을 들여다보았다. 얼굴이 열로 들떠 있었다. 눈을 까뒤집어 보니 붉게 충혈 되어 있었다. 겁이 덜컥 났다.

"여보, 나야. 정신 차려!"

뺨을 때려 보았으나 그는 끙끙~거리기만 할 뿐이었다. 이 사람이 혼절했나 봐. 이 일을 어쩌! 119에 전화를 할까? 아니야, 여기 산골짜기까지 언제 올지도 몰라. 퍼뜩 김 소장이 생각났다. 벌떡 일어나서 별채로 뛰어갔다. 문은 잠겨 있었다. 뒤편의 창가로 갔다. 창문을 사정없이 거칠게 두드려댔다.

"삼촌, 큰일 났어. 빨리 문 좀 열어 봐!"

잠시 후 창문이 열리며 그가 부스스한 얼굴을 내 밀었다.

"응, 뭐야?"

"삼촌, 큰일 났어. 형님이 쓰러져 있어. 아이 참, 혼절했다니까. 빨리 나와 봐."

그가 거칠게 창문을 닫고 앞 쪽으로 나왔다. 앞장서서 뛰어가는 내 뒤를 그가 어슬렁거리며 따라온다. 방에 들어가서 남편을 몇 차례 흔들어 보더니 비로서 사태의 심각성을 깨달은 모양이다. 그가 복도로 뛰어가서 103호실 문을 몇 차례 거칠게 두드려 댔다.

"야, 영호야. 빨리 나와 봐."

평택인지 성환인지가 고향이라는 영호 청년이 삐죽하고 잔뜩 찡그린 채로 얼굴을 내 밀었다. 아들 준영이 또래 밖에 되지 않았는데 그런 막노동 일을 착실하게 하는 게 기특해서 내가 조금은 더 신경을 써 주어오던 청년이다.

"소장님, 뭔 일이 있으세유?"

"너 저기 가서 형님 좀 업어라."

그렇게 남편은 영호의 등에 업혀서 김 소장의 산타페 차로 옮겨졌다. 김 소장이 차에 시동을 걸며 날보고 소리친다.

"형수, 빨리 가서 옷 갈아입고 전화기 챙겨가지고 내려 와. 핸드백도 잊지 말고."

그 소리를 듣고 나를 내려다보니 나도 얇은 치마에 맨발이었다. 미친 듯이 2층으로 뛰어 올라갔다. 내가 차에 올라타기가 무섭게 차는 요란한 엔진소리를 내면서 질주했다. 어디로 가야 하나? 화천 의료원으로 갈까? 계기판의 눈금은 100km도 넘어 있었다.

어디로 가나? 그때 퍼뜩 생각나는 사람이 있었다. 한림대 부속병원에서 부원장으로 있는 언니 친구 주경희 박사였다. 남편의 대학 선배라면서 어쩌다 언니네 집에서 만나면 얼마나 살갑게 대해 주었는지 모른다. 언니, 형부, 남편, 주 박사 이렇게 네 명이 어울려서 골프도 몇 번 쳤던 기억이 났다.

"저기 춘천 한림대 병원으로 가요."

나는 달리는 차 속에서 언니에게 전화를 했다. 언니는 신호가 가고도 한참이 지나서야 전화를 받았다.

"언니, 나야. 근데 준영이 아빠가 큰일 났어. 아침에 깨어보니까 의식을 잃고 있더라고. 그래서 지금 한림대 병원으로 가는 길이야."

언니는 응급실에 가서 기다리고 있을 테니까 최대한 빨리 오라고 하더니 전화를 끊었다.

응급요원들 몇 명이서 들것을 가지고 와서 남편을 옮겨갔다. 응급실 안에 들어가보니 벌써 큰 형부와 언니가 와서 기다리고 있었다. 주 박사도 언니가 연락을 했는지 반갑게 우리를 맞아 주었다. 나는 가슴을 쓸어 내렸다. 주 박사가 의료진들에게 이것저것을 지시했다. 일요일이라 그런지 의사들이 모두 새파란 청년들이었다. 준영이 나이나 되었을까?

나는 김 소장이 너무나 고마워서 그에게 먼저 돌아가라고 하고는 응급실 밖에까지 나가서 그를 배웅했다. 돌아와 보니 언니가 아주 못마땅한 표정으로 나를 노려보고 있었다. 언니는 맨 처음에 몇 마디만 물어보더니 더 이상 묻지도 않았다. 우리 사이가 어색해 보였는지 형부가 커피도 뽑아주고 이러 저런 형편도 물어 보았다.

응급실에서 결과를 기다리는 한 시간 가량이 그렇게 길게 느껴질 수가 없었다. 새삼 남편이 내게 얼마나 소중한 존재인가를 다시 생각하게 하는 순간이었다.

남편이 없다면 어떻게 될까. 지금껏 이 험한 세상을 남편의 보호막 속에서 편안히 살아오지 않았던가. 단지 어려웠던 때는 지난 3년 동안 뿐이었는데. 그래도 남편은 어떻게든 해 보려고 죽기 살기로 일하고 있는데, 나는 아래층에서 뻔뻔스럽게 김 소장과 그 짓을 하지 않았던가. 이제 내가 그 벌을 받는다는 생각이 들었다.

한 시간 반이 지났을 무렵, 주 박사가 와서 진찰 결과를 설명해 주었다. 진찰 결과는 과로에 영양실조, 거기다가 폐렴 증세까지 있다는 것이었다. 병원에 도착했을 당시 열이 38도를 넘었었단다. 이제 큰 위험은 없을 것이라며 8층의 병실로 옮겨 놓았으니 천천히 올라가 보라는 것이었다.

우리들은 802호로 올라갔다. 큰 형부가 돈 걱정 하지 말고 편안히 치료 받으라며 1인실로 입원시켰다는 것이다. 남편은 어느 사이에 환자복으로 갈아 입혀져 있었다. 남편은 아직도 의식이 없는 모양이었다. 비쩍 마른 얼굴을 들여다 보자 나도 모르게 눈물이 쏟아져 내렸다. 나는 남편의 손을 잡고 엉엉 소리 내어 울었다.

지금 생각해보니 남편의 말이 다 옳았다. 사람이 살다보면 올라갈 때도 있고 내려갈 때도 있는 거지. 그런데 나는 왜 그것을 못 견뎌 했을까?

내 친구 숙영이만 해도 결혼 초에는 부잣집 아들에게 시집 갔다고 모두들 부러워했었다. 1981년에 큰 피혁제품 사장집의 맏며느리로 시집가서 동창 모임에 나올 때면 자가용 기사가 운전하는 차를 타고 나왔으니.

숙영이는 고등학교를 졸업하자마자 뚝섬에 있는 핸드백을 만드는 회사에 경리직으로 취직했다. 거기서 4년을 근무하면서 사장 아들과 눈이 맞아서 결혼까지 하게 된 것이었다.

그러나 숙영이네 집이 망해서 지하 단칸방으로 옮겨가는

데는 불과 10여년 밖에 걸리지 않았다. 시아버지가 돌아가시고 난 후, 평소 술과 여자를 좋아하던 남편이 회사를 운영하자 사업은 급속도로 내리막길을 걸었다. 한참 어려울 때는 내가 두, 세 달에 한 번씩 들러서 쌀도 사주고 반찬값도 얼마씩 주고 오곤 했다.

모두들 숙영이는 다 끝났다고 생각했다. 그러나 다시 재기하는 것도 잠깐이었다. 한 5, 6년 걸린 것 같았다.

무슨 빽 이라나 인디언들이 허리에 차고 다니는 물통같은 제품이었다. 내가 보기에는 별로 신통해 보이지도 않던데, 그 제품 하나가 딱 한 번 히트를 치자 제품이 없어서 못 판다며 공장을 큰 데로 옮긴다고 부산을 떨었다. 그러더니 상계동에 아파트를 사고 빌딩을 샀다고 우리들을 초대했다. 이젠 공장도 그 옛날 아버지 때보다 훨씬 더 커졌다고 자랑이었다.

가장 가까이에서 친한 친구의 몰락과 재기를 지켜보면서도 나는 왜 아무런 교훈을 얻지 못했을까. 나는 평생을 편안히 살다가 겨우 지난 3년 동안만 어려움을 겪고 있는 것 뿐인데.

내가 창가에 서서 서쪽으로 난 창을 통해 봉이산을 멀거니 바라보고 있을 때 큰 언니의 목소리가 들려왔다.

"여보, 당신은 좀 나가 있어 줄래요?"

언니의 칼바람이 일듯 차가운 목소리에 큰 형부가 주춤거
리며 나와 언니를 흘끔흘끔 쳐다보고는 슬그머니 문을 열고
밖으로 나갔다. 언니의 얼굴 표정으로 보아서는 무언가 단
단히 심사가 틀린 모양이다.

"은영아, 너 네 서방을 어떻게 건사했기에 꼴이 이 모양이
냐?"

나는 언니의 서슬에 아무 말도 하지 못하고 바닥만 쳐다
보고 있었다. 다시 언니의 추궁이 이어진다. 언니가 소리치
며 손가락질을 해 댈 때마다 검정 스웨터 위에서 커다란 진
주 목걸이가 찰랑거렸다.

"내가 안 본지 불과 두 달 만에 어쩜 사람이 이렇게 해골
이 될 수 있느냐고. 너 여기 와서 이 손목 좀 만져 봐. 이게
사람의 손목이냐? 입이 있으면 말 좀 해 봐. 너 그 동안 무
슨 짓 했니? 아까 그 사람은 또 누구야?"

하얀 터널 속을 엄청나게 빠른 속도로 내가 빨려 들어가
고 있었다. 손을 계속 허우적댔지만 걸리는 것이라고는 아
무 것도 없었다. 마치 내 몸이 포탄이 되어 포신을 빠져 나
온 것만 같았다. 비몽사몽이었지만 이대로 딸려 가면 그 다
음에는 필경 죽음이 기다리고 있을 것이란 생각이 들었다.

멈추어 서야만 한다. 죽으면 안 된다. 나는 이대로 죽을 수

없다. 닥치는 대로 허우적대고 고함을 질러댔다. 하얀 옷을 입은 사람이 보였다. 그의 손과 내 손이 맞닿았다고 생각되었다. 바로 그 순간에 내 몸이 밑으로 뚝 떨어지는 느낌이 들었다. 고개를 돌려보니 파란 풀밭이었다. 그리고는 또다시 깊은 잠 속으로 빠져 들어갔다.

멀리에서 어떤 여자들의 목소리가 아주 작게 들려왔다. 그 소리는 점점 커지더니 이내 싸움하는 소리로 변했다. 눈을 뜨려고 안간 힘을 썼으나 눈꺼풀은 천근만근의 무게로 나를 짓누르고 있었다. 이제는 목소리가 또렷이 들린다.

"내가 뭘 잘못했다고 그러는 거야?"

"네가 밥만 제대로 챙겨 먹였어도 이렇게 되지는 않았을 거 아냐? 그리고 너 아까 그 사람과는 어떤 사이냐?"

"어떤 사이는 무슨 어떤 사이. 그냥 아래층에 세 들어 있는 사람이지. 이른 아침에 여기까지 고생고생하며 운전하고 온 사람에게 고맙다는 말은 못해줄 망정 무슨 엉뚱한 의심이야, 의심이."

"아래 층 세 들어 살고 있는 사람에게 네가 왜 등에 손을 얹고 배웅을 해? 너 바른 대로 말해 봐. 그 사람과 무슨 일 있지?"

"아니, 언니. 돈 좀 있다고 이렇게 못사는 동생 무시해도 되는 거야? 나한테 이럴 수가 있어? 언니 지금 제 정신이야?"

"내 눈은 못 속인다. 여자의 직감이라는 게 있어. 어쨌든 여기는 나한테 맡기고 너는 지금 집으로 돌아 가. 내가 형부하고 둘이서 박 서방 몸 회복 될 때까지 잘 요양시켜서 보낼 테니까."

"흥! 내 남편을 언니가 뭔데 맡기고 가라는 거야. 준영이 아빠는 내 남편이야. 언니는 이제 됐으니까 그만 돌아가 봐. 그리고 여기 병원비 내 줄 필요도 없어. 1인실을 쓰건 6인실을 쓰건 내가 알아서 할 테니까. 그리고 나 이제부터 언니 안 볼 거야. 그런 줄 알고나 떠나."

힘들게 눈을 떠보니 하얀 천장과 벽이 나타났다. 머리 위로 주렁주렁 약병들이 매달려 있는 것을 보니 병원인 모양이다. 내가 왜 병원을 왔을까? 아내와 처형은 내가 깨어난 줄도 모르고 계속 악을 써대며 입씨름을 하고 있었다. 지금껏 아내가 큰 언니에게 대드는 모습을 본 적이 없었는데 왜들 그럴까? 이때 저쪽에서 또 한 사람이 들어온다. 키가 작은 것을 보니 큰 동서다.

"얘가 미쳤나 봐. 나한테 감히 말대꾸야. 은영아, 너 정말 정신 나갔니?"

"여보. 그만 해. 박 서방 다 죽게 돼서 가뜩이나 심란한 사람보고 그렇게 잘못했다고 몰아세우면 어떻게 해. 당신이 참으라고."

"뭐예요? 아니 이이가? 당신은 내가 잘못했다는 거예요? 눈이 있으면 봐요. 이게 산 사람 얼굴이냐고요."

11.
엑소시스트

화천 산영리로 돌아가기로 했다. 언니의 말을 계속 무시하고만 있을 수도 없었기 때문이었다. 형부까지도 그렇게 하는 것이 좋겠다고 말하니 어쩌겠는가, 버스를 타고 가겠다고 했지만 형부가 굳이 자기의 차로 가라고 하면서 앞서서 걸었다.

차는 응급실에서 얼마 되지 않는 거리에 있었다. 벤츠 550이다. 정 기사가 얼른 차의 문을 열어 주었다. 정 기사는 40대 초반의 경상도 사람으로 형부네 집에 온지는 7년인가 8년쯤 됐다.

차 앞에서도 다시 한 번 사양했다. 언니와 형부가 함께 가는 것도 아니고 나 혼자만 가기 미안하다고, 그냥 버스 편으로 가는 것이 편할 것 같다고. 그래도 형부는 막무가내였다. 점심도 못 먹여 보내는데 버스를 태워 보내면 더더욱 마음이 편할 것 같지 않다고 하니 나로서도 더 이상 고집 부리기가 어려웠다.

차를 타고 춘천 시내를 빠져 나오는데 그렇게 눈물이 나올 수가 없었다. 어쩌면 그동안 남편을 학대한 데 대한 후회의 눈물인지도 몰랐다. 앞에서 운전을 하는 정 기사 보기가 부끄러웠다. 비록 언니네 운전기사라고는 하지만 서울에서건 분당에서건 우리가 잘 사는 모습만을 보아왔는데 여기서 이렇게 초라한 모습을 보이다니….

한참 왔나보다. 오른쪽으로 춘천 댐의 시퍼런 강물이 보인다. 건너편의 산은 푸르다 못해 약간 검은 색이 감돈다. 이제 9월 중순이니까 머지않아 낙엽이 지고 그러면 또 눈이 오겠지.

아, 언제가 나의 전성기였을까? E대 영문과에 합격했을 때 온 집안 식구들이 축하해 주었을 때, 그때가 전성기였나? 머리에는 반짝이는 보석이 박힌 왕관을 쓰고 배꽃을 상징한다던 하얀 옷을 입고 서 있던 메이퀸 시상식 때였을까? 대학 4학년 때 각 과에서 뽑힌 스무명도 넘는 과 퀸들이 단 한 명의 메이퀸 자리를 놓고 대결했었지.

내 눈에는 정외과에 다니는 애가 나보다도 훨씬 더 예뻤던 것 같았는데, 뜻밖에도 내가 최고 점수를 받았어. 심사위원들이 내게 그렇게 후한 점수를 줄 줄은 정말 몰랐었는데.

전통 아악이 은은히 울려퍼지는 가운데 메인 홀의 푸른 잔디밭에 마련된 단상으로 걸어갈 때 모든 사람들이 나를 부러운 눈으로 쳐다 보았지. 최고의 미모에 지성까지도 겸비한 처녀라면서. 헬기에서 무수한 꽃다발이 떨어지고, 주변을 가득 메운 카메라맨들이 셔터를 눌러 댈때는 정말 정신이 혼미했었지.

우리 때가 마지막 메이퀸 행사였다는데…

그러나 곰곰이 돌이켜보니 나의 진짜 전성기는 남편이 사우디에 있을 때였다. 아들 준영이가 막 걷기 시작해서부터 초등학교에 들어갈 때까지 장장 5년간을 떨어져 있었지만 그때가 그래도 제일 행복한 시절이었다. 여섯 달 동안 편지로 소식을 주고받으며 편지 속에 든 사진을 보고 즐거워하던 때.

코흘리개 아들은 아빠가 보낸 녹음테이프를 밤마다 들으면서 잠이 들었지. 내가 옆에서 들어보니 남편의 옛날이야기는 순전히 남편이 지어낸 것이었다. 어떤 때는 전쟁이야기도 해 주었고 어떤 때는 황당한 이야기도 들어 있었다. 그래도 아들은 침을 질질 흘려가면서 듣고 또 들었다. 남편은 이야기 도중에 간간히 '준영아 재미있니?' 하고 물어보곤 했다.

그럴 때마다 아들은 네, 네, 하면서 고개를 꾸벅꾸벅했다. 마치 아빠가 바로 코앞에서 이야기를 해 주는 것 마냥.

그러다 여섯 달이 지나서 아빠가 휴가를 나올 때면 아들은 그 며칠 전부터 잠을 설쳐가며 아빠를 기다렸다. 날마다 '몇 밤?'을 반복하며 그 작은 손가락을 꼽아가면서 기다렸다.

아빠가 도착하는 날은 너무 흥분해서 우유나 밥도 먹지 않았다. 김포공항에서 기다릴 때면 출구 맨 앞에서 눈이 빠져라하고 아빠를 기다렸다. 당시는 도착해서 나올 때까지 보통 두 시간 이상이 걸렸다. 게다가 남편은 언제나 꼴등이었다. 그 기다리는 두 시간 동안 아들은 꼼짝도 하지 않고 눈도 돌리지 않았다. 오직 자동문만을 뚫어져라하고 바라 볼 뿐이었다.

저녁에 집에 와서 목욕을 하고 아빠가 사온 장난감을 좋아라하고 끌어안고 놀던 아들의 모습, 아빠의 팔을 베고 옛날이야기를 들으며 잠에 빠지던 아들의 행복한 얼굴. 매달 통장에 쌓이는 적금 금액을 보면서 가슴 뿌듯해 하던 시절…. 그래, 그때가 전성기였어. 가장 행복했던 시간이었지. 남편과 다시 만난다는 희망, 그리고 장래에 대한 꿈이 있었으니까.

정 기사를 보내고 나서 아래층으로 내려왔다. 김 소장에게 고맙다는 인사 정도는 해야만 할 것 같았다. 또 남편의 사정을 궁금해 할지도 모를 테니까. 그러나 그런 마음보다는 김 소장의 얼굴을 보고 싶었다고 하는 게 솔직한 표현일 것이다. 그의 손목이라도 다시 잡을 수 있다면 얼마나 좋을까….

사경을 헤매던 남편을 병원에 두고 온 내가 어찌하여 이런 생각을 하게 되는지 나도 모를 일이었다. 정말 그 옛날 숙영이의 몸속에 악마가 들어 있었듯이, 지금 내 몸 속에도 악마가 도사리고 있는 건 아닐까?

아래층으로 내려와 보니 대문은 굳게 잠겨 있었다. 창가로 와서 문을 두드려 보았지만 안에서는 아무런 기척이 없었다. 아마도 미장원 미스 박과 어디를 놀러 간 모양이었다.

2층으로 올라와서 침대에 누었다. 텅 빈 집안에 나 혼자만 남게 되자 갑자기 무섭다는 생각이 들었다. 내가 돌 볼 사람도 없고 나를 보살펴 줄 사람도 없다는 고독감에서 오는 무서움.

남편은 병원에 있다. 그 옆에는 언니가 있다. 아들은 서울에 있다. 그 옆에는 수정이가 있다. 김 소장은 미스 박과 어디에선가 즐거운 시간을 보내고 있다. 그러나 지금 내 곁에는 아무도 없다. 강원도 깊고 깊은 산 속에 나 홀로만 내 팽개쳐져 있다.

난생 처음으로 가슴이 쓰리다는 말을 실감했다. 그건 정말 가슴이 무너져 내리는 서러움이었다. 나는 빈 침대에 엎어져서 엉엉 소리 내어 울었다. 주먹으로 매트리스를 내리치며 울부짖었다.

"나는 혼자야, 나는 혼자야."

병원에서 3일간을 있었고 처형 네 집에서 4일간을 있었다. 특별히 한 일은 없었다. 오전에는 동서가 하는 치과병원에 가서 원장실에서 이런저런 이야기도 하다가 왔고, 오후에는 몸보신 한다며 동서하고 좋은 음식 먹고 당구치고 빈둥대며 놀기만 했다.

아침마다 한 차례씩 통화를 하긴 했지만 아내가 걱정되었다. 나 없이 어떻게 도서 주문 온 것을 다 소화해 내면서 또 여관일도 해 낼까, 하는 걱정으로 마음이 편지 않았다. 여관방 청소며 한 밤 중에 나가서 키를 내 주는 것이며 모두가 힘든 일인데, 아내가 나대신 고생할 것을 생각하니 어서 빨리 화천으로 돌아가고 싶은 마음뿐이었다.

그래서 며칠만 더 있다 가라고 하는 것을 뿌리치고 퇴원하고 4일째 되는 날에 화천행 버스를 탔다. 이제 몸은 조금 좋아진 듯도 했다. 병원에 있던 사흘을 포함해서 일주일이 넘도록 놀고먹고 잠만 잤으니까. 떠나는 날 동서 내외가 백화점까지 동행해서 옷도 사 주었다. 회색 긴팔 셔츠에 검정색

순모 바지, 그리고 초겨울까지 입을 수 있는 점퍼였다. 게다가 1층으로 내려 와서는 내 구두 한 켤레와 아내의 화장품도 몇 종을 사 주었다. 화장품은 처형이 아내를 생각하면서 사 준 것이었다. 기초 화장품만 여섯 가지인가 일곱 가지를 샀는데 50만 원쯤 되는 것 같았다.

처형은 함께 있는 동안 지난번에 아내에게 너무 심하게 했던 게 마음에 걸린다고 몇 번이나 후회하곤 했다. 처형의 말을 들으면서 나도 후회했다. 그래요, 처형. 우리 모두는 말로 상대방에게 엄청난 상처를 준답니다. 나 역시도 아내로부터 많은 상처를 받았지만, 나라고 아내에게 말로 고통을 준 일이 왜 없었겠어요.

아내에게 전화했다. 오늘 집으로 돌아간다고. 춘천에서 3시 30분에 떠나는 표를 샀으니까 찰방거리에는 다섯 시가 조금 넘으면 도착할 거라고 알려 주었다.

예상했던 대로 아내의 목소리는 착 가라앉아 있었다. 알았다는 단 한마디뿐이었다. 그 말투에는 오시거나 마시거나, 그런 뉘앙스가 포함돼 있었다. 그래도 속마음은 그렇지 않을 것이다. 가야한다, 아내 곁으로. 거기가 결국은 내가 안식할 곳이고 숨을 거둘 곳이기 때문에.

오른 쪽으로 춘천댐이 보인다. 푸른 물이 넘실대는 창가를 내다보며 이런 저런 생각을 해 보았다. 요 며칠 사이 몸조리를 잘 한 덕분인지 힘이 불끈불끈 솟는다. 그래, 내 나이 아직 60세 밖에 되지 않았어. 70까지는 아직도 10년이나 남아 있지. 10년 동안 뜻을 세우고 밀고 나간다면 무슨 일이든 못할까. 벌써 지난 3년간 기초를 닦아놓지 않았던가. 나는 두 주먹을 다시 꼭 쥐어 보았다.

화천에서 20분가량을 기다려서 산영리 행 버스를 타고 집에 오니 다섯 시가 훨씬 넘어 있었다. 먼저 여관을 들어갔다. 복도가 깨끗이 청소되어 있었다. 아내는 없었다. 여관 후문으로 해서 마당을 가로질러 2층으로 올라갔다. 문은 그냥 열려 있었다. 집에도 아내는 없었다. 응? 어디를 갔을까? 갑자기 겁이 덜컥 났다. 아내가 혹시라도 그 사이에 무슨 딴 마음을 먹은 것은 아닐까?

가평에서 이곳으로 옮겨오고 나서부터는 우울증 증세도 보이던 아내였다. 그다지 심하다고는 할 수 없었지만 어떤 때는 멍하니 있기도 하고, 또 어떤 때는 내게 말도 안 되는 소리로 트집을 잡고 하는 것을 보면 틀림없이 우울증의 초기 증세였다.

혹시나 옥상에? 나는 서둘러 계단을 뛰어 내려가서 여관의 옥상으로 향했다. 그러나 거기에는 침대 시트 몇 장만이 빨래걸이에 매달려 가을바람에 펄럭이고 있을 뿐이었다. 다시 집으로 돌아 와서 찬찬히 살펴보았다. 내 책상 위에 보니 하얀 봉투가 눈에 띈다. 두근거리는 가슴을 진정시키며 봉투를 열어 보았다. 거기에는 아내가 볼펜으로 꾹꾹 눌러 쓴 A4 용지가 접혀 있었다. 여보, 그동안 너무 미안했어요. 나 찾지 말아요. 마음 정리되는 대로 돌아올게요.

봉투 옆에는 자동차 열쇠도 놓여 있었다. 차도 안 가지고 이 사람이…. 가슴이 철렁하긴 했지만 그래도 믿는 구석이 있었던지라 곧바로 마음이 진정되었다. 소파에 앉아서 생각해 보았다. 아내가 갈 곳은 딱 두 군데밖에는 없었다. 춘천 처형 네와 청평의 강남 금식기도원.

춘천은 가지 않았을 것이다. 내가 오늘까지 신세지고 온 곳을 또다시 찾아갈 리는 만무하기 때문이다. 그렇다면 필경은 기도원을 갔을 것이다. 아내는 옛날에도 무슨 안 좋은 일이 있거나 마음이 울적할 때면 그렇게 훌쩍 기도원을 다녀오곤 했다. 대개는 당일로 돌아왔지만 어떤 때는 이틀, 심지어는 삼일씩이나 있다 온 적도 있었다. 그래, 이번에도 하루 이틀 기다리다 보면 돌아오겠지. 그런 생각을 했다가도 이내 또 다른 생각을 떠 올렸다. 그래도 요즘 아내의 형편은 그 옛날 하고는 사뭇 다른데…. 아무래도 내가 찾아 나서야 하는 것 아닌가? 무엇을 어찌해야 할지 마음만 불안할 뿐이었다.

그때 내 전화기의 신호음이 들렸다. 책상 밑을 보니 내 전화기가 충전기에 얹혀 있었다. 아마도 여관 카운터 방에 있던 것을 아내가 집어 와서 충전을 시켜 놓은 모양이었다. 아내인가? 반가운 마음이 번쩍 들었다.

"아, 박 집사님. 잘 다녀오셨어요? 그래 몸은 좀 어떠신가요?"

뜻밖에도 목사님이었다. 오랜만에 목사님의 목소리를 들으니 여간 반갑지 않았다.

"네, 목사님 기도 덕분에 많이 좋아졌습니다. 감사합니다."

"내가 찾아가려고 해도 윤 집사님이 갈 필요 없다고 극구 만류하셔서 병문안 한 번 가 보지도 못했습니다."

"아, 네. 그러셨군요. 죄송합니다."

"그래, 윤 집사님도 잘 계시고요?"

갑자기 아내를 물어오자 말문이 막혀 버렸다.

"……"

"왜요? 윤 집사님 어데 가셨나요?"

"네, 잠시 좀…"

내가 더듬거리자 최 목사님의 목소리가 갑자기 빨라졌다. 마치 무엇엔가에 화들짝 놀란 사람 같았다.

"박 집사님, 내가 지금 곧 갈 테니까 나와 잠시 이야기 좀 하십시다."

그리고는 일방적으로 끊었다. 시계를 보니 여섯 시가 가까워오고 있었다. 서쪽에서부터 뜨거운 햇빛이 비치기 시작했다. 어떻게 할까? 목사님이 오시면 사실대로 말씀드려야 하나? 아니면 춘천 언니네 갔다고 둘러댈까? 아, 전화를 해 봐야지. 그때서야 나는 정신이 들어서 아내에게 전화를 했다. 신호가 몇 번 가고 나자 안방에서 아내의 전화기 소리가 들린다.

"All the leaves are brown…"

나는 힘없이 휴대폰을 내려놓았다. 아내는 전화기도 갖고 가지 않은 것이었다. 그러고 있는 사이에 또 다시 내 전화벨이 울렸다. 아내인가보다.

"준영아빠, 그래 잘 도착했어요?"

"아, 네. 여러 가지로 신세 많이 졌습니다. 감사합니다."

"신세는 무슨…"

나는 처형의 배려가 그렇게 고마울 수가 없었다. 그러나 처형은 잠시 숨돌릴 사이도 주지 않고 곧바로 아내를 바꾸란다.

"준영 엄마 지금 집에 없는데요."

"어디 갔어요?"

"네, 어디 좀…"

"어디 간단 말도 없이 나갔어요?"

내가 말이 없자 처형이 알겠다는 투로, 저런 미친 년! 하고 내 뱉었다. 그리고는 전화를 뚝 끊었다.

그렇게 안절부절 못하고 있는 사이에 계단의 삐걱대는 소리가 들리더니 목사님과 사모님이 오셨다. 목사님은 진한 검정색 양복을 단정히 입으시고 은빛 넥타이를 매셨다. 뒤에는 사모님이 무슨 음료수 박스를 들고 서 계셨다.

나는 서둘러 에어컨 스위치를 눌렀다. 목사님은 반갑게 나의 손을 잡고 몇마디 안부를 묻더니 이내 자리에 앉자며 기도를 시작하셨다. 짧은 기도가 끝나자 목사님이 아주 진지한 표정이 되어서 내게 말씀하신다. 지금껏 이렇게 진지한 태도를 본 일이 없었다. 사모님까지도 아주 엄숙하게 앉아 계셨다.

"박 집사님, 내가 그 동안 윤 집사님과 마주 한 것은 서너 번 밖에 없어요. 길게 이야기를 나눈 적도 없고요. 그렇지만 내가 벌써 목회생활 42년째입니다. 모태신앙이니까 그렇게 따지면 하나님을 믿은 지 70년이고요."

사모님은 그냥 인형처럼 조용히 앉아만 계셨다. 숨소리도 들리지 않았다. 나는 갑자기 이분들이 왜 이러실까? 하고 의아한 생각이 들었다.

"이런 말씀 드리기는 무엇 하지만, 내가 윤 집사님을 몇 번 보면서 윤 집사님이 무언가 엄청난 마귀의 권세에 사로잡혀 있다는 생각을 했지요."

그렇다면 아내가 귀신이 들렸다는 말인가? 에이, 목사님. 그런 말씀 하지 마세요. 제 아내는 단지 여기 산골 생활에 잘 적응을 하지 못해서 잠시 방황하고 있는 거라고요.

"내가 이번에 윤 집사님을 만나면 퇴마기도를 해야 하겠다고 작정하고 있지요. 그리고 내 나름대로 진단한 박 집사님 댁의 문제점들을 잘 알아들으시도록 설명도 해 드릴 예정입니다."

나는 아무 말도 하지 않았다. 실상인 즉, 나의 침묵은 그런 수고가 필요 없다는 거절에 다름 아니었다. 옆 집 칠성군장 황 사장의 말을 들어 보아도 분명히 오전까지는 열심히 여관에서 일하는 아내를 보았다고 하지 않았던가. 그렇다면 아내는 내가 도착하기 한두 시간 전에 떠난 것이 분명했다. 그것도 차를 두고 버스 편으로. 그런 아내가 무슨 마귀에 걸려, 말도 안 되는 소리지. 내게는 오히려 목사님이 이상하게 보였다.

내가 아내를 찾아 떠난 건 집에서 두 밤을 자고 나서였다. 화천, 춘천, 가평을 지나오는 내내 내 머리 속에는 과연 아내가 그곳에 있을까, 하는 의구심뿐이었다.

여섯시가 다 되어서 청평의 강남금식기도원에 도착하였다. 9월 말이라 나무의 색깔이 꽤 많이 변해 있었다. 신 청평대교를 지나서 강을 오른 쪽으로 끼고 달릴 때는 제법 심심치 않게 낙엽이 차창으로 떨어져 내리곤 했다. 아내가 내 곁에 없다고 생각하자 더욱 허무한 마음이 들었다. 그 옛날 누구의 노래였던가? 그 애절한 노래가사가 생각났다.

"마른 잎이 한 잎 두 잎 떨어지던 지난 가을 날, 사무치는 그리움만 남겨 놓고 떠나 간 사람. 다시 또 쓸쓸히 낙엽은 지고…"

아, 제발 아내가 기도원에 있어야 할 텐데…. 만약 없다면 갈만한 곳이 어디일까? 아무리 생각해 보아도 여기 말고는 달리 갈 곳이 없을 성 싶었다. 자존심이라면 누구보다도 강한 아내가 친구들을 찾아가서 자신의 초라한 모습을 보이려 하지 않을 것은 너무나도 뻔했기 때문이었다.

어제 아들에게 전화를 해 보았지만 아들도 제 엄마의 근황은 모르는 듯 했다. 언제 엄마 보러 화천에 오지 않겠느냐고 넌지시 물어 보았다. 그러나 대답은, 요즘 회사일이 너무 바빠서 추석 전까지는 도저히 자리를 뜰 수가 없다는 것이었다. 만약 아내가 여의도에 있다면 그런 대답이 나올 수가 없을 것이다.

주차장에 차를 대고 본당으로 향했다. 넓고 넓은 본당에는 군데군데 사람들이 앉아 있었다. 그래도 150명은 족히 넘을 듯 했다. 저녁 예배를 준비하는지 찬양팀이 막 자리를 잡으면서 악기를 조율하기 시작하고 있었다. 사람들 사이사이를 부지런히 다녀 보았지만 아내의 모습은 보이지 않았다.

그때 인도자의 마이크 소리가 울려 나왔다. 자, 여러분, 오늘도 은혜 받기 전 천국 찬송으로 준비합시다. 211장입니다. 이어서 밴드의 연주가 시작되었다. 계속하여 아내를 찾으면서 돌아다니기도 어려운 형편이었다.

나는 밖으로 나와서 식당으로 향했다. 식당은 식사시간이 다 끝났는지 더 이상 표를 팔지 않았지만 아직도 30명 정도의 사람들이 앉아서 밥을 먹고 있었다. 식당 문을 나서는데 구수한 된장국 냄새가 나를 잡아끈다. 그 옛날, 아내와 함께 와서 맛있게 먹던 저녁 시간이 생각났다. 아내는 여기 기도원의 된장국을 아주 좋아했다. 참으로 소박한 사람이었다.

자꾸 무너져 내리는 가슴을 감싸 안고 밖으로 나왔다. 기도원 사무실로 향했다. 몇 개의 돌계단을 힘겹게 올라가서 사무실 문을 열고 들어서서 여직원에게 물었다. 지하철 손잡이만큼이나 큰 귀걸이를 한 여직원이 싸늘한 시선으로 한 번 흘깃 쳐다 보고나서 툭 던지는 말은, 규정상 개인기도실에 있는 사람들의 명단을 알려 줄 수 없다는 것이었다. 그러면 작정하고 기도하러 온 사람들이 수시로 방해를 받기 때문이란다.

30분 이상을 샅샅이 뒤졌지만 어느 곳에서도 아내의 흔적은 보이지 않았다. 기도원 앞의 벤치에 앉았다. 9월 말의 가을바람이 한 바탕 때 이른 낙엽들을 휘몰아갔다.

그때서야 내가 잘못 생각했는지도 모르겠다는 후회를 했다. 아, 왜 나는 아내가 갈 곳이 언니네 집과 기도원뿐이라고 생각했을까? 아내가 극단적인 생각을 했을 수도 있지 않을까? 생각이 거기에까지 미치자 오금이 저려왔다.

이 넓고 넓은 천지에 어디에서 아내를 찾아 낼 것인가. 과연 아내가 아직까지 살아 있기는 살아 있는 것인가. 오, 여보. 제발 집으로 무사히 돌아오기만 해요. 나는 벤치에 앉아서 간절히 기도했다. 사람들이 앞으로 계속 지나쳤지만 그게 무슨 상관이란 말인가.

눈을 떠보니 벤치 위에 누군가가 버리고 간 듯한 기도원 예배안내 인쇄물이 보인다. 주일부터 토요일까지 일주일 분의 총 35명 강사목사님들의 사진, 프로필, 설교제목, 그리고 예배시간이 적혀있었다.

바로 그때, 저 앞에서 아내의 목소리 비슷한 약간 높은 음성이 들렸다. 아니, 그건 분명히 아내의 목소리였다.

"내일 11시 예배까지 하고 갈려고 해요."

"어머, 너무 힘들지 않으세요?"

아내는 본당의 지하실 여자 숙소에서 어떤 여자와 말을 주고받으며 나오고 있었다. 어찌나 반가운지 나도 모르게 벤치에서 벌떡 일어났다. 내 가슴은 마구 방망이질해댔다. 나는 그 앞을 가로막고 우뚝 섰다.

"여보, 나야."

"응, 잘 왔네. 들어가서 일곱 시 예배드리고 가요."

마치 조금 전에 본 사람에게 하듯 아무렇지도 않게 하는 말이었다. 그래도 상관없었다. 이렇게 아내가 무사히 있다는 것만 해도 얼마나 다행인가.

나는 예배시간 내내 '감사합니다.'만 연발했다. 기도할 때도, 찬양할 때도, 설교를 들을 때도 마음속으로 계속 감사기도만 드렸다. 정말로 아내가 없다면 단 하루도 살아갈 수 없을 것만 같았다.

기도원 강사 목사님의 말씀은 그저 그렇고 지루하기만 했다. 축복을 받으려면 헌금을 많이 해야 한다는 내용이었다. 아마 스무 번도 넘게 헌금 이야기가 나온 것 같았다. 언제부터인가 이 기도원이 기복신앙 쪽으로 너무 치우치지 않았나 하는 생각이 들었다. 옛날엔 안 그랬는데.

아내는 12시 철야예배와 새벽기도를 마치고 가자고 했지만 나는 몸이 별로 좋지 않았던지라 그냥 돌아가자고 했다. 그러자 아내가 순순히 따라 나섰다. 그런 아내가 또 이상해 보였다. 자기의 주장을 그렇게 순순히 거두다니….

집으로 돌아오는 차 안에서 몇 마디 건네 보았으나 아내는 묵묵부답이었다. 그래도 잠을 자는 것 같지는 않고 눈만

감고 있었다.

춘천에 도착하자 어느덧 밤 9시 반이 넘어 있었다. 춘천에서 유명하다는 막국수 집을 들어갔다. 꽤 늦은 시간인데도 홀 안은 100명 가까운 사람들로 북적였다. 빈자리가 얼마 없었다. 돼지고기 수육에 동동주를 마시는 사람들, 쟁반막국수를 시켜서 먹는 가족들, 생두부에 막걸리 잔을 기울이는 사람들…. 역시 먹는장사만 되나? 책은 공짜로 준다고 해도 고마워하는 사람이 없는데.

우리는 캄캄한 밤길을 아무 말도 하지 않고 왔다. 춘천을 지나고 부터는 마주치는 차도 별로 많지 않았다. 여러 가지 생각이 많았다. 지난 3일간 아내는 기도원에서 무엇을 위해 기도했을까?

아내를 2층으로 올려 보내고 나서 칠성군장으로 갔더니 황사장이 9만원을 준다. 시간 손님 세 커플을 받았단다. 또 방 네 개를 팔았는데 그것들은 모두 카드로 계산했단다. 평일치고는 괜찮은 수입이었다.

2층으로 올라가보니 아내는 어느 사이에 침대에 누워 잠을 자고 있었다. 나도 그 옆에 누웠다. 아내의 손을 꼭 잡았다. 아내는 뿌리치지 않았다. 그것도 신기했다. 아, 얼마 만에 잡아보는 아내의 손인가. 그야말로 감개무량이다. 나는 그렇게 아내의 손을 꼭 쥐고 잠이 들었다.

이튿날 아내는 여관 청소도 하고 밥도 짓고 빨래도 했지만 말은 단 한마디도 하지 않았다. 아마도 기도원에서 앞으로는 입을 꼭 다물고 살기로 결심을 하고 온 것 같았다. 저녁 무렵이 되어서 최 목사님이 심방을 오시겠다고 해서 그 이야기도 했으나 가타부타 대답이 없다.

무슨 태풍인가가 온다고 일기예보가 있더니 정말 바람이 거세게 불기 시작했다. 빗방울도 제법 굵어졌다. 저녁 8시가 되었을 무렵 그 비바람을 뚫고 목사님 내외분이 찾아 오셨다. 그런데 복장이 이상했다. 무슨 도복 같은 것을 입고 오셨는데 허리에는 손바닥 넓이 정도의 가죽 허리띠를 꽉 졸라매고 계셨다.

목사님만 그런 게 아니었다. 사모님도 헐렁한 옷에 손에는 검정 성경책과 나무 십자가를 들고 계셨다. 한 30cm 쯤 될까? 두 분의 모습은 아득한 옛날, 시골서 살 때 엄마의 손에 이끌리어 찾아 갔던 무당을 생각나게 하는 모습들이었다. 내가 진작 전화해서 오시지 말라고 했어야 하는 건데.

목사님 내외가 방으로 들어서자 그때까지 침대 모퉁이에 앉아 있던 아내가 주춤주춤 거리면서 침대 구석 벽 쪽으로 자꾸 옮겨가는 것이었다. 눈동자가 잔뜩 겁에 질려 있는 모습이다. 한마디로 목사님 내외분의 태도도 이상했고 아내의 표정도 이상했다.

이때 갑자기 사모님이 성경책을 사이드테이블에 올려놓더니 잽싸게 침대 위로 몸을 구부려서 아내의 손을 낚아챘다. 그러더니 사정없이 침대 가장자리로 끌어내는 것이었다. 그건 마치 매가 병아리를 낚아챌 때의 민첩함이었다. 어쩌면 말썽꾸러기 딸을 벌주려고 낚아채는 어머니의 거친 몸짓 같기도 했다. 나는 너무나 갑작스런 상황의 변화에 놀라 그저 멍하니 서 있었다.

그러나 더욱 놀라운 것은 목사님의 태도였다. 목사님은 아내의 발아래 무릎을 꿇고는 큰 소리로 기도를 시작했다. 전혀 알아들을 수 없는 방언이었다. 손목을 잡힌 아내는 부들부들 떨고 있었다. 초점 없는 눈은 어디를 향하고 있는지도 짐작이 되지 않았다. 사모님은 목사님의 뒤에 앉아서 목사님의 가죽 허리띠를 꼭 움켜쥐고 역시 방언으로 무언가 열심히 외쳐대고 있었다. 나는 이러지도 저러지도 못하고 쩔쩔맬 뿐이었다.

그렇게 한 5분 정도가 지났나보다. 그때서야 정신이 든 나는 목사님과 사모님을 말려야 하겠다고 생각했다. 이건 도대체 나나 아내를 너무 무시하는 일방적인 처사가 아닌가 말이다. 목사님을 지금껏 제대로 된 목회자로 알고 존경해 왔는데 오늘 보니 영 야바위꾼에 지나지 않았다.

목사님 바로 뒤에까지 간 나는 말을 하려고 하다말고 아내의 얼굴을 한 번 바라보았다. 아내는 얼굴 모양이 심하게 일그러져 있었다. 지금껏 살면서 그렇게 흉한 아내의 모습을 본 적이 없었다. 만화나 TV, 또는 영화에서 본 마귀와 흡사하다는 느낌이 들면서 온 몸에 소름이 쭉 돋았다. 저게 내 아내인가?

아내가 무어라고 몸부림을 치면서 고함을 쳐대자 목사님과 사모님의 기도소리도 더욱 커졌다. 침대의 매트리스가 심하게 요동쳤다. 아내가 손을 빼 내려고 몸부림을 치면 칠수록 목사님은 손에 더욱 더 힘을 주고 있는 것 같았다.

이러다간 아내의 손목이 부러질지도 모른다. 그만 하시라고 목사님 어깨로 막 손을 뻗을 때였다. 아내가 돼지 소리 비슷한 소리를 내면서 목구멍에서 오물을 토해내기 시작했다. 오물은 사정없이 목사님의 얼굴과 가슴께로 쏟아져 나왔다. 어쩌면 저렇게도 많은 오물이! 너무나도 놀라운 광경이었던지라 나는 뒤로 주춤 물러설 수밖에 없었다.

목사님과 사모님은 필사적으로 기도에 매달렸다. 두 분 다 땀을 비 오듯 쏟아내고 있었다.

이때 아내의 머리 위에서 하얀 연기가 올라오는 게 보였다. 그것은 담배연기 같기도 했지만 분명 담배연기는 아니었다. 연기는 마치 올챙이가 꼬물거리듯이 꼬물거리며 천장으로 올라가더니 잠시 후 사라졌다. 너무나도 놀라운 광경인지라 내가 눈을 비비며 다시 보았을 때는 모두 사라지고 없었다. 갑자기 내 등이 오싹하며 몸이 떨려왔다.

밖에서는 비바람이 무섭게 몰아치고 있었다. 현관문과 창문에서 덜컹거리는 소리가 요란하게 들려왔다. 지붕에서도 후드득! 소리를 내며 굵은 빗방울들이 떨어져 내리고 있었다. 지금 당장이라도 하얀 옷을 입은 귀신이 문을 열고 뛰쳐들어올 것만 같았다. 머리는 풀어헤치고 입에서는 붉은 피를 뚝뚝 흘리면서….

마침내 아내는 지친 듯 꼼짝을 하지 않았다. 다 끝났나보다, 하고 생각하는데 이번에는 목사님이 아내를 엎어놓더니 손바닥으로 거세게 내리치는 것이었다. 한 번 등을 칠 때마다 퍽퍽! 소리가 요란하게 들렸다. 아내는 죽은 사람처럼 아무 소리도 내지 않았다.

이러다가는 정말 아내가 죽을지도 모르겠다. 이제 더 이상은 안 된다. 내가 다시 앞으로 한 발 나갔을 때 목사님이 아내를 번쩍 들어서 침대 안쪽으로 옮겨 놓았다. 목사님이 움직일 때마다 오물이 뚝뚝 떨어졌다.

아내의 얼굴은 아주 평화로워 보였다. 목사님은 수건을 들고 온 몸에 묻은 오물을 닦아내기 시작했다. 나는 몇 번이나 화장실을 들락거리면서 수건을 빨아서 갖다드렸다. 방바닥에 쏟아져 있는 오물도 다 닦아 냈다. 방에서는 심한 악취가 났다.

식탁에 마주 앉았으나 대접할 것이 별로 없었다. 냉장고를 열어보니 사흘 전에 사모님이 사 오신 비타 500이 그대로 있었다. 목사님이 비타 500을 쭉 마신 후 입을 열었다.

"박 집사님. 이제 이 가정에 더 이상 분란은 없을 것입니다. 내가 내일 윤 집사님이 깨어나시면 잘 알아듣도록 설득하겠어요. 그 동안 사실 박 집사님과는 터놓고 이야기를 하지 못했지만, 윤 집사님이 그렇게 아래 층 남자하고 불륜을 저지른 것은 다 저 악마의 장난 때문이었어요. 윤 집사님의 몸속에 들어가 있던 저 몹쓸 악마가 날마다 욕망의 불을 지펴서 윤 집사님을 충동질 한 것입니다."

이때까지도 나는 아무 말도 하지 않고 그냥 지켜만 보고 있었다. 목사님과 사모님의 일방적인 주술 행위가 못마땅하기도 했지만, 더욱 더 기분 나쁜 것은 아내를 그런 더러운 귀신 들린 여자로 몰아대는 태도였다. 내가 말이 없자 목사님이 다시 말을 이어 나갔다.

"내가 지난 40년간 수많은 사람들을 상담하고 치유하면서 쌓은 내공이랍니다. 박 집사님은 좀 놀랐겠지만 이제 당장 내일부터 달라진 윤 집사님의 태도를 보면 과연 우리 주님께서 얼마나 위대하신지 깨닫게 되실 겁니다."

그래도 나는 수긍할 수가 없었다. 지금껏 30년 가까이를 교회에 열심히 나갔지만 무슨 기적, 은사 같은 것은 단 한 번도 경험해 보지 못한 나였다. 매년 부흥회에서 3박 4일간 기도하고 찬양하고 목사님 말씀을 들었지만 내 정신은 말똥말똥하기만 했다. 앞과 옆에서는 사람들이 벌렁벌렁 나자빠지는데도 말이다. 나의 마음속에는 언제나 오직 하나, '건전한 믿음' 뿐이었다.

나는 목사님의 능력에 반신반의하면서 두 분을 배웅해 드렸다. 안방에 돌아와서 자려고 해도 냄새 때문에 도저히 잠을 잘 수가 없을 것 같았다. 나는 아내의 몸을 번쩍 안아 들고는 옆방으로 옮겨 왔다. 아내의 몸은 마치 새털과도 같이 가벼웠다. 나는 다시 한 번 깜짝 놀랐다. 아내가 이토록 말랐던가?

12.
다시 찾은 행복

"세호구나. 나 교회 선생님인데…. 응, 그래. 너도 잘 지냈니? 너 내일 교회에 올 수 있지? 잘 됐구나. 선생님이 아주 재미있는 이야기를 준비해 놓았거든. 그래, 그러면 내일 보자."

토요일 오후 시간이었다. 여관에서 바쁜 일을 해 놓고 한 시간만 집에서 자다 나와야 하겠다는 생각에 내 방으로 올라왔다. 아내가 옆방에서 하는 이야기가 다 들린다.

"오, 아영아. 나 누군지 알지? 그래, 너도 별일 없고? 내일 주일날인데 너 꼭 나와야 한다. 다른 아이들도 다 나오기로 했어. 그럼, 철민이도 온다고 했지. 숙제도 다 해 놓았다고? 어머, 우리 아영이가 어쩜 이렇게도 열심일까. 정말 기특하구나. 그래, 내일 보자. 10분 일찍 오는 거 잊지 말고. 안녕."

나는 바닥에 누워 가슴에 손을 얹고 감사기도를 드렸다. 어쩌면 아내가 이렇게 변화될 수가 있을까. 아내의 지금 이 모습은 옛날에 믿음이 한창 좋았을 때 중등부 교사를 하면서 아이들에게 정성을 쏟던 때의 모습 바로 그것이었다.

목사님의 퇴마기도가 있고나서부터 아내는 확실히 변했다. 퇴마기도 그 다음 날인가 목사님으로부터 아내를 찾는 전화가 걸려왔다. 나는 걱정이 되어서 함께 갈까하고 물어보았지만 아내는 그냥 혼자 다녀오겠다는 말만을 남겨두고 담담히 집을 나섰다.

두 시간쯤 지나서 아내가 돌아왔다. 아내의 얼굴은 밝게 빛나고 있었다. 여기 화천 산영리로 이사 오고 나서부터 보여주었던 항상 불만에 가득 차 있던 그런 모습이 아니었다.

그날 이후로 아내는 주일날이 되면 아침 일찍부터 서두르며 교회 갈 준비에 여념이 없었다. 예배 후 중등부 아이들을 자진해서 맡아 가르쳤다. 한 주, 두 주가 지나자 열 명 가까이 되는 아이들이 아내를 그렇게 좋아 할 수가 없었다. 교회 일만 열심인 것이 아니었다. 집에서도 아침 일찍 일어나서 여관이며 집을 돌아다니며 구석구석을 청소했다. 반찬도 신경 써서 만들어 주었다.

무엇보다도 내가 아내의 변화를 실감하는 건 아내의 눈초

리에서였다. 여기 화천으로 이사 와서부터는 항상 나를 홀
겨보던 아내였다. 그 눈이 어느 사이에 부드럽게 풀려 있었
다. 가끔씩은 어색하지만 눈웃음도 치는 아내의 눈에는 사
랑이 가득 담겨 있었다. 얼마 전까지도 눈을 치켜뜨면 보이
던 허연 흰자위도 어느 사이에 사라져 버렸다.

바닥에 깔아 놓은 요에서 따뜻한 온기가 느껴진다. 나의
코고는 소리가 내 귀에 들려온다. 아내가 아이들과 전화하
는 소리가 들린다. 꿈결 속에서 들리는 듯, 멀리서 들리는
듯, 아주 희미하게 들려온다. 그래, 우리 반 아이들이 다 나
온다고 하니까 선생님도 너무 좋구나. 내일 우리 맛있는 것
도 해 먹자.

집안이 안정되자 이상하게 사업까지도 덩달아 잘되기 시
작했다. 11월 중순에 〈여우사냥〉이라는 소설이 두 권으로
나왔다. 그러자 별로 광고를 하지 않았는데도 하루 주문량
이 100권 가까이 되기 시작했다. 가평에 있을 때나 여기로
이사 와서 올 여름 내내 하루 주문량은 언제나 30권 정도였
다. 많은 날은 50권, 적은 날은 10권, 어떤 날은 서너 권 밖
에 안 되는 날도 있었다.

내일 모레 결산을 해 보아야 하겠지만 아마도 11월은 하
루 평균 100권은 되지 않을까 싶다. 비록 내가 예상했던 하
루 200권씩에는 미치지 못하지만 그래도 얼마나 다행인가.

백날 해 보았자 밑 빠진 독에 물 붓기 식으로 돈만 계속 들어갔었는데 이제부터는 출판에서도 본격적으로 수익이 날 모양이다. 이제 아내에게도 체면이 서려나?

12월에도 신간이 나올 예정이다. 크리스마스 때를 목표로 준비하고 있는 책은 〈4차원의 세계〉라는 책이다.

9월 초 어느 날, 한 독자로부터 전화가 왔다. 자기는 기(氣) 수련을 오래 해서 천지의 운영체계와 조화를 알고 있는 사람이라고 자신을 소개했다. 나는 가끔씩 출판사에 그런 전화를 해서 허황된 이야기를 하는 사람들이 있어서 그도 그런 부류의 사람일 것이라고 일축해 버렸다. 그러나 그분은 그 후에도 서너 차례 전화를 해 와서 이런 저런 이야기를 했다. 그 중에는 꽤 재미있는 이야기도 많았다. 마침내 호기심이 발동해서 서울의 잠실 롯데월드 근처에서 그 사람을 만났다.

그분을 몇 차례 만나보니 나와는 비슷한 연배에 세상에 대한 생각도 매우 긍정적이라 마음에 들었다. 그 사람은 무역회사를 해서 돈을 많이 벌었다는데, 그 후 기 수련을 하면서 양자물리학과 양자생물학 같은 과학에 푹 빠져서 10년간을 그쪽 분야만을 파고들었다는 것이다. 그러자 서서히 우주의 운영체계가 한 눈에 들어오기 시작하더란다. 그러면서 내게 두툼한 원고뭉치를 내 밀었다.

그는 자기의 이번 작품을 필생의 역작으로 생각한다면서
책을 만드는 데 들어가는 일체의 비용도 본인이 부담하겠다
고 했다. 만약에 책을 팔아서 수익이 나면 그것도 몽땅 다
출판사에서 가지라고 했다. 나는 의아한 생각이 들어 왜 하
필이면 우리 출판사냐고 물었다. 그의 대답인 즉, 우리 출판
사에서 나오는 책들을 다 읽어 보았는데 작품들이 모두 자
기의 사고방식이나 세상을 보는 눈과 맞아 떨어지더라는 것
이었다. 그러더니 내 구좌번호를 가르쳐 달란다.

그로부터 열흘이나 지났나? 통장을 확인해 보니 정말로
그가 천만 원 가까운 돈을 두 차례에 걸쳐 나누어 보내 주
었다. 나는 세상을 살면서 이런 사람도 다 만날 수가 있구나,
하는 생각이 들었다.

무언지는 모르지만 확실히 9월의 결혼기념일 이후로 최악
의 상황은 벗어났다는 자신감 같은 것이 들기 시작했다. 가
장 결정적인 시점은 분명 목사님의 퇴마기도가 있고 나서부
터였다.

시커먼 물체 두 개가 앞으로 다가오더니 그 중 하나가 팔
을 뻗어 내 손을 낚아챘다. 나는 그 괴물에 안 끌려가려고
결사적으로 버둥댔으나 소용이 없었다. 잠시 후 그 괴물에
게 잡힌 손으로부터 무언가 뜨거운 기운이 몸속으로 타고

들어왔다. 배 속이 부글부글 끓기 시작하더니 마치 배가 터질 듯이 차올랐다. 나는 더 이상 참지 못하고 뱃속에 있던 것들을 다 토해냈다. 목구멍을 가득 메우고 있던 것이 마치 수도관이 터지듯이 일시에 폭발해서 앞으로 쏟아져 나왔다.

그때의 기분을 어떻게 표현하면 좋을까. 시원하게 설사를 해서 온 몸 속에 있는 음식 찌꺼기들을 모두 몸 밖으로 내보냈을 때의 기분이라고나 할까? 아니면 아홉 달 동안 아기를 몸속에 잉태하고 다니다가 출산을 하고 났을 때의 그 후련함?

그리고는 정신이 가물가물해 지면서 온 몸이 나른해 왔다. 깊은 잠에 빠져서 꿈길을 헤맸다. 구름 위를 너울거리며 날아다니기도 했고 푸른 풀밭에 누워서 하늘을 올려다보기도 했다.

눈을 떠보니 남편이 옆에서 내 손을 꼭 잡고 잠들어 있었다. 나도 남편의 손을 꼭 잡았다. 새벽이 오려면 아직 멀었는지 사방은 캄캄한데 풀벌레 소리만이 간간히 들려올 뿐이었다. 또 다시 깊은 잠에 빠졌다.

아침에 일어나니 남편이 웃음 띤 얼굴로 나를 맞아준다. 샤워를 마치고 식탁에 앉았다. 남편은 내가 나오기를 기다리기라도 했던 모양이다. 손에 든 A4 용지 여러 장을 건네준다.

각 서점들로부터 온 도서주문서다. 어떤 서점에서는 이런 저런 책 합쳐서 20여권, 한 도매상에서는 〈죽음 이후의 삶〉이 50권이나 왔다. 남편은 자랑스레 한 장 한 장 넘기면서 설명한다. 모두 114권이란다. 아직도 두 군데를 더 기다려 봐야 하니까 오늘은 아마도 120권도 넘을 것이라고 했다.

새삼 남편이 대단한 사람이라는 생각이 들었다. 얼마 전까지만해도 볼도 푹 들어가고 볼품이 없었는데, 춘천에서 요양을 하고 온 후로는 제법 얼굴도 통통하게 살이 올랐다. 지난 3년간 나의 모진 학대와 짜증에도 묵묵히 자기의 갈 길을 걸어 온 남편, 그런 사람을 두고 나는 또 얼마나 보란 듯이 나쁜 짓을 저질렀던가. 새삼스레 내가 큰 죄를 지었다는 뉘우침과 함께 이제라도 남편에게 잘 해야 하겠다는 각오가 생겨났다.

남편은 주방에서 스프를 끓이기 시작했다. 잠시 후 고소한 크림 스프의 냄새가 온 집안에 가득했다. 나는 방으로 들어가서 스웨터를 하나 더 걸치고 나왔다. 강원도 산속의 9월 말은 꽤 추웠다. 바닥에 따뜻하게 난방이 되는 데도 그랬다. 가만 보니 사방의 문이란 문은 모두 열어 놓았다.

"왜 문을 다 열어 놓았어요?"

"응, 집안에서 냄새가 심하게 나서."

"무슨 냄새?"

"당신 생각 안나? 어제 다 토해 냈잖아. 목사님 오셨을 때 엄청나게 많이 토했어. 지금은 속이 어때?"

그랬나? 그래서 이렇게 속이 편한가?

"응, 나 너무 편해. 그리고 배고파."

우리 부부는 정말 오랜만에 식탁에 마주 앉아서 아침 식사를 했다. 아침이라야 토스트 두 조각과 크림 스프가 전부이지만, 갑자기 행복이란 게 이런 건지도 모르겠다는 생각이 들었다. 오늘 따라 유난히 남편이 듬직해 보였다.

목사님의 호출을 받은 건 저녁 무렵이 다 되어서였다. 차나 한 잔 하자면서 말을 마치고는 일방적으로 끊었다. 그래도 기분이 나쁘지는 않았다. 갑자기 교회에 가고 싶다는 생각이 들었다. 지난 일 년 가까이를 교회 근처에는 얼씬도 하지 않았는데 어서 빨리 교회에 가서 그동안 저지른 잘못을 모두 회개해야만 할 것 같았다.

옆방으로 가서 먼지가 뽀얗게 앉은 내 성경책을 집어 들었다. 먼지를 털고는 가슴에 꼭 끌어안아 보았다. 마음이 편안해졌다. 그래, 다시 시작하는 거야. 하나님은 나의 죄를 다 용서하여 주실 거야.

홀가분한 마음이 되어 집을 나섰다. 추석이 열흘 밖에 남지 않아서인지 길옆의 감나무 잎이 갈색으로 물들어 있었다. 교회 앞의 은행나무도 샛노랗게 변해 있었다. 안마당을 지나쳐서 걸어가자 사모님이 내 발소리를 듣고는 문을 열고 뛰쳐나와서 반갑게 맞아주신다. 석양빛에 반사된 사모님의 하얀 머리칼이 아름다웠다.

탁자에 앉았다. 목사님과 사모님이 내 손을 하나씩 잡고 기도를 시작하셨다. 곧이어 따뜻한 녹차가 나왔다. 녹차 잔을 두 손으로 꼭 잡고 있는데 눈물이 탁자 위로 똑똑 떨어져 내렸다. 그건 후회의 눈물이고 감격의 눈물이었다. 사모님이 내 등을 토닥거려 주신다. 아주 어렸을 때, 엄마가 체하지 말고 먹으라면서 등을 두드려주던 때가 생각났다.

"윤 집사님, 그동안 마귀의 권세에 눌려서 몸도 마음도 무척이나 피곤하셨을 줄 압니다. 이제부터는 새 사람이 되셨으니 앞으로 더 열심히 사셔야 합니다. 그렇게 성실한 박 집사님과 아들이 있는데 걱정할 일이 무엇입니까."

그러면서 목사님은 내가 가장 명심해야 할 말이라면서, 앞으로 남들과 비교하지 말고 오로지 이곳에서의 삶에 만족하면서 살아가도록 노력하라는 말씀을 들려 주셨다. 그러다 보면 행복은 저절로 따라 온다는 것이었다.

집으로 오는 길에 곰곰이 생각해 보았다. 그러고 보니 정말 내가 그동안 남들과 비교하면서 얼마나 나 자신이 비참하다고 느꼈었던가. 그것을 지금까지 왜 모르고 살아왔을까?

친구 혜자의 남편이 잘 나가고 높은 직위에 오르고 한 것을 부러워하면서 남편을 무능한 사람이라고 했었지. 숙영이 네가 상계동에 빌딩 사서 입주식을 할 때도 돌아오는 길에 내가 얼마나 남편을 윽박질렀던가. 서울에서 교회 여집사들이 연극 구경에 백화점에 다닐 때 나는 여기 시골구석에서 이게 무슨 꼴이냐고 남편을 몰아 세웠었지. 나의 그런 허한 마음이 결국은 김 소장과 불륜관계에까지 이르게 만들은 것이 아닌가.

그런데 목사님은 그런 내 마음을 어떻게 아셨을까? 목사님과 이런 저런 이야기를 나눈 적도 없었는데… 남편이 미주알고주알 다 일러 바쳤을까? 그럴 리가 없다. 남편은 입이 한없이 무거운 사람이니까.

10월의 마지막 토요일이다. 오늘은 김 소장이 화천에서 결혼식을 하는 날이다. 11시에 맞추어서 남편과 함께 승리웨딩홀에 갔다. 43살에 새 장가라니! 김 소장도 쑥스러운 듯 머리를 긁적인다.

식장은 1층부터 4층까지 네 개의 홀이 있었는데 김 소장은 1층에서 했다. 아마도 제일 작은 홀인 모양이다. 백 명 정도나 앉을까? 그래도 예식장 안은 사람들로 북적였다. 양 옆에까지 꽉 차서 정말 발 디딜 틈조차 없었다.

미스 박도 하얀 드레스로 신부화장을 하고 나니까 정말 갓 결혼하는 새색시 같았다. 식이 끝나자 김 소장이 싱글벙글 하면서 우리에게로 오더니 가족사진을 찍잔다. 웬 가족사진? 김 소장의 설명을 들어보니, 앞으로 나와 남편을 정말 친 형님 내외처럼 모시겠다는 것이었다. 그것도 싫지는 않았다. 은미와 재순이가 앞에 앉았고 그 양 옆으로는 우리 부부가 앉았다. 남편의 뒤에는 미스 박이 섰고 내 뒤로는 김 소장이 섰다.

일주일 후, 그들 내외가 북경으로 신혼여행을 다녀왔다면서 우리 집에 선물을 사들고 왔다. 크게 확대하여 액자에 넣은 사진을 보고 나는 깜짝 놀랐다. 내 뒤에 서 있던 김 소장은 어느 사이에 손을 내 어깨 위에 올려놓고 있었고, 미스 박은 남편의 머리 바로 위에 턱을 받쳐놓고 웃고 있었다.

그 사진을 보니 정말 우리 부부가 이들 내외와 한 식구가 된 기분이었다. 나는 김 소장 내외에게 배를 깍아 주면서 엄숙하게 선언했다.

"삼촌, 앞으로 여기 소현씨 구박하거나 못살게 굴면 나한테 혼날 줄 알아!"

김 소장은 연신 싱글거리면서 '알겠습니다, 형수님.' 하고 대답했다. 그들은 북경에서 사 왔다는 무슨 술인지 모를 붉은 상자에 든 술을 한 병 놓고 돌아갔다.

2010년 1월 10일이 되었다. IMF 사태이후 어려움이 시작된 지 꼭 12년이 지난 것이다. 고진감래(苦盡甘來)라고 하였던가? 정말 신기하게도 모든 일이 술술 풀리기 시작했다. 좋은 일이 너무나 많이 생겨서 혹시 내가 꿈을 꾸고 있는 것은 아닌가 하는 생각이 들 정도였다.

작년 12월 중순 쯤 되었나보다. 아내가 저녁을 치운 후 나에게 할 말이 있다면서 차를 한 잔 하잔다. 둘이 원두커피를 마시면서 이런저런 이야기를 했다. 아내는 이제 모든 면에서 그 옛날로 돌아 온 모습이다. 나에게도 더 이상 쌀쌀맞은 말을 하지 않고, 혹시라도 내 기분이 상할까봐 매사에 조심 조심이다.

이런 저런 이야기 끝에 아내는 준영이와 수정이의 혼인신고를 미리 하면 어떻겠느냐고 물었다. 혼인신고? 아직도 결혼날짜까지는 아홉 달이나 남았는데…. 나는 의아한 생각에 아내의 얼굴을 쳐다보았다.

아내의 이야기인 즉, 아까 낮에 안사돈으로부터 전화가 왔단다. 마포에 아주 싼 아파트가 나왔는데 너무 싸서 놓치기가 아깝다면서 아이들의 공동명의로 해 주면 어떻겠느냐고 하더란다. 나는 그것도 나쁘지 않을 것이란 생각이 들었다. 마포면 준영이의 직장인 여의도와 수정이의 학교인 신촌의 중간쯤에 있으니 지리적으로도 아주 적당할 것 같았다.

그리고 20여일이 지난 올 1월 초, 그러니까 지난 주 토요일 밤에 준영이가 수정이와 함께 밤늦게 산영리를 왔다. 서류가방에서 봉투를 꺼내어 내게 보여주는 준영이의 입은 함지박 만하게 벌어져 있었다. 거기에는 마포구 공덕동 몇 번지 하면서 아파트의 면적이 145m²라고 적혀 있었다.

"이게 몇 평이냐?"

"44평요, 아빠."

내가 입을 벌리고 아들을 쳐다보자 수정이가 보란 듯이 더욱 더 준영이의 옆으로 바짝 앉았다. 수정이의 이야기를 들어보니, 33평짜리 아파트의 로얄 층이나 별로 크게 가격차이가 나지 않아서 2층이지만 44평으로 결정했다는 것이었다. 7억 8천이면 정말 싸긴 산 것도 같았다.

수정이의 설명이 이어졌다. 부모님께서 7억 8천 전액을 다 현금으로 지불할 수도 있었지만, 그래도 우리들에게 더욱 열심히 살라는 뜻으로 1억 8천은 은행융자로 남겨 두었다는 설명이었다. 새삼 사돈 내외의 마음 씀씀이가 여간 고맙지 않았다.

좋은 일은 거기서 끝나지 않았다. 1월에 들어서자 책의 주문량이 급격히 늘기 시작했다. 올해가 경술국치(庚戌國恥) 100주년이라나, 하면서 역사소설에 대한 관심이 높아지는 것이었다. 그 중에서도 〈여우사냥〉은 1, 2권이 마지막 조선

왕조 100년의 역사를 고스란히 담고 있으니 구한말의 역사를 되짚어 보기에는 그만한 책도 없을 것이었다.

1, 2권 합쳐서 하루에 200권 정도씩 주문이 왔고 1월 초에 출간한 〈4차원의 세계〉라는 책도 매일 100권 정도씩 주문이 왔다. 특히 이 책은 단체주문이 많은 게 특징이었다. 어떤 날은 한 모임에서 토론회를 한다고 70권, 또 어떤 날은 대학에서 물리학과 학생들에게 교재로 쓴다고 150권, 이런 식이었다.

새로 나온 책들이 잘 팔리자 기존에 출간됐던 책들도 덩달아 잘 팔리기 시작했다. 1월 들어서는 적게는 하루 300권, 많게는 600권 정도씩 꾸준히 주문이 왔다.

이제야 고백하지만, 나는 사실 이 사업이 잘 될 것이란 확신이 있었다. 그건 꼭 3년 전의 일이었다.

2007년 1월에. 서초동에 있는 건설회사에서 면접을 보자고 했다. 회사를 그만둔 지 꼭 일 년이 되었을 때였다. 과거에 사우디아라비아에서 건설회사에서 근무했던 5년의 경력이 아까워 해외건설협회에 이력서를 올려놓았었는데 어떤 회사에서 그것을 보고 연락이 온 것이었다.

가보니 4층짜리 번듯한 자기 건물을 갖고 있는 중견 건설회사였다. 자기네들이 국내에서 FED(Far East Division of

U.S. Army - 미국 공병단 극동지구대) 공사를 제일 많이 하는데, 감독관청인 미국 공병단 측에 클레임 레터와 같은 아주 고급 테크니컬 레터를 작성하고 그들과 협상할 사람이 필요하다는 것이었다.

면접을 하는 사람은 나와 나이가 비슷한 관리상무라고 했다. 그가 내게 두 장짜리 한글 편지를 내 주더니 그것을 영어로 번역해 보라는 것이었다. 한글 편지의 내용은, 현장 상황이 원체 급박하여 일단 우리 측 비용으로 모든 수습을 다 해 놓았으나, 이번 경우는 계약서나 시방서의 내용을 보더라도 발주처 측에서 책임질 사안이라는 내용이었다.

이런 정도야 누워서 떡먹기 아닌가. 사우디에서 미국인 변호사 밑에서 5년간 한 일이 그것이니까. 단 10분 만에 편지를 완성해 보이자 그가 놀란 눈을 했다. 그 후로도 두 차례나 더 면접을 보아서 사장도 오케이가 됐다. 마침내 봉급도 연봉 7천에 차량 유지비를 주는 선으로 결정이 되었다. 다음 주 월요일부터 출근하라면서 자리도 마련하겠단다. 그러면서 내일, 그 날이 목요일이었던가?, 회장님께 인사만 하러 다시 한 번 오라는 것이었다.

인사를 하러 가는데 그동안 출판을 준비하면서 6개월 이상 써 온 〈박정희 다시 태어나다〉의 원고가 너무 아까웠다. 그래서 그것을 보여주고 싶었다.

A4 용지 200장 정도의 초벌 원고를 들고 갔다. 그랬더니 그 이 상무라는 사람이 '이런 것을 보여 주어서 무슨 도움이 되겠느냐'고 하면서 보여주지 말자고 하는 것이었다. 나도 그러면 그렇게 하자고 했다. 그걸 꼭 보여주어야 할 필요는 없는 거니까. 그런데 그 사람이 또 마음이 변해서, 자기 회장님은 옛날에 언론사 쪽에도 계셨으니까 혹시 이런 것 보여주면 좋아 할지도 모르겠다고 하는 것이었다. 우리들은 3층 회장실로 갔다.

회장이라는 사람이 그 원고를 보더니 깜짝 놀라면서 안색이 확 변하는 것이었다. 그러면서 자기네는 우리 회사의 일에 100% 전념할 사람을 찾는다고 말했다. 나는 그러면 그렇게 하겠노라고 했다. 단지 이것은 내가 그동안 해 온 것이 너무 아까워서 회장님께 보여 드리는 것뿐이라고 하면서. 나는 모든 게 다 된 줄로만 알고 설레는 가슴을 안고 집으로 돌아왔다.

저녁에 집에 돌아와서 아내에게 말했더니 아내가 뛸 듯이 기뻐했다. 그때까지 아내에게는 면접사실을 일체 얘기하지 않았었다. 밤 11시쯤 되어서 아들이 돌아왔다. 아들은 그때 대우증권을 다니고 있었다. 아들이 열광했다. 젊은이들도 취직이 어려운 이때에, 60이 다 된 나이에 연봉 7천이 넘는 월급쟁이가 된다는 것은 기적에 가까운 일이라고 했다. 우리 아빠 정말 대단한 분이라고 하면서 나에게 매달렸다.

그렇게 기쁜 밤을 보내고 그 다음 날 아침에 새벽기도를 가려고 집을 나서면서 전화기를 챙겼는데 문자가 와 있었다. 거기에는 '함께 일하고 싶었으나 죄송하다.'는 내용이 있었다. 어안이 벙벙했다. 무엇이 잘못 되었을까?

아침에 전화를 해 보니 그 사람은 휴대폰을 아예 안 받는다. 회사로 해도 어디 출장 갔다면서 바꾸어 주지를 않았다. 그 후에도 서너 차례 전화 해 보았으나 마찬가지였다. 그 원고를 보여준 것이 결정적으로 나쁘게 작용한 모양이었다.

아내는 울고불고 원망이 이만저만이 아니었다. 왜 그건 쓸데없이 보여 주어서 다 된 죽에 코를 빠트리느냐면서 날보고 멍청하다고 했다. 내가 생각해보아도 정말 귀신에 홀린 기분이었다.

그것을 보여 주었다고 해서 그게 뭐 그리 잘못 되었을까? 오히려 그 회장이란 사람이 나를 더 좋게 볼 수도 있지 않았을까? 이 사람이 여러 가지로 재주가 많은 모양이다, 라고. 왜 그것 때문에 채용하려고 했던 사람을 단 한마디 물어 보지도 않고 내 칠 수가 있는지 상식적으로 도저히 납득이 되지 않았다.

그래서 생각을 바꾸었다. 하나님이 날 보고 출판을 하라고 하시는 모양이다, 라고. 그 후론 열심히 출판 일에만 전념

했다. 그런 믿음을 가지고 정말 죽기 살기로 열심히 했지만, 결과적으로는 있는 돈 없는 돈 다 까먹고 빈털터리가 되고 말았다.

만약에 그 회사를 다닐 수 있었다면 월급가지고 생활도 하고 이자도 감당해 냈을 것이다. 그렇다면 65평 아파트도, 오피스텔 두 채도 고스란히 남아 있었을 것이었다. 아내를 그렇게까지 고생시키지 않았을 것이고, 화천까지 내려오지 않았어도 되었을 것이다. 아내와 김 소장과의 그런 부끄러운 일도 없었을 것이다. 물론 모두가 다 가정이긴 하지만.

사람이 세상을 살면서 겪는 고통도 참 가지가지인가 보다. 작년 10월 언제인가 〈4원의 세계〉 저자를 을지로에서 만났다. 그와는 두 번째의 만남이었다. 어느 호프집이었는데 그는 거기서 자기의 어려웠던 사정을 이야기하기 시작했다.

대학을 졸업하고 모 대기업에 들어가서 무역 업무를 했는데 독립을 하고 싶더란다. 그래서 40대 초반에 다니던 회사를 무작정 뛰쳐나와서 오퍼상을 했는데, 그때 자기는 인생에서 가장 어려운 시기를 맛보았노라고 했다.

잠실에 있는 중고등학교에 딸과 아들을 보냈는데 그 학교 학생 1,200명 중에서, 그가 기성회비라고 했는지 등록금이라고 했는지 잘 기억은 나지 않지만 하여튼 학교에 낼 돈을 못내는 학생이 딱 두 명 있었단다. 그게 바로 자기 딸과 아들이었다는 것이다. 쌀도 없어서 처가에서 가끔씩 들러서 이런 것 저런 것들을 사주고 가곤 했더란다. 그런데 그의 운명이 역전된 때는 바로 IMF 사태가 터지면서였단다. IMF 때문에 망한 사람도 많았지만 반대로 그는 대표적으로 크게 성공한 케이스였다.

중동에 군용물자를 수출하는 오퍼상이었는데 갑자기 주문량이 두 배로 폭주하더라는 것이었다. 게다가 환율이 두 배로 뛰니 이익금은 자그마치 네 배로 뛰더란다. 직원 두 명 두고 매달 순 수입 2억 원씩을 벌었단다. 그렇게 돈을 벌다보니까 또 부동산이 거의 반값도 안 되는 가격으로 마구 쏟아져 나오더라는 것이었다. 20억 짜리 빌딩이 10억 이하로 나오고 10억 하던 아파트가 5억에 경매시장에 나와서 그런 것 몇 채를 잡았더니 4년 후부터는 돈이 돈을 벌어주더라는 것이었다.

50줄에 들어서고부터는 돈이고 뭐고 다 귀찮아져서 사업을 접고 기 수련과 승마, 그리고 양자역학에만 빠져 지냈다고 한다. 그러면서 그가 하는 말은, 좋은 일은 한 두 번으로 끝나지 않는다고 했다. 연이어 계속 터지고 쏟아져 들어온다는 것이었다.

그의 말이 맞았다. 나의 좋은 일도 거기서 끝나지 않았다.

〈여우사냥〉이 인기를 끌면서 여기저기서 독자들이 화천까지 나를 만나러 오고 싶다는 전화가 왔다. 12월에도 두 팀이나 우리 집을 찾아오더니 1월 들어서도 서울에서 젊은이 한 쌍이 산영리까지 찾아왔다.

1월 초에는 또 서울의 모 방송국에서 나를 인터뷰하러 화천으로 오겠다고 날짜를 조율하자고 전화가 왔다.

1월 17일인가 18일인가 눈이 아주 많이 온 그 다음 날, 열두 시도 안돼서 방송국의 촬영팀이 화천을 찾아왔다. 그들 프로는 총 30분 분량에 세 명을 소개하게 되는데, 우리 시대에 역경을 이겨내고 승리한 사람들을 소개하는 프로란다. 내게 할당된 시간은 대략 10분 정도가 될 것이라고 말해 주었다. 밖에는 사람들이 새까맣게 몰려있었다. 아마도 산영리 사람들이 다 모인 모양이다.

나는 그렇게 짧은 시간을 위해서 그렇게 많은 시간을 투자하는 게 방송인지 몰랐다. 커다란 방송차량 한 대에 승용차 한 대, 총 여섯 명의 인원이 동원 된 것이다. 그들은 화천의 여관 여기저기를 찍고 나서 내가 서재에서 집필하는 과정을 촬영했다. 그리고 간단한 인터뷰를 했다. 나는 옛날에 교회에서도 그런 인터뷰 촬영에 응해 본 경험이 있었던지라 그다지 크게 떨거나 하지는 않았다.

오후 네 시쯤이 되어서 가평으로 갔다. 경비서는 모습을 찍어야 한다는 것이었다. 연구원에 미리 다 연락을 해 두었던 모양으로 우리 일행이 가니까 직원들 모두가 반겨주었다. 일 년 만에 연구원을 다시 찾으니 감회가 새로웠다. 그 사이 경비원들은 모두 바뀌었단다. 그날 경비도 내가 모르는 사람이었다. 경비실에서 실제로 근무하는 장면을 찍고 찾아오는 차량을 안내하는 장면을 찍었다.

이제는 사방이 어둑어둑해져 있었다. 원장실에 앉아서 원장님과 함께 이런 저런 이야기를 하면서 깜깜해 지기를 기다렸다. 밤에 야간 순찰 도는 장면을 찍어야 한단다. 손전등과 순찰시계를 들고 눈이 발까지 푹푹 빠지는 장면을 찍었다. 모든 촬영이 다 끝났단다.

마침내 그들이 떠났다. 그들은 떠나면서 무척 기분이 좋은 듯 했다. NG없이 이렇게 일사천리로 찍는 것도 흔치 않은 일이라면서 무척 좋아했다. 내가 팀원들과 수고했으니 회식이나 하라면서 봉투에 얼마를 넣어 주었으나, PD라는 사람은 그런 것 필요 없다면서 정중히 사절하는 것이었다. 오히려 여섯 명 모두가 내게 깍듯이 인사를 하고 떠나는 데서 나는 '요즘 세상이 참 맑아졌구나.' 하는 실감을 했다.

방송은 3주 후에 나왔다. 아침 8시 30분에 방송 되었는데 내가 생각했던 것보다 훨씬 더 잘 나왔다. 세 명의 소개 프로 중 내가 제일 먼저 순서였다. 아내는 그 며칠 전부터 친구들에게 전화 하느라고 정신이 없었다. 정말 광고 선전 다 빼니까 7분도 채 안 되는 것 같았다. 그래도 야간 순찰을 돌 때 손전등을 비추고 여기저기를 돌아다니는 모습을 보니 코 끝이 찡해왔다.

방송이 나가고 나자 여기저기서 전화가 쇄도했다. 10년 전, 20년 전에 헤어져서 더 이상 연락이 없던 친구들에게서도 전화가 왔고, 옛날에 사우디에서 있을 때 함께 근무했던 동료들로부터도 전화가 왔다. 그래도 제일 전화가 많이 온 쪽은 역시 교회 청년들이었다.

그들은 집사님이 그동안 그렇게 고생하셨는지 몰랐다고 했다. 정말 대단하시다고도 했다. 축하전화는 그 후 일주일 간 계속됐다. 일주일이 지나자 하루 한 십여 통 정도로 줄어들었다. 그 TV 방송이 나가고 나서 내가 갑자기 유명해졌다. 새삼 지상파의 위력이 그렇게도 대단한지 다시 한 번 실감한 계기가 되었다.

게다가 여기저기 신문과 잡지에 기고를 하고 나니까 강연을 해 줄 수 없느냐고 하여 벌써 세 차례나 강연을 다녀왔다. 한 번은 지방의 어느 시청에서 문화강좌를 하는데 조선 말기의 역사에 대한 강의를 해 달라고 했고, 또 한 번은 서울의 대형교회에서 여자 집사들을 대상으로 '삶의 굴곡'이란 제목으로 인생강좌를 해 달라고 했다.

그래도 세 번 강의에서 내가 가장 뿌듯했던 때는 아내도 동행한 대전의 어느 대학교에서 계절학기 학생들을 상대로 한 역사특강 시간이었다. 학생들이 눈을 초롱초롱 뜨고 내 강의에 귀를 기울일 때, 그리고 그런 모습을 아내가 지켜보고 있을 때는 정말 감개가 무량했다.

그것뿐이 아니었다. 김 소장이 심심치 않게 회를 떠서 찾아오는 것이었다. 정말 나나 아내를 친형님이나 형수님으로 대하기로 작정했는지 여간 깍듯한 게 아니었다. 어떤 날은 서울 갔다 오다가 구리 농수산 시장에 들러서 떠 왔다고도 했고, 또 어떤 날은 화천에서 떠 왔다고도 했다. 그런 날은 정말 막내인 내게 동생네 부부가 찾아온 것 같은 생각이 들어서 평소보다 두 배로 기분이 좋았다.

이래저래 여기 강원도 첩첩산중 찰방거리라고도 부르고 산영리라고도 부르는 산골에서도 사람 살만하다는 생각이 들기 시작했다. 원래 인간도처유청산(人間到處有靑山)이라고 하지 않던가.

2월 설날 이틀 전에 남편이 운전하는 차를 타고 마포를 갔다. 아들 내외가 사는 아파트를 볼 겸, 또 아이들이 설날 인사 온다고 멀리 화천까지 왔다가는 수고도 덜어줄 겸 해서 나선 길이었다.

공덕동의 삼성 아파트는 총 1,500세대 정도 되는데 아들의 집은 25층 건물의 2층이었다. 집안에 들어서니 도배도 새로 싹 되어 있었고 2층의 베란다 밖으로 내려다보이는 정원은 마치 개인 주택을 연상케 했다. 소나무와 어우러진 조경이 제법 운치가 있었다. 소파며 장이 모두 새것이라 정말 신혼살림 같다는 생각이 들었다.

수정이가 자랑스럽게 건너 방으로 우리 부부를 데리고 갔다. 거기에는 고풍스런 장롱과 침대가 있었다. 사돈 댁에서 우리 부부가 서울에 오면 자고 가라고 꾸며 놓았단다. 갑자기 사돈댁에 너무 부끄럽다는 생각이 들었다. 비록 아직 결혼식을 올리지 않았다고는 하지만 우리는 아무것도 해 준 게 없는데, 이렇게 모든 것을 다 신경 써서 장만해 주다니…. 무임승차도 이런 무임승차가 있을 수 없었다.

저녁 일곱 시가 좀 넘어서 아들이 퇴근했다. 원래는 아홉 시가 넘어야만 오는데 오늘은 조금 일찍 나왔단다. 아들이 샤워를 마치고 옷을 갈아입고 나오자 남편이 아들과 수정이를 마룻바닥에 앉으라고 한다. 축복기도를 해 주겠단다.

무릎을 꿇고 앉은 아들 내외에게 남편은 오른 손은 준영이의 머리 위에, 왼손은 수정이의 머리 위에 손을 얹고 기도를 하기 시작했다. 옛날에 청년부장을 할 때도 곧잘 청년들에게 축복기도를 해 주었던 남편이었다. 기도를 해 줄 때의 남편모습은, 목사님도 그런 근엄한 목사님이 있나 싶었다. 남편이 오늘 이런 시간이 오기를 얼마나 기다렸을까. 새삼 내남편이 자랑스러워지면서 나도 모르게 눈물이 흘러 내렸다.

저녁에는 충무아트홀에서 '미스 사이공'을 보았다. 세계 4대 뮤지컬이라는 명성에 걸맞은 멋진 작품이었다. 나는 공연 내내 얼마나 울었는지 모른다.

그렇지만 무대의 화려함은 몇 년 전에 남편과 함께 본 '노트르담 드 빠리'만 못한 것 같았다. 공연이 끝나고 나서는 명동에 가서 회냉면을 먹었다. 모처럼 네 식구가 오붓한 시간을 가졌다.

다음 날 오전 수정이를 데리고 시장을 가서 이런 저런 밑반찬들을 사 주었다. 집에서 준영이와 편안히 입을 옷도 한 벌씩 사 주었다.

집으로 떠나기 전 주차장에서 수정이를 꼭 끌어안아 주었다. 그렇게 한 참을 있었다. 남편이 차 문을 열어 주었다. 지난달에 산 3년 된 에쿠스 구형 모델이다. 언제부터인가 남편은 이 차를 타고 싶어 했다.

돌아오는 차 안에서는 깜빡깜빡 졸기도 하고 깨어 있기도 했다. 한참을 자다보니 옆으로 청평의 강물이 보인다. 가장자리가 하얀 것을 보니 얼음이 얼었나보다. 건너편의 산이 푸르기도 하고 하얗기도 했다. 사흘 전에 내린 눈이 아직도 산에 많이 남아 있었다.

정말 아무것도 아니었는데 나는 왜 그동안 그렇게도 남편을 모질게 학대하였을까. 따뜻하게 손 한 번 잡아주지 않았으니 남편의 마음은 얼마나 아팠을까. 더군다나 김 소장과 수시로 놀아났으니….

지난 달 대전의 어느 대학에서 학생들을 상대로 역사 특강을 할 때의 남편은 정말 의젓했다. 흰 머리에 금테 안경 너머로 빛나는 눈은 자신감에 차 있었다. 싱글싱글 웃어가면서 말하는 그 여유라니…. 어느 사이에 그렇게 준비를 했는지 파워포인트로 커다란 스크린에 그림과 글씨를 척척 넘기면서 설명할 때는 정말 우리 남편이 어느 대학의 교수 못지않다는 자부심으로 가슴이 뿌듯했다.

좋은 일은 또 있었다. 공 돈이 생겼다. 미국에 사시는 누님이 1,000만원을 보내온 것이었다. 옛날에 아파트 담보 넣었을 때 진 빚이라면서. 벌써 25년 전의 까마득한 일을 누님은 아직도 잊지 않고 계셨구나, 하고 생각하니 그동안 그 사건을 들추어내서 수도 없이 남편을 괴롭힌 내가 또 부끄러웠다.

그것뿐이 아니었다. 4월 들어서자 남편이 1박 2일로 강원도 여행을 떠나잔다. 우리가 살고 있는 곳이 강원도인데 또 무슨 강원도? 금요일 점심을 먹자마자 남편은 간단하게 짐을 챙겼다. 차는 바닷가를 끼고 한 시간을 달려서 통일전망대 근처의 어느 산골로 들어갔다. 산골산골해도 그런 외진 산골이 있나 싶었다. 비포장 도로로도 한참을 가서 마침내 도착한 곳은 20여호 정도 되는 아주 작은 마을의 교회였다. 그곳에서 10여명의 마을 사람들과 금요기도회를 가졌다. 그날 밤은 바닷가 바로 옆의 민박집에서 잤다. 철썩이는 파도소리를 들으며 펄펄끓는 온돌방에서 남편의 손을 꼭 잡고 얼마나 깊이 잤는지 모른다.

다음날, 오는 차 안에서 남편의 이야기를 들어보니 남편은 벌써 7년 전부터 기도를 했단다. 강원도 산골의 오지마을 개척교회들을 도울 수 있게 해 달라고. 그 동안 간간히 도와주긴 했지만 원체 우리 형편이 어려워서 직접 찾아 다니지는 못했는데, 이제 여유가 생겼으니 매주 금요일마다 이렇게 찾아 다니자는 것이었다.

그래서 그 후로도 금요일이면 우리는 수시로 1박2일 여행을 떠났다. 인제군도 갔고 양양군도 갔다. 가서 30만원도 헌금했고 50만원도 헌금했다. 또 어려운 일이 있으면 언제든 연락하라고 전화번호도 가르쳐 주었다. 그런 일들을 통해서 나는 정말 주는것이 받는것보다 더 큰 기쁨이라는 진리를 깨달았다.

지난 몇 년간 물질을 다 잃었다. 남편이 사업한다고 빈털터리가 된 것이었다. 급기야는 화천 산영리라고도 하고 찰방거리라고도 부르는 곳까지 밀려 내려갔다. 그래서 내가 늘 불행하다고 생각하며 살아왔다.

　그러나 지금 돌이켜보니, 내가 그동안 불행하다고 느꼈던 것은 가난 때문이 아니었다. 그건 바로 목사님의 지적처럼, 나의 삶을 다른 사람들의 삶과 끊임없이 비교하며 살아왔기 때문에 스스로 불러들인 불행일 뿐이었다. 어찌 보면 가난은 일종의 축복인지도 몰랐다. 그렇게 힘들었던 시기가 있었기에 오늘이 더욱 빛나는 게 아닐까?

에필로그

… 크루즈 선상에서

  6월의 찬란한 아침 태양을 7만 톤급의 크루즈 선 갑판 위에서 맞게 될 줄은 꿈에도 몰랐다.

  우리 배는 어제 밤 8시에 부산항을 떠났다. 화천의 집을 새벽 여섯 시에 떠났으니까 꼬박 14시간이 걸린 셈이다.

  차를 마포의 아들네 아파트 주차장에 세워 두고 택시로 서울역까지 와서, 거기서 KTX로 갈아타고 부산역에 내렸다. 제일 반가웠던 것은 부산 옆 앞에 내리자 바로 앞에 '로얄 캐리비언 레전드 호 셔틀버스 정류장'이라는 안내판이 보였던 때였다. 휴! 하는 한 숨이 저절로 나왔다. 국제크루즈터미널에서 출국심사를 하는데 다시 두 시간, 정말 힘든 하루였지만 그래도 출국수속은 비행기를 타고 외국을 나갈 때나 크게 다르지 않았다.

엄청나게 많은 종업원들의 환대를 받으며 배에 오르니 이건 마치 또 하나의 별천지라는 표현이 딱 들어맞는다. 엘리베이터를 타고 올라가서 6623호 우리 방을 찾아가는 데만도 한참이나 걸렸다. 그도 그럴 것이, 무려 1,800명이 넘는 승객들에 700명의 승무원들까지 합치면 자그마치 이 배에 타고 있는 사람들 숫자만도 2,500명이 넘는단다. 중국, 일본, 한국의 승객들이 제일 많았지만 그래도 세계 30개 국가에서 온 다양한 승객들이 모였다는 것이다.

남편은 7박 8일간 중국과 일본을 여행하는 이 상품을 지중해를 일주하는 진짜 크루즈 여행의 예고편 정도로 알고 떠나자고 했다. 총 경비로는 600만원을 예상했다.

우리 캐빈에는, 여기서는 호텔처럼 룸이라고 하지 않고 캐빈이라고 부른단다, 침대 머리 맡으로 커다란 창문이 있었는데 문은 열리지 않고 밖의 전망만 볼 수 있는 창이었다. 남편의 설명으로는 바닷가가 보이는 캐빈은 복도 안쪽에 있는 방들보다 훨씬 비싸다고 한다.

일곱 시 쯤 승선하여 방에 들어와서 짐을 풀었다. 창밖으로는 한 두 척의 배가 보이고 그 너머로는 태평양의 푸른 바다가 끝없이 펼쳐져 있을 뿐이었다.

아주 고풍스런 분위기의 '로미오와 줄리엣'이라는 식당에서 양식으로 저녁을 했다. 미리 정장을 하고 가야 한다고 남편으로부터 여러 번 주의를 들었으므로 우리는 캐빈에 도착하자마자 샤워부터 하고 양복과 양장으로 옷을 갈아입었다.

우리가 간 식당은 서울 특급호텔의 어떤 식당에도 뒤지지 않았다. 그 옛날 남편과 어쩌다 갔던 힐튼 호텔의 '일 폰테' 보다도 더 호화롭다는 느낌이 들 정도였다. 분위기도 그렇고 요리도 전혀 손색이 없었다.

남편은 양갈비구이를 시켰고 나는 송아지고기 요리를 시켰다. 네 명의 실내악 연주자들이 음악을 연주하여주니 분위기가 그렇게 좋을 수가 없었다.

은은하던 음악소리가 옆의 테이블로 오더니 갑자기 경쾌한 스위스 요들송으로 바뀌었다. 열대여섯명 정도 되는 사람들이 흥겨워서 따라 부르며 난리가 났다. 우리들까지도 덩달아 어깨가 들썩일 정도였다. 웨이터의 말을 들어보니 독일과 스위스에서 온 단체관광객들이 바로 우리 옆 사람들이란다.

잠시 후 악단이 우리쪽 테이블로 옮겨왔다. 우리들은 테이블 8개에 20여명 정도가 앉았는데 모두 한국사람들이었다. 식당에서 아마도 이렇게 각 나라별로 배치를 한 모양이었다.

폴란드 출신이라는 네 명의 연주자들은 우리들 쪽에 자리를 잡자마자 '목포의 눈물'을 연주하기 시작했다.

남편이 옆 자리의 부부에게 웬 목포의 눈물이냐며 좀더

경쾌한 음악으로 신청해 보라고 했다. 일산에서 왔다는 40대의 부부는 난감한 표정을 지었다. 내가 생각보아도 우리나라 음악 중에서 경쾌한 음악은 별로 없는것 같았다. 우리들이 잠시 망설이는 사이 네 명의 폴스키들은 '그리운금강산'을 한 곡 더 연주하더니 옆 쪽으로 옮겨갔다. 어쨌든 즐거운 식사였음은 틀림없었다.

한참 식사를 하고 있는 도중, 뿌우~ 하는 뱃고동소리가 들렸다. 시계를 보니 여덟시였다. 드디어 배가 떠나나보다. 배가 출발할 때만 테이블 위의 잔에서 와인과 물이 약간 움직일 뿐이었다. 그 이외에는 이 배가 정말 바다 위를 가고 있는지 어떤지 전혀 알아차릴 수가 없었다.

우리들이 지구 위에서 살면서 마치 지구가 자전을 하는지 어떤지 느낄 수 없는 것처럼, 이 배도 너무 커서 그런 느낌이 들지 않는 모양이다. 단지 밖의 창밖으로 보이던 배가 저 뒤로 쳐지니까 우리 배가 떠나는구나, 하고 짐작할 뿐이었다. 밖은 서서히 어둠이 찾아오고 있었다.

이른 새벽에 집을 떠나 왔으므로 너무 피곤해서 일찍 잠자리에 들기로 했다. 남편은 KTX로 오는 세 시간 내내 엄청나게 코를 골아대며 잠을 잤다. 얼마나 피곤할까. 이른 아침에 집을 나왔으니. 그래도 남편은 너무 좋은가보다. 이렇게 좋은 밤을 그냥 잠으로만 보낼 수야 없지 않느냐면서 내 팔을 잡아끈다. 방의 은은한 조명도 마음에 들었다. 이 정도의 방이라면 힐튼이나 쉐라톤과 비교해도 전혀 손색이 없지 않을까?

내가 크루즈 여행을 결심하게 된 계기는 바로 누님이 보내준 천 만원 때문이었다. 1월말이었나? 미국 콜로라도에 사시는 누님으로부터 전화가 왔다. 며칠 전에 집이 팔렸단다. 매형은 6.25 참전용사로 스물한 살부터 5년간을 한국에서 근무하신 분이었다.

그동안 그래도 꽤 큰 저택에서 살았는데 이제는 늙고 수입도 연금 이외에는 별로 없고 해서 일 년 전에 집을 내 놓았는데 그게 지난달에 팔렸단다. 그 돈 중 일부로 작은 콘도를 사기로 했단다. 미국에서는 아파트를 콘도라고 불렀다.

콘도를 사고 남은 돈은 은행에 넣어 둘 생각이라면서, 그 중 일부를 떼어내서 우리에게 진 빚 이천 만원 중에서 우선 천만 원만 먼저 갚으니 그리 알라는 것이었다.

나는 누나에게, 요즘 내 사업이 잘 되어서 그 돈 갚지 않아도 된다고 했지만 누나는 막무가내였다. 그 돈을 갚지 못한 것이 계속 마음에 걸려서 지난 20여년 넘게 영 마음이 편치 않았다고 했다. 그래서 $9,000을 먼저 보내니까 그리 알라며 전화를 끊었다.

누나의 기분이 나쁜 것 같지는 않았다. 나도 더 이상 말리지 않았다. 앞으로도 누나를 도와 줄 기회는 또 있을 테니까. 그리고 아내도 누나가 돈을 보내 온 것을 알면 우리 시집 식구들을 나쁘게만 생각했던 고정관념이 바뀌지 않을까, 하는 기대감에 기쁘기만 했다. 보내온 돈을 찾아보니 1,032만원이었다.

그 돈을 가지고 무엇을 할까, 하다가 옛날부터 입버릇처럼 말하던 크루즈여행을 이참에 다녀오자고 마음먹었다. 때마침 미국계 선사인 로얄 캐리비언에서 한국에 저가의 크루즈 상품을 선보인다면서 내 놓은 상품이 바로 우리가 탑승한 7박8일간의 한중일 여행 패키지였다.

많은 도시를 여행하는 것은 아니고 중국의 상해와 일본의 미야자키와 고베만 기항하고 나머지 거의 절반 가까운 시간을 배에서 보내는 일정이었지만, 그래도 크루즈 여행은 크루즈 여행 아닌가. 그래서 아내가 그만 두자고 하는 것을 내 고집으로 밀어붙여서 예약을 하고 집을 떠났다. 내가 헛공약만 남발하는 남편이 아님을 실제로 보여 줄 수 있게 됐다 생각하니 가슴이 뿌듯했다.

아내는 감탄했다. 나 역시도 7만 톤 급의 배가 어느 정도인지 전혀 감을 잡지 못하다가 막상 배 위에 올라와 보니 벌어진 입을 다물 수가 없을 정도였다. 이건 정말 하나의 완전한 도시였다. 수영장에 암벽등반 코스, 조깅코스, 하다못해 세탁소까지 있으니. 하긴 그 옛날 그 유명했다던 타이타닉 호가 4만 6천 톤인가 했다니 7만 톤급이야 더 말해 무엇 하겠는가.

최고급 식당에서 양식으로 저녁을 먹고 룸에, 아니 캐빈에 돌아와서 일찍 잠을 자기로 했다. 그날 밤은 우리의 두 번째 신혼여행 밤인 셈이었다. 아내의 기분은 최고로 올라 있었다. 나 역시도 마찬가지였다. 아마도 일 년 반 만에 아내와 육체관계를 갖는 것 같다. 그 동안 옆에 가까이 오지도 못하게 하던 아내였지만 오늘 밤은 자발적으로 옷을 벗었다.

우리는 지난 30년 동안 보냈던 어떤 밤보다도 더 황홀한 밤을 보냈다. 관계를 끝내고 아내는 내 팔에 머리를 얹고는 감격의 눈물을 흘렸다. 그러면서 '미안해요.'를 연발했다. 무엇이 미안할까? 오히려 내가 미안할 뿐이지.

그동안 내가 사업한다고 얼마나 아내를 힘들게 했던가. 여섯 달 동안을 사우나에서 청소하면서 지내는 그런 막일도 마다하지 않고 다 감당해 냈던 아내 아니었던가. 나도 아내에게 미안하다고 했다. 그리고 아내의 몸을 더욱 꼭 끌어안아 주었다.

지난 달에 집 뒤에 있는 땅 500평을 샀다. 우리 집 뒤로 공터가 있고 산소가 하나 있는데 그 땅의 주인이 땅을 팔고 싶다면서 우리 집을 찾아왔다. 찰방거리에는 부동산도 따로 없다. 그 사람은 나보다 다섯 살 정도는 더 먹은 것 같아 보였는데 이야기를 해 보니 오히려 한 살이 밑이었다.

그 산소는 자기 부모님의 묘인데 이제 산소를 쓴지 20년도 넘고 해서 화장을 해서 산에 뿌리려고 한다면서, 그 앞에 있는 땅까지 해서 모두 싸게 줄 테니까 우리보고 사라고 했다. 사실 우리 집 뒤로는 더 이상 길이 없어서 그 땅은 우리 집을 통과하지 않고는 갈 수도 없는, 이른 바 맹지였다.

그쪽에서는 20만원을 요구했지만 나는 15만원이면 좋겠다고 했다. 그렇게는 못 판다, 그러면 그만두라, 하면서 그 후 서너 차례 흥정을 한 끝에 마침내 평당 15만원씩 7,500만원, 거기에다 산소 이장비용 500만원을 우리가 보조해 주는 형식으로 해서, 총 8천만 원에 그 땅을 계약했다. 그리고 떠나기 전 중도금까지 모두 6천만 원을 지불했다.

아내는 가평 집을 너무나도 좋아했다. 그래서 나는 거기에다가 가평 집보다도 더 예쁜 집을 지어주리라 마음먹었다. 건평은 50평 정도면 충분할 것이다. 넓은 잔디밭을 만들고 나무도 여러 가지를 심을 생각이다. 아내가 좋아하는 나무와 꽃으로 둘러싸인 집, 생각만 해도 가슴이 설렌다. 그 옆으로는 30평 정도의 사무실을 만들어서 책을 좋아하는 사람들이 모여 문학을 토론하고 자고 가기도 하는 '행복우물 문화센터'를 만들 생각이다. 내년이면 그 집을 지을 수 있을 것이다.

남편의 팔을 베고 누워 있는데 자꾸만 눈물이 나왔다. 정말 내가 크루즈여행을 하게 될 줄이야! 일 년 전에는 꿈도 꾸지 못했던 일이었다. 갑자기 그때의 일이 생각났다. 작년 7월이었니? 김 소장과 속초를 가서 난생 처음으로 남편이 아닌 외간남자와 관계를 맺던 날이. 그 후 석 달 동안 거의 미친 여자가 되어서 그 남자의 품에서 헤어나지 못했었는데…. 그렇게도 죄 많은 나를 아무런 책망도 없이 받아 준 남편은 정말 이 바다처럼 넓은 마음을 가진 사람이었다.

남편이 내 가슴 위에 얹어 놓은 손으로 젖무덤을 만지면서 말한다.

"여보, 그런 말 알아? 좋은 일은 2, 4, 6, 8, 장으로 온다는 말?"

"이, 사, 육, 팔, 장? 그게 뭔 데?"

"응, 겹치기로 한꺼번에 몰려온다는 말이지. 둘, 넷, 여섯, 여덟, 열 개가 한꺼번에 들이 닥친다는 말이야."

"정말 그런가 봐. 요즘 우리가 그래. 그리고… 당신 정말 대단해."

"뭐가?"

"지난 세월, 어쩌면 그렇게도 긴 세월을, 그 어려움들을 다 참고 견디어 왔는지. IMF 때부터…"

"12년? 그까짓 것 아무 것도 아니야. 그보다 더 오래도 참을 수 있어."

남편의 품에 안겨서 생각해보니 지난 날 김소장과의 육체 관계에서 느꼈던 기쁨은 그냥 동물적인 쾌락일 뿐이었다. 이렇게 몸과 마음이 하나되는 것, 거기에 진정한 행복이 있다는걸 그땐 왜 몰랐을까.

행복이란 예전부터 늘 우리곁에 있었는지도 모를 일이었다. 단지 내가 그런 사실을 깨닫지 못하고 살아 온 것일 뿐.

우리들은 다음날 아침 느즈막한 시간에 일어나서 갑판으로 나갔다. 바다 바람이 상쾌했다. 아내의 하얀 치마가 바람에 나부낀다. 아내는 바다쪽을 향하여 두 팔을 벌리고 섰다. 마치 타이타닉의 케이트 윈슬렛처럼. 나는 뒤에서 아내의 허리를 꼭 끌어안았다. 그리고 귓가에 대고 속삭였다.

"여보, 그동안 미안했어. 이제 다시는 고생시키지 않을게."

"끝"

여우사냥

다니엘 최 지음 / 반양장 368쪽 / 각권 13,000원

제1권 조선의 왕비를 제거하라
제2권 원수 찾아 삼만리

　이 책은 명성황후 시해사건의 핵심 3인방인 이노우에 가오루, 미우라 고로, 그리고 이토 히로부미의 젊은 시절을 추적함으로써 그들과 이 사건의 연관관계를 파헤친다.

나는 자랑스런 흉부외과 의사다

김응수 지음 / 280쪽 / 12,000원

　한전의료재단 한일병원 김응수 원장의 흉부외과 이야기. 삶과 죽음이 교차하는 응급실, 그 긴박한 순간에 적나라하게 드러나는 환자, 환자가족, 그리고 의료진들의 생생하고도 가슴 뭉클한 이야기들.

모세의코드

제임스 타이먼 지음 / 다니엘 최 옮김 / 208쪽 / 올 컬러 / 12,000원

3,500년간 감추어졌던 비밀이 이제 세상에 공개된다.

〈시크릿〉에서 시작된 끌어당김의 법칙은 〈모세의 코드〉로 완성된다.

"좌절과 실패를 경험한 사람들에게 적극 추천한다."

-뉴욕타임즈 북 리뷰 중에서

슬픔이 밀려올때

컬크 나일리 지음 / 지인성 옮김 / 240쪽 / 12,000원

이제 막 결혼하여 행복한 가정을 이루며 살아가고 있는 아들과 며느리의 삶을 지켜보는 것은 노 목사 부부의 크나 큰 기쁨이었다. 그러던 어느 날 아들의 갑작스런 죽음은 그들 가정에 엄청난 충격을 몰고 오는데…

악마의 계교

데이비드 벌린스키 지음 / 현승희 옮김 / 양장본 254쪽 / 16,500원

무신론의 과학적 위장
신은 만들어지지 않았다!

이 책은 무신론 과학자들의 억지 주장 속에 숨겨져 있는 허구들을 낱낱이 들추어낸다. 그리고 그들의 공격으로 인해 고통당하고 있는 수백만의 믿는 사람들에게 자신감을 갖게 해 준다.

굿바이 내 사랑 스프라이트

마크 레빈 지음 / 김소향 옮김 / 고급 양장본 / 260쪽 / 9,500원

몸의 여러 질병에도 불구하고 주인에게 기쁨과 위안을 주려는 스프라이트의 노력, 안락사를 시켜야 할지를 두고 고민하는 가족들의 착잡한 심정, 스프라이트를 떠나보내면서 가족들이 흘리는 눈물, 주위 사람들이 보내주는 위로의 편지들…

박정희 다시 태어나다

다니엘 최 지음 / 440쪽 / 13,000원

박정희 대통령과 육영수 여사가 만일 비운에 돌아가시지 않고 천수를 다 하셨다면 대한민국은 과연 어떻게 변했을까? 본격적인 가상 정치, 경제, 군사소설.